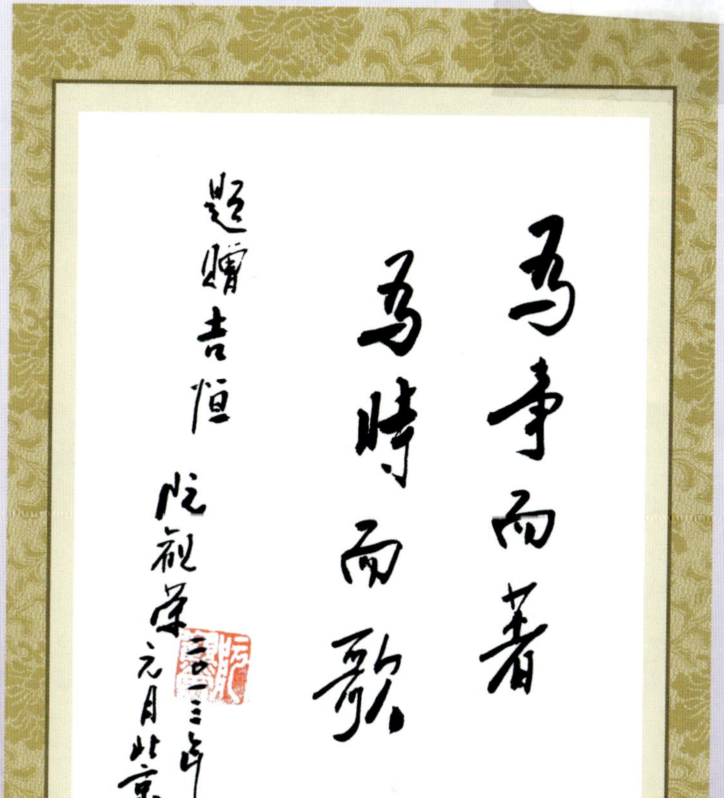

阮观荣：中华全国新闻工作者协会国内部兼学术部原主任、
高级记者、“中华大地之星”征文评选组委会主任

津西钢铁集团股份有限公司党委书记金小春（中）、办公室主任付立军（右）与本书主编谢吉恒合影

河北新金钢铁有限公司董事长高万军（右）、办公室副主任武建国（左）与本书主编谢吉恒合影

河北龙凤山铸业有限公司董事长白居秉（左）、总经理刘武成（右）与本书主编谢吉恒合影

河北敬业集团副总经理刘忠维与本书主编谢吉恒合影

唐山市宏忠钢铁有限公司董事长王子忠（左）、办公室主任李树生（右）与本书主编谢吉恒合影

河北钢铁集团邯钢宣传部副部长王海彬（右）、《中国冶金报》记者吴兆军（左）与本书主编谢吉恒合影

津西钢铁集团股份有限公司董事长韩敬远（右）在建设工地上与采访的《中国冶金报》记者谢吉恒交流深度报道

河北省高强钢筋生产示范单位敬业钢铁领导（中）接受《中国冶金报》记者谢吉恒关于研发推广高强钢筋经验的采访

河北瀛都公司董事长王洪增为本书主编谢吉恒颁发“瀛都公司荣誉员工”证书

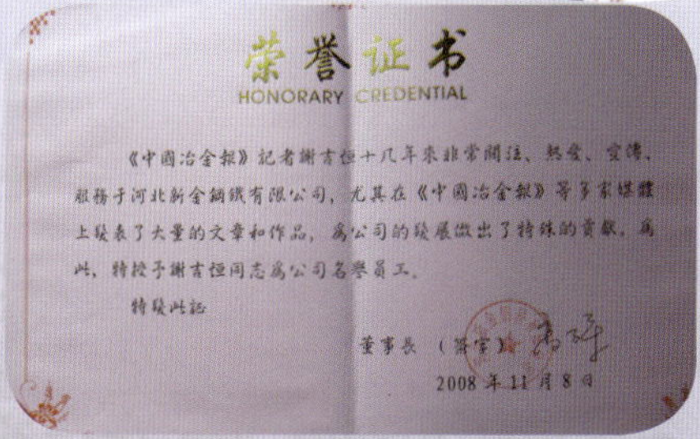

荣誉证书
HONORARY CREDENTIAL

《中國冶金報》記者謝吉恒十八年來非常關注、熱愛、宣傳、服務于河北新金鋼鐵有限公司，尤其在《中國冶金報》等多家媒體上發表了大量的文章和作品，爲公司的發展做出了特殊的貢獻。爲此，特授予謝吉恒同志爲公司名譽員工。

特發此証

董事長（簽字）

2008年11月8日

本书主编谢吉恒被授予河北新金钢铁有限公司名誉员工称号

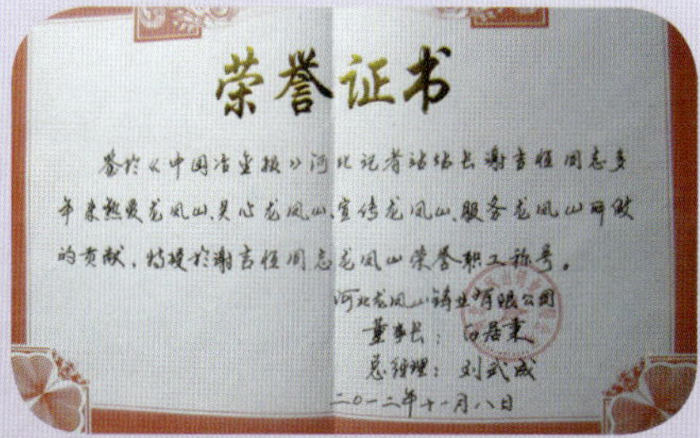

荣誉证书

鉴于《中国冶金报》河北记者站站长谢吉恒同志多年来热爱龙凤山、关心龙凤山、宣传龙凤山、服务龙凤山所做的贡献，特授予谢吉恒同志龙凤山荣誉职工称号。

河北龙凤山铸业有限公司

董事长：白居东

总经理：刘武成

二〇一二年十一月八日

本书主编谢吉恒被授予龙凤山铸业有限公司荣誉员工称号

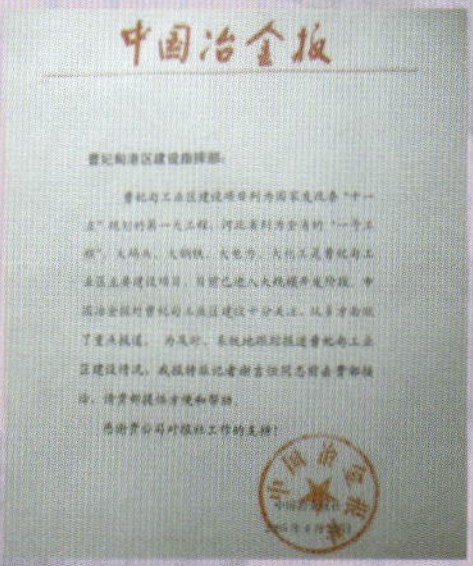

中国冶金报

曹妃甸港区建设指挥部：

感谢贵公司对报社工作的支持！

《中国冶金报》指派谢吉恒为河北省一号工程曹妃甸工业区建设特派记者

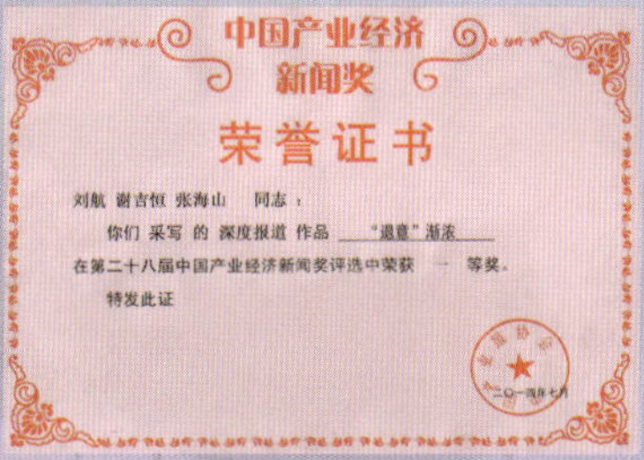

中国产业经济新闻奖

荣誉证书

刘航 谢吉恒 张海山 同志：

你们采写的深度报道作品“退意”渐浓

在第二十八届中国产业经济新闻奖评选中荣获 一 等奖。

特发此证

二〇一四年七月

本书主编谢吉恒的作品在第二十八届中国产业经济新闻奖评选中荣获一等奖

“中华大地之星”采风团成员同龙凤山铸业有限公司领导、部门负责人合影

龙凤山高纯生铁填补国家空白，成功替代进口产品

龙凤山高纯生铁走俏市场，在国际工业产品展览会上，公司总经理刘武成回答国际同行感兴趣的问题

龙凤山高纯生铁受到国外用户的青睐，负责销售的白树良总经理（中）与外商洽谈扩大合作意向

津西钢铁集团销售公司副经理赵一臣（左）、顶梁柱研究中心李本道（中）与本书主编谢吉恒合影

传播儒家文化思想理事会理事汤术臣和本书主编谢吉恒合影

新一代队员在马万水塑像前宣誓，继承马万水精神，再创新的辉煌

2013 年 7 月新落成的马万水事迹展览室

马万水分公司获得的荣誉

马万水分公司建设的山西太旧高速公路北茹隧道获得国家鲁班奖

马万水分公司经理刘东申（左一）在马万水铜像揭幕仪式上与马万水老队长合影

本书主编侯宪台被“中国时代风采”组委会授予全国“最具影响力新闻文化工作者”称号

中国东方集团董事局主席、津西钢铁集团股份有限公司董事长韩敬远在静远幼儿园奠基仪式上接受小朋友献花

在“河北省静远教育基金”颁奖仪式上，中国东方集团董事局主席、津西钢铁集团股份有限公司董事长韩敬远（中）亲切会见迁西一中静远班学生

冶金工业信息标准研究院院长张宇春（左）代表全国钢标委向津西钢铁集团股份有限公司总经理于利峰授牌全国首家“型钢标准研发基地”

津西钢铁集团股份有限公司党委书记、监事会主席、工会主席金小春（中）慰问特病大病员工家属

津西拉森钢板桩出口新加坡

中国华冶天津三建分公司项目经理冯同换被“中华大地之星”组委会授予“十佳新闻人物”

冯同换所在项目部承建的天津柴楼新庄园效果图

中国华冶的工地文化墙成为当地一道风景

建设中的天津柴楼庄园

本书主编侯宪台（右）与中央电视台著名节目主持人欧阳夏丹合影

中国华冶集团二建北京四环制药项目经理贺延素（右）向全国人大代表孙东林介绍北京四环制药工地项目管理情况

贺延素所在的中国华冶二建分公司项目部承建的北京四环制药工程获得北京市结构“长城杯”“国家AAA级安全文明工地”称号

贺延素（右三）接受中央电视台记者采访后，项目部管理人员与著名节目主持人欧阳夏丹合影

贺延素在“中华大地之星”高层论坛上发表演讲

在全国第十四届“中华大地之星”征文颁奖大会开幕式暨专题报告会上，本书主编侯宪台的作品被授予一等奖

燕赵儿女走进人民大会堂

（续篇）

主　编　谢吉恒　侯宪台

北　京
冶 金 工 业 出 版 社
2014

内 容 提 要

现已成功举办过二十一届的“中华大地之星”（光、歌）征文活动，评选出全国“十佳、百佳新闻人物”以及“中华优秀奉献者”。本书通过报告文学、通讯题材，将涉及河北省冶金行业相关获奖人物的文章甄选入书，2013年成功地出版了《燕赵儿女走进人民大会堂》，受到业界的好评和欢迎。应河北省部分冶金企业的建议和要求，又编辑出版《燕赵儿女走进人民大会堂》（续篇），使内容更加广泛，更加有深度。作品从全方位、多角度讴歌时代英才，谱写大地华章。

图书在版编目(CIP)数据

燕赵儿女走进人民大会堂:续篇/谢吉恒,侯宪台主编.—北京:冶金工业出版社，2014.10

ISBN 978-7-5024-6757-9

Ⅰ.①燕… Ⅱ.①谢… ②侯… Ⅲ.①报告文学—作品集—中国—当代 ②通讯—作品集—中国—当代 Ⅳ.①I25

中国版本图书馆CIP数据核字(2014)第221040号

出 版 人 谭学余
地　　址 北京市东城区嵩祝院北巷39号 邮编 100009 电话 (010)64027926
网　　址 www.cnmip.com.cn 电子信箱 yjcbs@cnmip.com.cn
责任编辑 李 臻 美术编辑 彭子赫 版式设计 孙跃红
责任校对 卿文春 责任印制 李玉山
ISBN 978-7-5024-6757-9
冶金工业出版社出版发行；各地新华书店经销；三河市双峰印刷装订有限公司印刷
2014年10月第1版，2014年10月第1次印刷
148mm×210mm；9.375印张；4彩页；286千字；290页
49.00元

冶金工业出版社 投稿电话 (010)64027932 投稿信箱 tougao@cnmip.com.cn
冶金工业出版社营销中心 电话 (010)64044283 传真 (010)64027893
冶金书店 地址 北京市东四西大街46号(100010) 电话 (010)65289081(兼传真)
冶金工业出版社天猫旗舰店 yjgy.tmall.com
（本书如有印装质量问题，本社营销中心负责退换）

序

燕赵自古多豪杰。慷慨悲歌的文化，朴实豪放的民风，形成了世代相传的燕赵傲骨侠气。

从不食周粟的伯夷、叔齐，慷慨重义的荆轲，骁勇坦荡的廉颇，铁胆直谏的魏征，到铁肩担道义的李大钊，舍身为国的董存瑞，宁死不屈的五壮士……燕赵侠士流芳千古，也激发了人们对这片热土的江日和热爱。广袤的燕赵大地，英才辈出。在这块神奇的土地上，无论是过去，还是当代，都在演绎着一个又一个精彩的故事，书写着一个又一个令人赞叹的传奇。

今年初，正是春花初放的时节，《中国冶金报》驻河北省记者站站长谢吉恒来北京找到我，拿着一叠书稿，说要把多年来采写的部分河北优秀企业家的报告文学和通讯集册出版，书名就叫《燕赵儿女走进人民大会堂》，邀我作序。

我翻开书稿，不禁怦然心动。

书稿里面有很多我熟悉的人和事。一些文章最初发表在《中国冶金报》上，有的还是经我手签发的。书中的人物，都是在北京人民大会堂受到过表彰的企业家，有的还受到国家领导人的接见。其中有相当一部分人在“中华大地之星（光、歌）”征文活动中入选“全国十佳新闻人物”“全国百佳新闻人物”以及“中华优秀奉献者”，有的被授予“中华优秀企业家”和“中华优秀企业管理者”等荣誉称号，其中包括部分全国、省级劳模及“五一劳动奖章”获得者。一篇篇报告文学和通讯，展现了企业的成长历程，记载了企业家们的奋斗足迹，折射出一个钢铁大省的崛起之路。白手创业的磨难，品牌塑造的艰辛……都跃然纸上。

我欣然应允。不仅是因为该书的两位主编都是我曾工作过的中国冶金报社的记者，也是因为长久以来对燕赵热土的眷注。

我与谢吉恒、侯宪台相识20多年，他们都是《中国冶金报》驻河北省记者站的记者。1984年，我从东北工学院（现在的东北大学）毕业分配到冶金报社工作，一干就是28年。从助理编辑、编辑、主任编辑，到高级编辑；从副主任、主任、总编助理、副总编，到总编辑。就是在这几十年的新闻生涯中，我与众多来自企业的记者和通讯员结下了不解之缘。尤其是在我担任中国冶金报社总编辑期间，直接主抓记者部工作，更是与记者们相知相助、共苦共荣。即使在去年8月，我调到冶金工业出版社工作后，与记者们的这份情缘也没有间断，反而更深了一层。

谢吉恒给我的最初印象是老成持重，一副饱经沧桑的样子。接触深了，方知他的确是经历坎坷。他当过兵，后供职在冶建单位，并长期为《中国冶金报》工作。从基层通讯员干到专职记者，又因工作出色被提拔为记者站站长。从内蒙古到河北，无论在哪里，无论顺境与逆途，唯一不变的，是他对新闻事业执著的爱。

感受最深的是他的勤奋、机敏，点子多，肯吃苦，而且永远充满激情。几十年来，他孜孜不倦地追求着自己的新闻理想，以他的辛勤、他的敬业、他的文学和新闻修养，采写出一篇篇有分量的报道。如今，已过花甲之年的他依旧穿梭在河北大地，笔耕不辍，时而往来于河北与北京之间，为报道的“落地”奔走。他每年在《中国冶金报》上发稿百余篇，连续多年被评为中国冶金报社优秀记者及优秀记者站站长。

谢吉恒的新闻写作源于20世纪60年代。40多年来，他先后在各级报刊发表近300万字新闻作品和文学作品。获奖作品百余篇，曾12次走进人民大会堂获通讯、调查报告、报告文学、散文等各类奖项，受到国家领导人接见。2006年，谢吉恒在“中华大地之光”征文评选活动中被授予“十佳新闻文化工作者”称号；2011年，在由中国报告文学学会、散文学会等举办的“中国时代风采”征文评选活动中，被授予“中国最具影响力新闻文化工作者”荣誉称号。

低调、朴实、憨厚的侯宪台是我到报社4年后加入冶金报社记者队伍里的。他是属于内秀的人。在众多豪放外向的记者中，他通常不那么引人注意，然而，一旦与他交往了，就很难把他忘掉。做兼职记者其实挺难的，既要干好本职工作，又要完成报社的报道任务，还要处理好两者的关系，让两边的领导都满意。侯宪台就是凭着自己的才学、勤奋和友善，成为了一名优秀的兼职记者。

同样,他也挚爱新闻事业。在护理不幸患病成为植物人的妻子4年多的时间里,他白天上班工作,晚上为妻子守夜、鼻饲、吸痰、翻身、搓背,服侍她大小便,即使这样,也从未间断新闻报道工作。生活的重负,没能打垮这条硬汉,写作,已经成了他生活的一部分。他的一些重头报道,在《中国冶金报》《河北日报》《河北工人报》及中央、省、市电台及电视台发表后,引起了反响,人民网、国资委等网站也不时地采用他的稿件。如今,身为企业报主编的他,要负责本单位的对外宣传工作,又要完成《中国冶金报》记者的报道任务,忙忙碌碌中,他依旧不断“充电”,行走在新闻之路上。

《燕赵儿女走进人民大会堂》倾注了谢吉恒和侯宪台两位主编、副主编和其他作者的心血。作品通过讲述人生精彩故事,对典型事迹和经验的报道,勾画出燕赵儿女的风采。

河北是我国钢铁第一大省。近年来,通过转型升级、结构调整,推进清洁生产、节能减排,河北钢铁工业有了长足进步,充满活力,涌现了一大批先进典型。报道典型,记录历史,是为了更好地面向未来。深化改革、科学发展之路漫漫,任重而道远。在今天时代发展的大潮中,愿燕赵儿女侠风重振,拼搏不懈,为圆中华钢铁强国之梦而努力。

任静波

2013年6月于北京

(序作者系高级编辑、中国冶金报社原总编辑,现任冶金工业出版社总编辑)

目　录

一、讴歌英才　谱写华章

龙凤山放歌

满江红

贺新春

欣值龙年新春降临，呈上贺词一首，祝龙凤山龙凤呈祥，龙岁腾达！

兔伏龙腾，
冲天起，追星赶月。
遨八极，
挟风曳电，
春雷烈烈。
金龙玉凤翔蓝宇，
瑞霭祥云生紫色。
十三亿融融庆良宵，
夜欢彻。
时如箭，鬓添雪，
对佳节，心尤切！
偕千侣襄赞，
如山宏业。
风云际会壬辰岁，
凝力同铸高纯铁。
待摘牌、
林下再高歌，
《垂纶乐》。

（刘武成于壬辰春节）

系列报道之一

铸造“高纯”

河北龙凤山铸业有限公司（以下简称龙凤山铸业）是专门生产铸造用高纯生铁和优质球墨铸铁用生铁的高新技术企业，年产能150万吨。2010年，该公司研制生产的铸造用高纯生铁获得了两项国家专利，其中一项为发明专利，一项为实用新型专利，成功替代进口产品。

“三精”工艺抓成分控制

近几年来，随着国内高速列车、核电、风电、汽车、船舶、化工等行业的发展，对优质铸铁件、等温淬火球铁件（ADI）、大断面球铁件及特殊性能球铁件的需求量日益增大。但我国的铸造生铁普遍存在钛、磷含量偏高和杂质、微量元素超标的问题，对符合高端铸件要求的高纯生铁的生产与供应形成了制约。在此情况下，该公司作为“全国优质铸造生铁生产基地”，于2009年年初开始研制高纯生铁。如何选择高纯生铁的生产工艺？加拿大等国家主要采用“矿热炉还原+另炉氧化吹炼”的方法，但在不使用特殊原料（钒钛磁铁矿）的条件下，不适合采用此工艺。该公司另辟蹊径，充分发挥本地优质铁矿资源和800立方米高炉适合冶炼高纯生铁的装备优势，采取“精料+高炉精炼+炉外精处理”的技术路线（简称“三精”工艺），用高炉直接冶炼出高纯生铁。

据研究，对高纯生铁化学成分的要求包括3个方面：控制碳、硅、钛、锰、磷、硫6个常规元素的含量，控制对高端铸件有影响的微量元素及其极限值，控制微量元素的含量总和，最为关键的是控制钛、磷两种元素的含量。

龙凤山铸业在2009年研制生产风电用低钛、低磷生铁的基础上，于2010年初制定了QB/HLFS01—2010《铸造用高纯生铁》企业标准。标准设置了C05L、C08L、C10L、C12L4个牌号，对钛、锰、磷、硫分别设定了特档和一档，规定了铬、钒、钼、锡、锑、铅、铋、碲、砷、硼、铝11种微量元素的极限值，规定了钛和上述11种微量元素含量总和小于0.1%。随后，该公司修订、实施了《铸造用高纯生铁》标准。

技术保障促质量稳定

在精选原燃料中，龙凤山铸业特别注意了对磷和钛含量的控制，同时对微量元素含量也制定了控制标准。他们充分发挥烧结预配料系统的装备优势，对铁精粉和石灰采用了自动化预配工艺，实行两次配料、两次混料，以保证铁精粉的品位、碱度，二氧化钛和五氧化二磷等化学成分的含量以及生石灰的稳定。增加了铁精粉润磨提纯工艺，既提高了铁精粉细度和球团矿强度，又提高了球团矿品位，减少了球团矿中二氧化钛、五氧化二磷等有害杂质元素的含量。为了实现长期稳定低硅、低钛冶炼，该公司制定和实施了高风速、大喷吹、低硅铁等10个方面的操作方针和操作细则，抓好控制。

为了确保高纯生铁成分的高纯净度和高稳定性，龙凤山铸业采取了炉外增硅孕育、脱硫搅拌、扒渣和铸铁孕育4项措施。需要炉外增硅时，出铁取样后，由设在炉台旁的岛津直读光谱仪迅速测出硅含量，由喂料机按计算好的定量进行增硅孕育。对流入80吨铁水罐中的铁水，自动装置根据所需的脱硫量，以氮气为载体进行喷镁粒操作。同时对铁水进行了很好的搅拌，借以脱气、浮渣和均匀化学成分。喷镁粒后，捞渣作业由捞渣机完成。浇锭时，使用高效孕育剂进行随流孕育。

炉外精细化处理净化了铁水，均匀了成分和温度，生铁锭外观洁净，断口均匀呈细灰粒状。同时，严格的原燃料质量控制、先进的工艺和严密的过程控制，保证了高纯生铁质量的稳定。如龙凤山铸业将2010年4月下旬至5月初生产的315批次高纯生铁中的钛、锰、磷含量值，绘制成质量特性值分布图，充分保证高纯生铁质量的稳定。据中国钢铁材料测试中心的检测结果，龙凤山铸业生产的高纯生铁的反球化系数值、珠光体影响系数值达到并优于标准要求。

在应用中不断提高

2010年以来，龙凤山铸业先后与中国第一重型机械股份公司等50多家企业建立了合作关系，全国市场占有率达到70%以上。众多高端铸造厂家使用龙凤山铸业的产品后，普遍反映铸件质量性能得到显著提高，铸件成品率和抗拉强度、伸长率、低温冲击值等技术质量指标显著提高。

案例1：中国第一重型机械股份公司在使用报告中写道："我公司从2009年开始使用河北龙凤山铸业有限公司的低硫、低磷、低钛优质球墨铸铁用生铁，质量稳定，有害元素含量低，有效地提高了我公司产品的抗拉强度、屈服强度、抗腐蚀强度等。双方已建立战略合作伙伴关系。"

案例2：常州华德机械有限公司使用龙凤山铸业生产的高纯生铁进行了超低温、高韧性球墨铸铁（－40～－50摄氏度）QT400-18AL的研究和用于高速列车转向架轴箱的生产。由于高速列车转向架轴箱是关系到列车行驶安全的重要部件，在性能要求上极其苛刻，因此长期依靠进口。常州华德公司在低温韧性球墨铸铁转向架轴箱研制成功后，使用龙凤山铸业的高纯生铁生产了3000多炉次铸件，没有一炉次不合格，该企业也因此成为国内具有CRH300型高速列车组转向架轴箱生产许可证的企业。

案例3：江苏卓润重工机械有限公司主要生产风力发电设备用核心铸件（如轮毂、底座等），核电、高铁、油田、精密机床床身等大型高端精密铸件，对原材料的要求高，尤其要求生铁低硅、低钛和微量元素含量低。该公司使用的生铁80%来自龙凤山铸业，铸件的金相、理化性能均达到指标要求。

龙凤山铸业正深入开展研究和实验，进一步降低钛、锰、磷、硫杂质元素及对铸造有影响的微量元素的含量，缩小硅、钛、锰、磷、硫含量的上下限范围，提高高纯生铁的纯净度和稳定性，实现高硅、低磷、低钛高纯生铁批量生产，满足不同用户的个性化需求。

目前，龙凤山铸业采用"高炉直接冶炼法＋氧化法"工艺，加紧研制开发超高纯铁，已取得明显效果。他们即将改造增加“炉外三脱”工艺，尽快开发并规模化生产出高端金属结构新材料——超高纯铁（硫加磷含量小于$3.5\times10^{-3}\%$），满足高端铸铁件和大型高端铸钢、锻钢件对高端原料日益提高的需求。

（原载于2014年4月15日《中国冶金报》，作 者 白居秉 刘武成，分别为河北龙凤山铸业有限公司董事长和总经理）

系列报道之二

自主创新 独辟蹊径

——河北龙凤山铸业有限公司建成我国100万吨高纯生铁基地纪实

日前，河北龙凤山铸业有限公司（简称龙凤山公司）在2010年中国国际铸件博览会上展出的“LFS”系列铸造用高纯生铁，吸引了国内外众多商家的眼球。“太好了，中国有了自己产的高纯生铁!”我国铸造业众多专家对此啧啧称赞，连连跷起大拇指。

据了解，龙凤山公司研发生产的铸造用高纯生铁结束了我国高端铸件使用高纯生铁长期依赖进口的历史，填补了我国高端铸造生铁领域的一项空白。据专家介绍，目前，我国铸造业每年需要100万~150万吨高纯生铁，高纯生铁实现国产化后，每年可为国内铸造厂家节约原材料成本、创造效益约7亿元，将为我国铸造业和装备制造业质量、技术水平的提高奠定可靠的生铁原料基础，具有深远意义。

龙凤山公司始建于1999年，专门生产铸造用生铁，曾是一家名不见经传的民营企业，但如今该公司已成为“河北省百强私营企业”、武安市重点保护企业、河北省铸造协会副理事长单位，并先后获得“年创利税超亿元企业”、中铸办“全国优质铸造生铁基地企业”等荣誉。他们是如何炼出国产高纯生铁，使企业跻身世界铸造生铁行业前列，为中华民族增光添彩的呢？10月上旬，龙凤山公司董事长白居秉在接受记者采访时一语道破：“靠的是‘自主创新，独辟蹊径’。”

观念创新 思路决定生机

武安是河北省钢铁重镇，民营钢铁企业分布集中，在经历2008年金融危机的洗礼后，众多企业受到重创。在冶炼行业摸爬滚打了10多年的白居秉苦苦思索：龙凤山的路子该往何处走？当时他面临三种选择：

第一条路：像大多数钢企一样，沿袭炼钢—钢坯—轧材的路子。而这条路一方面受到钢铁产能严重过剩、市场饱和的制约，另一方面面临国家宏观调控政策环境、市场要素等多方面的限制，国家明文禁止再上低水平钢铁项目，淘汰落后产能工作紧迫，显然这条路是“下策”，肯定行不通。

第二条路：硬着头皮继续沿老路走下去，维持年产100万吨普通球墨生铁的能力，而这种低档次铸造产品缺乏市场竞争力。市场是残酷无情的，行情好时能勉强维持度日，一遇波动，滞销企业就举步维艰，这条路是“中策”，也不通畅。

还有什么路可走呢？近年来，我国铸造业发展迅速，连续10年铸件产量居世界首位。但铸件质量和稳定性方面与发达国家存在较大差距，关键在于没有优质生铁特别是高纯生铁的保障。随着我国由铸造大国向铸造强国转型，高纯生铁的需求量日趋增大。高纯生铁主要用于风电铸件、核电铸件、大断面球铁铸件以及有低温冲击韧度和疲劳性能要求的球铁铸件等，用国产的高纯生铁替代进口势在必行，国内外市场前景看好，大有可为。

在业界专家的启发指导下，白居秉经过深思熟虑，认为“生产中国的高纯生铁”才是“上策”。调整产品结构，是龙凤山公司发展的必然选择、现实选择、唯一的选择。只有坚定走自主创新之路，争当行业自主创新的“排头兵”，企业才能走上“金光大道”。自此，白居秉横下一条心：创建中国的高纯生铁基地，推进自主创新，建设创新型的龙凤山公司。

条件创新　优势得天独厚

没有金刚钻，岂能揽瓷器活？为使主观愿望与客观实际相结合，龙凤山公司从战略的高度，请求中铸协领导和业内专家教授到企业“诊脉”。

建设我国高纯生铁生产基地，必须具备哪些条件？龙凤山人称这些条件为“三大件”：

第一大件是原料优势。高纯生铁是特定微量元素含量很少的高端铸件专用生铁，要求磷、硫、锰、钛等有害杂质元素的含量低。而我国生产的生铁普遍存在着磷含量偏高和杂质、微量元素超标的问题，使得一些铸造企业不得不从加拿大等国进口高纯生铁来满足生产的需要。冶炼高纯生铁需要优质原料，国内外适用于生产高纯生铁的矿较少。研究人员在全国各地进行铁矿勘探时发现，河北武安的铁矿储量丰富，多达5.5亿吨，是我国四大富矿之一，当地铁矿石中磷、硫、锰、钛和其他对铸造有影响的微量元素含量很低，其品质之高在全国乃至世界也属罕见。然而，长期以来，武安地区的铁矿石多被用于冶炼炼钢生铁和普通铸造生铁，其价值没有得到真正的应用和发挥。龙凤山公司要冶炼高纯生铁，在武安就地取材就能得到所需的优质铁矿石。

第二大件是装备优势。龙凤山公司拥有全自动化控制的800立方米高炉，是我国最大的冶炼球墨生铁高炉，更适用于冶炼生产低钛、低磷、低硫、低锰的高纯生铁；各项节能减排设施齐全，排放达标，完全符合国家产业政策和环保政策的要求，可大幅降低焦比。该公司还在全国率先兴建了预配料系统，根据客户需要的成分含量，通过自动化工艺准确预配，高标准生产，确保用户满意。

第三大件是技术优势。在白居秉的带领下，龙凤山公司十几年来积累了丰富的冶炼经验，并聘请了多名既有理论造诣又有实践经验的炼铁和铸造业专家，以及从国有企业招聘吸收来一批懂技术、善管理、勇于创新的综合型人才。许多专家和国内资深教授到企业调研后，得出结论：龙凤山公司的原材料、装备、技术三大优势条件完全符合高纯生铁的研发要求。

白居秉拍板：开始研发高纯生铁！

科技创新　人才至关重要

白居秉在龙凤山公司十几年的发展中深刻领会到：科技是第一生产力，科技兴企为龙凤山插上了腾飞的翅膀。此时，在研发高纯生铁之际，他更不忘“科技和人才是关键”的这个根本。

他们四处求贤纳才，将专业技术人才和资深专家多渠道吸纳到龙凤山来。他们从邯钢、新兴铸管、安钢、青钢等多家钢铁企业引进了100余名专业技术和管理人才。林州钢铁厂曾是全国铸造生铁行业的“一面旗”，其生产的低钛、低磷生铁的质量在行业内居领先地位。于是，龙凤山公司一次从林钢招聘了50余名离退休专业技术骨干。“栽上梧桐树，引来金凤凰”，该公司不仅引来了人才，还为人才提供了施展才华的平台，建立了完善的激励机制和薪酬体系。

2008年，龙凤山公司聘请的来自邯钢、新兴铸管、安钢等6家国有企业的技术专家组成了专业研发团队，同时请来中铸协的资深顾问、行业专家来引领、指导产品的研发。

经过不懈努力，优质球墨生铁试制成功了，风电、核电专用的生铁试制成功了……一个个新产品的诞生，使他们信心倍增。此时专家组提出，应进一步降低生铁产品的有害杂质元素和对铸造有影响的微量元素含量，力求达到最低，向研发高纯生铁目标冲刺！

在高纯生铁中，12种微量元素的含量确定了产品的最高含量。这些微量元素之和在生铁中的占比不超过0.1%，但技术要求非常严格。了解到加拿大生产高纯生铁采用吹氧法，其缺点是工艺流程长、成本高，龙凤山的技术人员大胆提出：能不能用高炉还原法直接生产高纯生铁？

经过数月的攻关，龙凤山公司采用高炉还原法生产出了高纯生铁，其中12种微量元素之和小于0.07%，经国家钢铁材料测试中心检测，完全符合标准。同时，在研发高纯生铁过程中，他们攻克了3个难关，即低硅低钛冶炼操作技术、炉外配套保证产品质量稳定性技术、低硅全灰口技术。其中，特制低硅全灰口技术克服了国外高纯生铁白口化的缺点，优于国外产品。这3项技术属该公司独创，已上报国家知识产权局专利局申请专利。

至此，龙凤山历时3年、投资1.5亿元、年产能达到100万吨的全国最大的铸造用高纯生铁生产基地建成了。

中国有了自己的高纯生铁！消息传开后，业内企业慕名前来采购。中国一重、二重、中国重汽、中国二汽、中集华骏、山东潍柴、广西玉柴、河南欧迪艾、中原内配、江苏锡华、浙江亚太集团等一大批著名铸造企业与龙凤山公司建立了长期合作关系。

自主创新，永无止境。是自主创新，为龙凤山公司带来了广阔的发展前景；高纯生铁基地的建成，给众多厂家创业带来深刻的启迪；国产高纯生铁的研发成功，大长国人的志气，影响深远……

目前，为了实现下一个目标，白居秉将带领他的团队，以“龙行寰球，凤鸣九天，你我携手，共铸辉煌”的大视野，与合作伙伴筹划，将龙凤山公司打造成年产150万吨低钛、低硫、低磷高纯生铁和优质球墨生铁的生产基地。

（原载于2010年10月28日《中国冶金报》，记　者　谢吉恒）

系列报道之三

科学发展 转型升级

——访河北龙凤山铸业有限公司董事长白居秉

今年以来，全国钢铁业下行压力加大，景气度出现滑坡，全行业进入“极寒期”，钢铁企业大面积亏损。然而，河北龙凤山铸业有限公司（以下简称龙凤山）却展现出另一幅风景：建厂10年来，销售收入增加20余倍，截至今年10月底，销售收入突破20亿元。在众多铸造生铁企业亏损的情况下，龙凤山不仅有盈余并创下历史较好水平的原因是什么呢？11月中旬，龙凤山董事长白居秉接受《中国冶金报》记者采访时，开门见山地说：“靠的是科学发展，转型升级。”

创新观念 传统企业闯出新路

近10年来，龙凤山坚持科学发展，主动超前转型升级，助推铸造行业、机械装备业转型升级，在提高经济效益和社会效益方面均取得显著成效，走出了一条具有自身特色的科学发展之路。龙凤山被评为“河北省百强私营企业”“武安市重点保护企业”，并获得“年创利税超亿元企业”、中国铸造协会“全国优质铸造生铁基地企业”等荣誉，成为全国铸造生铁行业生产高纯生铁名副其实的龙头企业。

龙凤山属于传统的生产铸造生铁企业，然而，其在转型中却选择了产业的最前沿作为切入点，在行业的高端上科学决策，探索企业转型升级的坐标。对此，白居秉介绍，龙凤山坐落于河北省钢铁重镇武安市，一个民营钢企分布很集中的地方，始建于1999年，是一家名不见经传的专门生产铸造用生铁的民营钢企。长期以来，龙凤山生产的普通球墨生铁产品因同质化、低档次，在国内市场竞争乏力。2008年，受全球经济危机和市场低迷的影响，龙凤山与大多数钢铁冶炼企业一样，产品销路受阻、市场滞销、价格下跌，企业举步维艰，处于濒临倒闭的边缘。

企业不转型，产品不升级，就会被淘汰，白居秉当时清醒、敏锐地意识到了这一点。我国是铸造业大国，全国铸造业生产厂家有3万余家，铸件产量连续10年位居世界第一，但大而不强，厂家规模小、数量多、技术落后、产品均属低档次重复生产的大路货，销路限于国内，而高档次、科技含量高、附加值大的高纯生铁全靠进口。

龙凤山生产高端生铁具有“天时地利”四大优势：素有“铁武安”美称的武安地区，是全国四大富铁矿基地之一，矿石品质之高世界罕见，铁矿储量达5.5亿吨，是冶炼低硫、低磷、高档生铁的最佳原料；有适合生产高端生铁的800立方米高炉的装备优势，同时还有人才优势和技术优势。守着这么明显的优势，生产经营却不理想，白居秉在危机中苦苦思索：龙凤山缺的是什么？左思右想，白居秉找到了“自主创新”这个生存法宝——化危为机，转型生产铸造生铁中的高端产品。

观念创新，使企业有了生路。龙凤山在业界专家的指导下，聘请邯钢、安钢、新兴铸管、青岛钢铁等国内6家大型国有钢企的技术专家组成专家研发团队，同时发挥企业自身优势，运用与国外高纯生铁完全不同的生产工艺，在精选原材料的基础上，依靠具有自主知识产权的高炉冶炼技术，历时3年，研发生产出了铸造用高纯生铁。

转型兴企　使企业焕发生机

两年来，龙凤山坚定不移地调整结构，优化产品结构升级。白居秉介绍，2010年，该公司在我国率先研发生产出自主创新的铸造用高纯生铁，使铸造生铁由传统产业的低科技、低附加值产品向高科技含量、高附加值产品转型升级；产品由最初的单一产品向多项产品转型升级，目前已研发出4种型号的高纯生铁产品；超高纯铁正在研发中，由生产型向产学研用相结合的方向转型升级。

市场上对高纯生铁产品的需求逐年增多，近3年来该公司生产销售的高纯生铁分别突破10万吨、20万吨、30万吨。高纯生铁作为金属新材料和高端铸造材料，以高纯净度、高韧性和高稳定性著称，广泛应用于风电、核电、高速列车、汽车等行业的高端铸件，受到国内众多高端铸造知名企业的热捧，产品市场覆盖率目前已达到95%以上。

在自主创新的同时，龙凤山在研发、应用、推广生产高纯生铁的新技术、新工艺、新装备等方面，与企业转型、产品升级、品牌建设相结合，不断提升产品的科技含量、高附加值，增强核心竞争力。

白居秉介绍，近两年来，龙凤山坚持以市场为导向，不断加大投入，加大高纯生铁的研发力度；以调产品、搞延伸、增品种、提高经济效益为主体，加快技术创新；大力实施“精品战略”，推动钢铁产业由“量的扩张”向“质的提升”突破，使得企业竞争力不断提升：一是建成了我国首个高纯生铁研发基地和年产100万吨的首条高纯生铁及超高纯铁生产线。二是具有了自主知识产权，在研发过程中攻克了3个难关，即低硅低钛冶炼操作技术、炉外铁液处理保证产品质量稳定性技术、低硅全灰口技术。其中特别是低硅全灰口技术克服了国外高纯生铁白口化的缺点，优于国外产品。这三项技术属龙凤山独创，其中两项获国家专利。三是制定了我国首个高炉直接冶炼的《铸造用高纯生铁》企业标准。今年11月份，河北省质量技术监督局在龙凤山专门召开会议，将《铸造用高纯生铁》企业标准升级为河北省标准。四是大力实施品牌培育，目前，“龙凤山”牌铸造用高纯生铁先后被评为“河北省自主创新重大成果转化项目”，获得“河北省名牌产品”称号，被科技部评为“‘十二五’国家重点新产品”。

延伸产业链　推动相关产业转型升级

白居秉介绍，近年来龙凤山不仅全方位地实现转型升级，而且高纯生铁的广泛应用，助推了下游高端铸造行业及装备制造业的转型升级，并由此加快了自身的转型升级步伐。龙凤山成功研发出高纯生铁后，3年来经过在50余家高端铸造厂家使用，取得了显著的经济效益。为充分发挥转型升级的双向互促作用，龙凤山采取“请进来、走出去”的方式，推动铸造业转型升级、快速发展。

今年4月份，龙凤山在邯郸成功举办了“高纯生铁及超高纯铁应用与发展高层研讨会”，国内10多名铸造业顶级专家和60多家大型高端铸造企业代表齐聚一堂，产、学、研、用精英荟萃，畅谈交流高纯生铁及超高纯铁应用发展的技术和经验。此次研讨会上，专家指出，我国目前铸造技术水平已得到大幅提高——能够自主生产大型水轮机、汽轮机及燃气轮机、风电及大型发电机缸体、缸盖等质量要求高、技术复杂的大型铸件，大型铸锻件受制于外国人的状况已大有改观。据资料显示，当前我国生产的最大球墨铸铁件为135吨，最大铸钢件520吨，已有40余家能生产单件重30吨以上的铸件，并且已有少数铸造企业接近或达到世界一流水平。

通过交流，龙凤山认识到：随着我国铸造业由大变强步伐加快，高纯生铁市场也在升温，需求日趋旺盛，我国铸造业每年需要100万~150万吨高纯生铁，高纯生铁实现国产化的空间日益增大。同时，也为铸造厂家节约了原材料成本，每年可节约成本7亿元左右。这使得企业士气大振，对未来发展信心十足。

在“走出去”方面，龙凤山先后多次到国内铸造企业开展市场调研，与用户探讨交流、征求意见、持续改进。目前，该公司已与中国一重、东风汽车、中国重汽、广西玉柴、山东潍柴、宁夏共享等一大批著名铸造企业结成长期战略合作关系，与越来越多的“国字号”大用户建立了稳定的合作关系。另外，龙凤山正着手涉足探讨加深合作方式，与一批工程机械装备企业延伸产业链条，探索在产品配套、共建项目、企业发展、深化战略合作等方面实现互利共赢。今年11月12日，中国铸造协会组织经工业和信息化部认定的145家铸造生铁企业代表和部分专家，参观和考察了龙凤山的高纯生铁生产线。考察结束时，中铸协常务副理事长兼秘书长张立波欣然为龙凤山题词：“创新发展 走向高端 由大到强”，中铸协专家曾艺成对龙凤山的高纯生铁寄予厚望，也一并题词“发展高纯生铁，为提高我国高端铸铁件、提高我国铸铁质量稳定性而贡献力量！”

《中国冶金报》记者在采访中了解到，培育好、建设好、发展好，率先走出一条铸造生铁产业发展转型升级的新路，是龙凤山的科学定位；建成我国生产铸造用高纯生铁的龙头企业，做优、做强、做大，发展绿色经济，真正成为友好型企业，成为技术创新、管理科学、持续发展的现代化企业，是龙凤山的执着追求。

（原载于2012年11月22日《中国冶金报》，记者 谢吉恒）

系列报道之四

打造精品　清洁生产

——河北龙凤山铸业有限公司节能减排循环利用的轨迹

12月中旬，记者来到河北龙凤山铸业有限公司（以下简称龙凤山），亲身感受了该公司由大做强的发展轨迹。该公司自主创新，打造精品——高纯生铁，填补了国内空白，一举改写了我国高纯生铁一直依靠进口的历史。龙凤山这个名不见经传、濒临破产的普普通通的小铁厂，通过坚持以科学发展观为指导，努力践行打造精品、清洁生产、循环利用的目标，焕发出了勃勃生机，成为全国生产高纯生铁的龙头企业，年产高纯生铁超100万吨，企业影响力日渐提升，名声扬播海内外。

该公司的高纯生铁成功之路，凸显出节能减排、循环利用是经济发展的主要增长点，环境保护是重要的支撑点。龙凤山生产的高纯生铁被评为"'十二五'国家重点新产品"，获中国铸造协会"全国优质铸造生铁生产基地"等荣誉，成为铸造生铁业转型升级的先行者。她所追求的打造精品绿色高纯生铁路线图和丰富内涵，为铸造生铁业同行留下了太多且深刻的启示。

启示之一　创新观念　增强紧迫感

目前我国已成为全球最大的钢铁生产国和钢材消费的最大市场。龙凤山面临着当前资源匮乏、能源短缺、铸造生铁业产能过剩等一系列发展"瓶颈"，和整个行业一样承受着巨大压力。资源能源对经济社会发展的制约越来越突出，如何提高资源能源的利用率，减少经济活动对环境的影响和更好地利用有限的资源，是摆在龙凤山发展面前的重大课题。

有数据显示，我国连续10年成为世界头号铸造大国，虽大却不强，在铸造生产中，能源和材料的投入占产值的55%～70%，每吨铸件所需能源是工业发达国家的2～3倍，三废排放量是工业发达国家的10倍，工业发达国家的环保投资占整个铸造业设备投资的20%～30%，而我国仅占5%～8%，数据对比，反差甚大。龙凤山董事长白居秉清醒地意识到，为铸造业提供原料的生铁厂家，本身就是高能耗高污染产业，节能和减排任务艰巨紧迫，任重道远。龙凤山距武安市周边一个近6000人居住的村庄1千米，企业发展民生优先更具现实的重要性和紧迫感。他看准了发展循环经济是企业持续发展的必由之路，这激发了他的紧迫感和责任感，决定走调整结构、打造精品、清洁生产的发展道路，为企业降本增效开辟新思路。

观念变，出生机。白居秉更新了传统的企业发展模式，实施了以清洁生产、节能减排为导向，以消耗减量、循环利用为宗旨的发展战略。2010年，该公司制定了创建资源节约型、环境友好型企业的目标，激发员工的紧迫感和责任感，从多方面引导员工深刻理解推行节能减排、清洁生产是贯彻落实科学发展观的重要措施，是改变工业发展方式的根本途径，更是提升企业竞争力的必然选择。"控制污染、清洁生产、重视生态、保护环境"成为龙凤山的流行语，成为全体员工的自觉行动，龙凤山人决心用真情和责任打造精品龙凤山、节能龙凤山、生态龙凤山、美丽龙凤山，这已成为该企业"十二五"的奋斗目标。

启示之二　清洁生产　抓基础管理

随着经济的快速发展，人们逐渐意识到仅靠开发有效的污染治理技术对污染进行末端治理非常有限，如果依靠改进生产工艺和加强管理等措施治理环境，从源头削减污染，可提高资源利用效率，减少或者避免生产、服务、产品使用过程中污染物的产生和排放，这种程序和方法更为有效，通过实施清洁生产可实现企业的可持续发展，大大减少末端治理的费用，提高生产效率，树立企业的良好形象，提高企业自身的管理水平和增强市场竞争能力，达到"节能、降耗、减污、增效"的目的。要真正实现清洁生产，就必须一手抓污染源头治理，一手抓内部管理，两手抓，两手都要硬。

近3年来，龙凤山公司为打造绿色龙凤山，着重从上述两方面下工夫。一是认清污染源，从硬件设备上保证污染源的治理，二是从内部软件管理上狠抓基础管理，确保作业环境的良好和现场的文明整洁。为此他们成立了以总经理为首的清洁生产领导小组，制定了清洁生产工作计划和清洁生产达标标准，并将责任落实到人，以是否达标对责任人进行奖罚，取得了良好效果。

他们首先从原料上进行治理，要求供应部购买的原燃料不能只顾价格低廉，更要注重质量，尤其是原料中硫、磷的含量要极低，原料从路途运输过程到原料存储场地，再从皮带进入生产设备，沿途采取封闭式管理，对于生产末端产生的粉尘，购买了 15 台（套）的除尘设备，24 小时运转，确保污染物不被排放出来；同时每天用洒水车进行现场清洒，真正实现了粉尘外扬的源头治理。对于生产过程中产生的煤气，专门投资建设了煤气柜，高炉产生的煤气直接输送到煤气柜中，使煤气实现了零排放。生产出来的成品，分门别类整齐堆放到成品库中，从原料进厂到成品的出厂，确保了零污染。

从内部管理上，公司专门设立了绿化队，目前绿化面积占公司总面积的 30% 以上，每个车间均设置了环保员，24 小时负责环保设备的正常运行和现场管理的检查整改。制定了严格的现场作业环境标准和非作业区域现场环境达标标准，目前，正积极推行 6S 现场管理方法，重视并运用细节管理，使每台设备、每件物品、每个区域责任到每名员工，努力达到作业环境干净整洁、机器设备见本色、非作业环境无垃圾无废弃物的标准。为确保现场环境的达标，龙凤山公司实行车间、部室、公司三级检查制，对于在检查中发现的问题，在例会上进行曝光，并对责任人进行惩罚。用总经理刘武成的话说，龙凤山要建成一个净化、美化、绿化、亮化的公司，而要实现这些，就必须有精细的标准和严格的执行，这是最基础的管理，没有这些基础，光谈清洁生产是没有意义的。

启示之三　节能减排从源头抓起

龙凤山在践行清洁生产、节能减排中，尝到了实实在在的甜头——既减少了资源能源的消耗和污染的产生，降低了生产成本，也增加了企业效益。

节能减排如何注重从实际出发，从源头抓起，做到标本兼治，记者在与龙凤山总经理刘武成和副总经理李建民的交流探讨分析中，梳理总结为五个方面：一是抓工艺设计的源头。工艺设计处于生产工序的最前沿，是源头，一开始选择工艺设备和设计工艺流程时就要考虑到节能减排。比如该企业的热风炉采用的是双预热顶燃式热风炉，这样在倒换热风炉操作时，煤气不外排，同时提高了风温，节省了焦比，提高了煤比；对联合泵站进行节能改造，实现自循环利用，每年可节约电费500余万元。二是抓清洁生产的源头，清洁生产体现、强调预防和源头控制，追求的是尽可能减少消耗，尽可能减少污染的产生，尽可能零排放，从根本上控制能耗、物耗和污染产生的措施，清洁生产是治本，全公司上下在生产中全方位、全过程扎扎实实抓好清洁生产这个中心环节。比如在烟尘和粉尘治理方面，龙凤山将高炉、烧结、竖炉除尘灰二次利用，配加到烧结中，不但消除了环境污染，又节能降耗。三是抓新技术、新设备使用的源头。把科技进步和技术创新摆在突出位置，技术创新是节能减排的重要手段，通过新技术新设备的开发利用，来提高材料和能源的有效利用，达到节能减排的目的。龙凤山一直关注炼铁科技前沿，努力把新技术运用到生产实践中，实现节能降耗的目标。公司投资2000余万元建成高炉变压吸附制氧系统，该系统比普通深冷制氧系统每立方米纯氧节约电耗约50%，增加了铁水的物理热，有效降低了生产成本；对现有电机加装变频器进行节能改造，年可节电费近1000万元；在风机润滑油内添加了齿轮油添加剂，年节电费300万元。四是严把原材料采购入库的源头。按照清洁生产、源头控制的原则，修订铁矿石焦炭采购标准，加强对铁矿石、焦炭等原燃料的质量控制，严格入库检测关，从源头控制含硫物质入厂。五是抓住生铁成品率源头。把提高生铁成品率作为节约冶炼铁水的能源消耗，减少冶炼时产生的大量粉尘、烟气排放的重要途径之一。龙凤山成立成品率控制QC小组，研究分析影响成品率的因素，并制定相应的措施，2012年11月成品率比去年同期提高两个百分点。龙凤山一年来冶炼30万吨高纯生铁，吨铁耗电98千瓦时，耗水0.96立方米，吨铁排放烟粉尘0.20千克，吨铁SO_2产生量为0.05千克，全部达到清洁生产国内先进水平。龙凤山坚持五管齐下抓源头，综合防治，标本兼治，今年在众多冶炼生铁企业效益大幅滑坡的情况下，取得了较好的经济效益。公司与武安市签订节能减排目标责任状，年年全面完成。

启示之四　循环利用争当“排头兵”

龙凤山在发展循环经济的过程中不断加大投入，挥起大手笔，争当行业循环利用的“排头兵”。3 年来，累计投入资金 3 亿元建成高炉煤气发电机组、BPRT 发电装置、烧结脱硫装置等循环经济体系项目，实现吨铁用水排放量、粉尘排放量、吨铁二氧化硫排放量均低于《现有钢铁生产环境保护核查办法（试行）》中规定的主要污染物的产排污强度。辅助产品全年产值充分释放可以达到 1.2 亿元，取得喜人的经济效益和社会效益。

2012 年，中国铸造协会两次举办会议，每一次组织专家、用户等百余人参观考察龙凤山，都给予极高评价。龙凤山历经 3 年的快速发展，物质流、资源的有效利用、废物的削减都有明显的效果，为同行提供了好的样本。主要表现在五个方面：其一，煤气全部回收发电，投资 1 亿元，建成了煤气发电系统，年发电 1.5 亿千瓦时，占公司总用量的 78%，年综合利用 5.7 亿立方米高炉煤气，实现高炉煤气零排放。其二，废水全部封闭处理。水是钢铁企业的命脉，是炼铁企业发展循环经济资源回收利用的重点，炼铁、烧结等系统都有独立的水处理系统，循环利用率达 100%，基本实现了废水零排放。其三，废物全部再生利用。在生产过程中，龙凤山最大限度地利用各种再生资源，包括铁渣、铁尘泥、粉尘等，实现了废弃物的资源化和无害化。高炉瓦斯灰、除尘灰、高炉铁渣等全部转入烧结与球团工序进行充分利用。水处理系统的含铁尘泥送到烧结场回收作为烧结原料，以往高炉副产品水渣作为水泥的基础原料，销售到下游生产企业，龙凤山从未向外抛弃过废弃物，做到了全部回收利用。目前，他们正积极谋划利用水渣生产微晶玻璃，使废弃物的利用值达到最大化。其四，烟尘脱硫除尘达标排放。为减少烟尘扩散，龙凤山在各生产设备的产烟尘部位，均安装了除尘器，除尘效率 90%，建成布袋除尘器、电除尘器共 15 台套，为减少烧结烟气中的二氧化硫含量，积极实施烧结机烟气脱硫工程。其五，龙凤山投资3000万元，加大厂区内绿化、硬化面积，既增添了绿色，美化了环境，又起到挡风抑尘的作用。

今天，走进龙凤山厂区，空气清新，现场整洁明亮，没有尘土飞扬，“玉带河”和“如意泉”流水涓涓，水中的鱼儿不时跃出水面迎接着每一个人，原来的垃圾场不见了，取而代之的是草坪，原来坑洼不平的路面被平整的水泥路面所替代，原来的杂草区变成了花圃，每一名龙凤山人深深感受到了绿色带来的生机盎然，充分体现了企业与社会、企业与环境的和谐发展。

龙凤山在党的十八大精神鼓舞下，进一步提高资源综合利用水平，不断巩固和提高环保、节能降耗的工作水平，加强企业环境基础建设，努力实现工艺技术先进、经济效益突出，资源利用合理，环境清洁优美，经济协调发展的目标，将龙凤山建成一个具有高度社会责任感的资源节约型、环境友好型企业。

（原载于2012年12月20日《中国冶金报》，记　者　谢吉恒，
通讯员　赵国旺）

系列报道之五

用户需求就是企业追求的目标

——来自龙凤山铸业公司提升用户满意度和忠诚度的报告

今年初以来，在铸造生铁企业经营普遍不景气的形势下，河北龙凤山铸业有限公司（以下简称龙凤山公司）取得了令人瞩目的业绩：上半年，累计生产高纯生铁26万吨，同比增长30%，在国内市场占有率达到75%以上，产品合格率达99%，货款回收率实现100%，各项经济技术指标较去年同期提高40%。他们缘何能在逆境中正常运行？这会给同行带来什么启示呢？

《中国冶金报》记者在7月上旬采访该公司董事长白居秉时，他一语道破其中的秘诀，就是“聚焦用户需求，追求用户满意”。

以技术发掘用户需求点

龙凤山公司坚持以“技术引领市场、直面市场”为指导思想，充分发挥技术引领市场的优势。他们的技术人员经常深入市场前沿，直接面对用户，准确了解用户对产品的需求，挖掘用户的潜在需求。如何做到以技术发掘用户需求呢？龙凤山铸业公司总经理刘武成告诉《中国冶金报》记者，发掘用户需求点，是从市场需求的空白点上切入的。

据刘武成介绍，该公司发掘用户的需求点在确立、实施“为用户创造价值的经营理念和高纯生铁进一步市场化、实现国际化”发展战略的基础上，细化成四项具体措施：

一是“以新技术直面市场，以高端产品引领市场”。该公司自2010年以来，每年都积极参加中国铸造协会和中国铸造学会举办的国际铸造博览会、铸造技术研讨会、技术论坛等。每逢这样的机会，他们都会派出多名重要的生产技术骨干带头参会，和用户直接见面沟通交流，介绍本公司生产的高纯生铁产品特性，与用户共同研究解决高纯生铁应用中的技术问题。同时，他们每年多次派出技术人员和销售人员，深入用户生产现场，征求技术人员和操作人员的意见，共同研究解决高纯生铁使用中遇到的技术问题。对于用户提出的要求，相关人员回厂后认真研究制订解决方案，反复实验改进，直到完全满足用户的需求。

二是该公司技术中心建立了“产、学、研、用”四位一体、密切合作的科研机制，聘请了10多名高端铸造专家和大学教授，对高纯生铁的研制生产和下游高端用户给予技术指导。

三是为降低用户的使用成本，推进高纯生铁进一步市场化，该公司不断优化和改进生产工艺。在持续提高产品质量的前提下，该公司强化管理，深挖内潜，降低成本，让利给用户，尽力减轻用户的成本压力，力争为用户创造价值最大化的需求。

四是确立和实行“服务型制造”战略举措。如中国一重生产核电压力容器，对所需高纯生铁的化学成分提出非常严格的质量标准。龙凤山公司从原料采购、烧结配料、冶炼技术、生产组织到铁库存放、产品发运，实施了一整套严密的流程方案，完全满足了用户的需求，受到用户的好评。

刘武成强调：“为满足用户的需求，我们主动参与用户产品设计，帮助用户解决对产品制造的技术难题，提供技术服务。同时，我们还根据用户的需求，共同开拓新市场。”该公司经过多年科研投入和技术创新，攻克了三道技术难关，即低硅低钛冶炼操作技术、炉外配套和保证产品质量稳定性技术、低硅全灰口技术。其中，特制低硅全灰口技术克服了国外高纯生铁白口化的缺点，优于国外产品。这三项核心技术属龙凤山公司独创，其中两项已获得国家专利。

龙凤山公司以技术为先导，带动了内部各系统聚焦用户需求。如技术、生产销售、质管等部门服务市场的功能发挥到最大化；技术服务中心对用户使用产品情况提供了有针对性的技术服务，推进了技术与市场紧密结合。

提升用户满意度成为新看点

如何提高用户满意度和忠诚度呢？龙凤山集团公司总经理白树

良在接受《中国冶金报》记者采访时概括出一大“亮点”：建立、完善、实施用户管理系统。他谈了五大看点：

用户细分有看点。该公司以产品为依据，每年按用户标准进行用户细分，进行存档分类管理。制造同一类产品的划分为一个档。同时，根据用户整体实力、发展前景划分出重点用户和战略用户。根据不同类型的用户，提供相应的服务。如对战略伙伴用户，指定成熟的销售人员，实施“一对一”的对接服务。供给对方用户的产品经过严格的化验后，将产品进行分类单独存放。生铁存放过程中，写明标识牌，进行目视化管理，确保所发出的生铁万无一失。

管理模式有看点。龙凤山公司按照6S（整理、整顿、清扫、清洁、素养、安全）的标准，实施一套具有自身特色的服务体系制度，区分不同类型客户，采取不同管理模式。一般用户采取按时按量供给模式。对于高端用户，采用全面生产管理（TPM）零库存管理模式。这类用户一般要货时间紧，要随时掌握其使用量和库存情况，备好用户特需的品种铁，需要时能在48小时内到货。同时做到售后跟踪服务，遇到问题，技术人员保证在24小时内赶到，及时解决问题。

走访用户有看点。龙凤山公司建立了领导层、技术、销售、质检4个层面人员组成的用户走访机制，明确规定各层面人员走访用户的要求。该公司领导层走访用户，与关键用户建立战略伙伴关系；技术人员走访用户，使高端产品的产业化、国产化建立在坚实可靠的基础上；销售人员走访用户，科学地开拓市场；质检人员走访用户，促进质量改进，满足用户需求。

产品使用效益最大化有看点。据了解，用户最在意的有两个方面，一是生铁使用整体性价比高，二是生铁质量稳定性强。龙凤山公司的生铁产品较其他企业吨价高出60元，但产品出铁高出其他厂家产品5%，且省去球化剂、孕育剂等辅料，在加工时省刀具，综合计算下来，其生铁产品较其他企业产品成本每吨低60元。同时他们拥有输出技术服务，可更好地帮助用户解决技术难题。

服务方案有看点。龙凤山公司拥有专门的技术研发中心。在该中心内，业内的顶级铸造专家、大学教授以及用户的技术人员，潜心研究生铁的整体性能，从生铁的常规 6 大元素到 11 种微量元素，逐一作出分析；从产品、技术、服务特色三个方面总结出一套完整的“产、研、销、服”方案。在材料应用、工艺设计、技术改造、质保体系、废品分析等方面，该中心为用户提供准确的技术解决方案。如有一家用户在与龙凤山公司合作前，生产 C 类铸件，成品率为 87%。他们与龙凤山合作后，在技术人员指导下，成品率提高到 97%。由于改进了工艺，他们开发出附加值更高的 A 类铸件，两年后这家用户的利润翻了三番。

“第三只眼睛”寻找改进点

在得到用户和社会广泛认可和好评的同时，龙凤山公司已连续 4 年通过第三方聘请 10 多位铸造专家和大学教授，帮助进行顾客满意度测评。在获得用户满意度和忠诚度的真实评价后，他们对用户反映的优劣问题逐一分析。对评价好的方面，他们查找好的原因，以便进一步发扬；对评价差的方面，深究原因，制定改进措施，实施改进。

“第三只眼睛”使该公司“产、学、研、用”相结合的机制找到了落地方式，取得很好效果。该公司聘请的专家曾艺成和马敬仲教授，既指导龙凤山公司高纯生铁质量的持续改进和提高，同时又指导常州华德铸造有限公司用龙凤山牌高纯生铁生产高速列车核心铸件——转向架轴箱。截至 2013 年 3 月底，华德公司使用龙凤山牌高纯生铁生产的高速列车转向架轴箱 1800 炉，铸件的抗拉强度、伸长率、-40 摄氏度冲击功等各项技术指标都达到和优于国家标准。

“第三只眼睛”让龙凤山公司与众多客户建立了良好的关系，同时也不断提高自身的产品和服务质量，提高用户的满意度和忠诚度：2009 年，中国第一重型机械集团公司与龙凤山合作，使用龙凤山的高纯生铁和球磨铸铁，用于生产容器设备和核电设备。龙凤山的高纯生铁产品质量稳定，杂质含量非常少，提高了他们产品的质量，打破了原材料依靠进口的局面。

大型铸造厂——广西玉柴机器股份有限公司主要生产发动机、缸体缸盖等高端铸件，每年铸件产量达到 25 万吨。该公司绝大部分产品使用的都是龙凤山生铁，双方已合作超过 10 年。

浙江亚太机电股份公司是一家开发、生产、销售汽车制动系统的国家级重点高新科技企业，每年从龙凤山公司采购的生铁在 2 万吨以上，双方已是多年的战略合作伙伴。

山推工程机械股份公司生产的推土机在全国占有率 65%，使用龙凤山生铁已有两年多。由于质量稳定，服务周到，双方合作还在不断推进。

（原载于 2013 年 8 月 1 日《中国冶金报》，记　者　谢吉恒）

系列报道之六

龙凤山招引“龙凤”来

——河北龙凤山铸业有限公司实施人才强企战略纪实

2013年，在钢铁产能过剩、钢材市场持续疲软的严峻形势下，河北龙凤山铸业有限公司（以下简称龙凤山铸业）在生产和销售等方面呈现良好态势。特别是他们生产的钛、锰、硫、磷等杂质元素含量极低的高端铸造专用高纯生铁产品，不但热销高铁、核电、风电、军工、航空、船舶等领域，而且其“绿色铸造”的成果，改变了人们对传统铸造生铁企业“黑色”“污染”的认知。职工们高兴地说：“招才引智，使企业转型升级战略实施得更坚实。”

“绿色”转型

曾经的龙凤山铸业，是河北省武安市一家单一为铸造业提供低档原料的生铁生产小厂。当时，高能耗、高污染问题制约了企业的发展。该公司董事长白居秉认为，人才是企业的发展之本，企业要转型升级只有依靠人才。

2009年，龙凤山铸业着力实施“招才引智”战略，使企业转型升级步入快车道。现在，凡参观过龙凤山铸业高纯生铁冶炼流程的人，大多会为其“两大卖点”叫好。

其一，自主创新，在国内率先生产出铸造用高纯生铁。他们投资20多亿元进行技术改造，在国内率先建设“采、选、烧、炼”工艺配套、装备先进的高纯生铁生产基地；成立了高纯生铁技术研发中心，制定并发布了由质量技术监督部门审议通过的高炉直接冶炼《铸造用高纯生铁》企业标准，并于2012年实施了修订。新技术和新标准的应用和实施，使该公司产品不断升级，微量元素含量进一步降低；形成了高纯生铁、球墨铸铁用生铁、铸造用生铁三大产品系列、60多个品种，年产销量达到150万吨，畅销国内市场。龙凤山铸业被认定为我国专业生产铸造用高纯生铁和优质铸造生铁的国家高新技术企业。龙凤山铸业牌铸造用高纯生铁被科技部评定为“国家重点新产品”。

其二，创建全国“绿色”铸造用高纯生铁生产企业。5 年来，龙凤山铸业以环保、清洁生产为企业转型升级的抓手，坚持“两手要硬”：一是狠抓设备改造。该公司依照“高起点”的改造思路，建设了专门生产铸造用高纯生铁的现代化高炉、8 条长 90 米铸铁机生产线，添置了烧结机脱硫设备和 15 台套先进的除尘设备，使环保设备 24 小时正常运转。二是狠抓基础管理。为确保从原料进厂到成品出厂“零污染”，该公司实施了原料存储、运输、投用全程封闭式管理；高炉煤气直接送入煤气柜，全部回收发电，年发电量占该公司用电总量的 78%；废水封闭处理，循环水利用率达到 100%，实现了废水零排放；废弃物全部再生利用；成品分门别类储存。同时，该公司投资 3000 万元，使绿化面积占厂区总面积的 32%。

目前，龙凤山铸业采用高炉直接冶炼法 + 氧化法工艺，开发并规模化生产出高端金属结构新材料——超高纯铁，使建设生产“绿色”铸造用高纯生铁基地的步伐迈得更快。

不 拘 一 格

“随着世界经济由产业经济向人才经济发展，行业竞争日益激烈，作为企业领军人必须实施‘人才强企’战略，强化加快转型升级步伐的危机感、紧迫感、责任感的理念。”在白居秉看来，人才是为企业创造精神成果、促进企业生产发展、为营销打开局面的基石，总之就是为龙凤山铸业的发展壮大、转型升级作出贡献的人。

现在，龙凤山铸业拥有员工 2800 余名。在这支高技能、高素质员工队伍中，有较强创新能力的科技人才达到 587 人，这为该公司开发技术含量更高的高纯铁产品、促进企业进一步转型升级提供了人才支撑。那么，该公司是如何“招才引智”的呢？据该公司人力资源科负责人介绍，他们“招贤纳士”的特点是，加强技术人员的培养和高层次人才的引进，把“人才蓄水池”作为企业增强自主创新能力的着力点抓深抓实，为人才提供更好的空间、机遇和舞台。总之就是：不拘一格，多种形式。

首先，多渠道引进各类高端、顶尖人才。

渠道一：从中国铸造协会、中国机械研究总院、河北工业大学等高等院校、科研单位聘请专家、教授20余人，采取“柔性引进”策略，不求所有，不求所在，但求所用，以提高高纯生铁的技术研发水平。

渠道二：2013年，龙凤山铸业在国内率先建成企业高纯生铁科技研发中心，并与多所专业院校、科研单位建立了长期、稳定的技术合作关系。目前，该中心聘请了10多名高端铸造专家，实行“研、学、产、用、销”一体化模式，对高纯生铁的研制、生产和下游高端用户给予技术指导。

渠道三：举办“推广应用高纯生铁高层论坛会”，依靠核心技术，立足行业高端，与上下游企业联手闯市场，优势互补，实现共赢。

其次，以“刚性引进”为主，引进中高层次人才。自2009年至今，依托项目技术改造引进管理和技术人才100余名，为企业发展注入了活力。

再次，出台企业人才发展长期规划。目前，该公司已与多家院校建立了稳定的人才基地，引进大中专毕业生400余名。此外，从企业内部员工队伍中选才，将自己培养出的一批有经验、有技术的精兵强将安排到重要岗位上。

重在留用

据该公司总经理刘武成介绍，为使引进的人才留得住、用得上、能干事、干成事，该公司配套出招“三管齐下”：

一是强化人才动态管理。企业每个岗位都是员工施展才能的大舞台，通过加大对专业职务聘任期内的激励和绩效考核管理力度，公司进一步完善“重才、用才、留才”的用人机制和人才成长体系。在管理层，通过“赛马机制”，对副科级以上干部进行竞聘上岗，充分调动大家的主观能动性；在技术岗位，开展技能比赛，选拔出一批既有过硬专业知识又具有一定管理才能的中坚力量。以上措施实现了人才的合理配置，做到了“把合适的人放到合适的岗位上”。

二是强化人才培训。龙凤山铸业管理者认为，企业最重要的工作之一就是培训。该公司实施了全方位、全过程培训，从各环节系统抓起。一方面，该公司建起了60多人的师资队伍，完善了培训计划、培训制度和相关的奖励机制，配备了齐全的教学设备；另一方面，该公司启动在岗职工全员技能提升培训，培训考试合格者发证书，不合格者延长培训期限，给一次补考机会，仍不合格者则被淘汰。此举在员工中形成了“爱学习，比技能”的良好氛围。此外，为强化岗位培训，培养高技能实用型人才，激发员工学习技术、提高操作能力的积极性，该公司还每两年举行一次技术比武，获奖者每月可获得150元、300元、500元不等的特殊津贴。

三是完善人才留用条件。龙凤山铸业注重为人才营造良好的事业发展平台和空间，为各类人才安排适合自己专业发展的工作岗位，使人才感到工作有成果、事业有奔头，做到了用事业留人。同时，公司实行差异的分配政策，在薪资设计上设有技能、工龄、学历等津贴补助，并出台科技成果奖励制度，用竞争机制来激发每一个人的潜能，做到了用待遇留人。在强化企业的凝聚力方面，公司组织员工畅谈思想，丰富员工业余文化生活，定期走访特困员工，做到了用文化留人。

（原载于2014年2月18日《中国冶金报》，记　者　谢吉恒）

马万水精神的擎旗人

——中国华冶马万水分公司经理刘东申

马万水是新中国首届劳动模范，第一、二届全国人大代表。他带领“马万水小组”先后十二次刷新了全国冶金矿山的掘进高峰，成为全国冶金战线上一面永不褪色的红旗。2010 年 11 月，刘东申临危受命，扛起了马万水分公司这杆大旗，成为这支英雄队伍的第 20 任经理。

低调上任，抓准项目“出血点”

2010 年，马万水分公司遇到了前所未有的困难，由于在建项目少、项目创效能力差、资金严重短缺，各项经营指标都难以完成，职工工资欠发，机关人浮于事，士气低落。为维护这个英雄群体在市场经济的大潮中生存发展，中国华冶集团领导果断调整了该公司的领导班子，任命刘东申为马万水分公司经理。

刘东申，属鸡，1969 年出生在河北沧州河间县一个普通的农家。由于他刻苦学习，1994 年考上了阜新矿业学院，在矿山建设系矿井建设专业学习。毕业后分配到中国华冶当了技术员。他先后在三井巷公司设备安装处、程潮铁矿指挥部、荣山煤矿项目部、陕西榆林项目部、板石项目部担任技术员、项目部副经理、经理。他扎实的基层经历、过硬的技术和丰富的施工管理经验以及处理问题的果断能力，早已在公司领导心里留下了深刻印象。上任时，公司领导对他说：“现在我们把全国冶金战线的红旗交给你，希望你能够带领职工在市场经济大潮中劈波斩浪，再创辉煌。”一向不善言谈的刘东申只是不停地点头。有人说，这不是他在显示沉稳，而是他成为全国英雄集体马万水分公司擎旗人后的压力，是这面红旗在他手上的沉重分量。这一夜，刘东申失眠了。他暗暗下定决心：“一定要像马万水老组长那样，把住红旗不放，为祖国的矿山建设事业奉献青春年华，让这面红旗在我的手中高高飘扬……”

上任之初，刘东申没有发表施政演讲，而是转遍了所有的 6 个项目部，他直面困难与挑战，根据分公司的严峻形势，提出了“一年打基础、两年起好步、三年实现健康快速发展”的战略思路，制定了一系列管理制度，要求领导班子成员严格执行，他亲自实践带头执行。之后，他一个项目一个项目地查找亏损原因，与业主交谈，与项目经理交流，与职工谈心，征求意见和建议。要求在建项目必须保证上交，不允许出现亏损，并与项目经理签订合同。对资金不到位的项目与业主解除合同，避免亏损。这样一来，仅用了半年时间就止住了在建项目的出血点，当年在建项目全部实现了盈利。2011 年初，刘东申就把以往欠发的职工工资补齐，年底还发了少量的奖金，使职工喜出望外，士气大振。

苦干实干，开创市场营销局面

作为第 20 任马万水分公司经理，刘东申时刻牢记马万水“艰苦奋斗，严细求精，拼搏奉献，勇攀高峰”的精神，在困难面前，总是冲在前面。他认为，带领这支英雄队伍再创辉煌，必须先解决有活干的问题，否则，英雄无用武之地。

为了解决公司在建项目少，施工任务不饱满的问题，刘东申将市场营销工作作为工作的头等大事。他依托现有的项目信息，组织公司营销人员有选择地扩大矿山施工规模和业务范围，加大有包采前景的矿山井建项目的跟踪力度。为了保证公司重点关注的项目中标，刘东申通过各种场合，介绍马万水英雄队伍的荣誉，宣传马万水精神和马万水事迹，以过硬的业绩取得业主的信赖。2011 年，他得知吉林板石矿业要上技改工程时，眼睛一亮。该项目包括 5 条竖井、斜坡道，合同额 4.6 亿元。刘东申说，这块肥肉不能让别人叼走。凭着当年与板石的精诚合作和良好的信誉，在半年多的时间里，连续跑了十几趟板石矿业。经过与业主反复交谈，与设计部门进行沟通，以合理的报价和过硬的技术方案将整个工程合同收入囊中，成为全国矿山技改工程最大的订单。这一工程的中标，能够使分公司一半的人有活干，成为分公司的半壁江山，解决了任务不饱满的问题。既稳定了职工队伍，又提升了士气。

在市场营销过程中，分公司每次投标，刘东申都参与项目成本测算，确定投标价格和策略，开标时必亲临现场，进行现场答疑，使业主看到马万水分公司的实力，使参与投标者心服口服。通过刘东申和营销人员的辛勤努力，分公司在2011年和2012年先后中标14项工程，合同额达10亿元以上。

创新管理，向精细化管理要效益

近年来，马万水分公司拿到的后续工程，大都是工期紧、单价低、质量要求高的工程，稍有不慎，就有完不成任务、合同违约和成本亏损的危险。在这种情况下，你不干就会失去业主的信任，丢掉一方市场；干，就必须精打细算，才能保证正常运营。刘东申认为，要想真正做到管理精细化，主要精力应放在项目微观层面上，实现精细化管理的过程控制，强化责任的落实。为此，他主持制订了详细的精细化管理计划，编写了项目部的精细化管理文件，并在各分队和班组强力推行，使制度深入人心。一是实现项目人员配备标准化，保证重要岗位人资力量，避免岗位重叠，实现人员管理优质高效。板石项目部主要施工的有18号矿组、4~8号矿组、西露天7号矿组基建及探矿，3个工地相距10多公里，线长，点多面广，管理难度较大，按照项目部组建规定，至少需要两个项目部的人员编制，而板石项目部的管理人员仅用了22人，一人多职。二是各管理科室都按精细化管理的职责要求，细化指标分解，做好现场管理标准化。三是做好过程控制。该项目部重点抓技术管理的基础工作，如测量、技术交底、施工日志等，施工现场严格执行自检、互检和专检的“三检制度”，突出作业工序指导及安全操作规程的检查监控，并通过凿岩爆破等专项培训加强施工技术培训，以老带新，狠抓技术管理，实现了安全质量管理有序可控目标，工程质量达到质量规范要求。四是做好项目成本管理。在成本管理工作方面，管理制度逐步完善，过程控制得到加强，并推行项目成本预算管理、成本倒推机制，初步实现了成本测算指标科学合理、管理过程监控有序高效，确保了项目收入稳步增长。他在板石项目部期间，精细化管理体现在修旧利废和小改小革、勤俭节约过紧日子上。该项目部新进的电机车，起初基本每月得维修一次，后经维修班仔细观察，找出了原因所在，是电机和减速箱部分结构不合理，强度不够，经过加固后，每次维修周期延长到6~7个月，大大提高了设备的使用效率，减少了维修工作量及维修费用。耙斗式装碴机是项目部主要的生产设备，其耙牙为消耗材料，以前从厂家购买，一副耙牙1900元，正常出碴只能用10天就被磨完需要更换，项目部有6台耙岩机，仅此一项，每年得消耗耙牙费用40万元，能不能用其他材料代替呢？他和项目部技术人员开动脑筋，经过几次试验，最后采用购买40毫米锰钢板，用氧气切割成规定尺寸后安装在耙斗上，经试用，使用效果比原厂件还好，每副耙牙成本仅800元，能用30多天，这样一年下来，就能节省30多万元。耙斗式装岩机的滑轮属易损件，每台每月得更换一个，该项目部以前都从厂家购买，每个需800~900元，且不能重复利用，一年6台装岩机仅滑轮一项就得花费6万元。后来，刘东申尝试利用边角余料自己加工，每个成本仅需200多元，而且部分滑轮边磨损的还可以重新贴焊上钢板，又相当于一个新滑轮，这样一年就能省4万余元。

随工程进展，支护量逐渐增多，模板需求量加大，主井、副井、回风井、破碎电梯井、采区电梯井等，各井规格都不一样，都得需要模板，总计得需模板约30吨，该项目部原想外委加工，后选择了好多家厂家，最便宜的也得8500元/吨。于是，刘东申倡导项目部专门成立模板加工组，由维修钳工及相关技术人员组成，经综合核算，每吨成本大大下降，保证了工程需要。

以身作则，在全公司传递正能量

刘东申认为，马万水精神是公司改革发展的宝贵精神财富，新时期更需要弘扬马万水精神。为此，他向总公司建议建立了马万水事迹展览室，新员工入职都要参观马万水事迹展览室，观看电视剧《马万水和他的战友们》，使员工从马万水事迹中汲取精神力量。2013年5月，在他的主持下，制定了《弘扬马万水精神教育实践活动的实施方案》。工作中，他首先以马万水为榜样，率先垂范，每年都有三分之二左右的时间在施工现场，吉林、辽宁、安徽、湖北、山西、河北几个项目部他每年都要走遍，并且在重点项目一待就是十多天。在刘东申的影响下，马万水分公司形成了风清气正的优良环境，"艰苦奋斗、严细求精、拼搏奉献、勇攀高峰"的马万水精神得到了传承与弘扬。

在刘东申的带领下，马万水分公司"有红旗就扛""有第一就争"，荣誉室里又增添了无数锦旗、奖牌。分公司承建太钢峨口铁矿露转地工程二、三标段工程，这里自然条件恶劣，海拔2000米，条件十分艰苦，2012年12月份，峨口项目开工时正值冬季，寒风刺骨，交通不便，生活乏味。工程开工之际，太钢就制定了每季度实行综合评比流动红旗的方案，14家参建队伍参加争夺流动红旗竞赛。在1726米平硐开工之际，滴水成冰的季节，工人们冒着刺骨寒风，奋斗在工作岗位上。

"关键时刻不离现场"是他多年养成的习惯。在施工1726米平硐时，进硐40米便遇到了绿泥岩，加之绿泥岩层含水，施工时极易坍塌，给施工带来难以想象的难度，刘东申在现场一干就是十几天，他和工程技术人员一起制定施工方案，积极探索科学、合理的施工方法，最后确定了短掘短支、保留核心土的施工方法，对于出水部位采用引、导、疏相结合的方法，取得了很好的效果，不仅使工程施工加快了进度、保证了质量，更为矿山巷道软岩层施工积累了宝贵的经验。仅用3个月绿泥岩层就进尺80多米。后来，经过探测得知绿泥岩层有近200米时，刘东申积极向业主建议，如此施工下去，不仅施工难度大、成本高，而且安全得不到保障。今年3月，业主接受他的建议重新开硐后，进度很快。既确保了合同工期，减少了投资，又确保了安全施工。据统计，在2013年前三个季度综合评比中，马万水公司峨口项目部连续三次夺得太钢每季度一次的综合评比流动红旗，3次迎来太钢（集团）工会的慰问，用行动实践了马万水“站在排头不让，把着红旗不放”的豪迈气概。

以人为本，时刻不忘关心职工

几年来，刘东申用行动续写着马万水关心工友的优良传统。2011年4月份，马万水分公司从邯郸搬迁到天津滨海大港新区。大部分职工家在邯郸，工资水平低，造成生活不便，支出增加，一些职工思想产生波动。刘东申看在眼里，记在心上。他一方面向职工讲述搬迁天津对企业发展的好处，另一方面设身处地地为职工着想，千方百计解决职工的困难。为职工租用了宿舍，建起了食堂，每周都有食谱，提高了福利待遇。分公司还规定，定期组织旅游，定期为职工体检，定期组织联谊活动，凝聚了人心。每年春节前后，他和其他领导一起拜访马万水的夫人张淑云，走访马万水分公司的老领导、老工人，为他们送温暖，对分公司特困职工更是关怀备至。职工张德胜是空压机司机，2010年的一天突发脑出血，由于是异地医保，分公司为他垫付医疗费2万多元。后来他媳妇又与他离婚，生活困难。刘东申没有忘记他，每年都让工会给他救济，并帮他办理了病退手续，使他的生活得到了保障，张德胜非常感动。职工遇到婚丧嫁娶事宜，刘东申都会带领分公司领导上门帮忙，使职工处处感受到了大家庭的温暖。

刘东申把分公司大家庭搞得很温暖，但对小家庭却不温暖，在父母眼里他不是一个合格的儿子。父亲76岁了身体不好，母亲眼睛失明，中风后生活不能自理，全靠两个姐姐照顾。他两三个月回家一次，住一两天，留点钱就离开了。

母亲拉着他的手说：“东申啊，你工作就那么忙？不能陪娘多住几天?”

刘东申说：“娘啊，我现在在全国英雄队伍马万水公司当领导呢，我得学习马万水，处处带头才行啊，咱不带头干，谁听咱的话呀。”母亲仿佛理解了儿子的心思，点点头说：“你走吧，别耽误了公家的事儿，记着过些天再来看看我啊!”

人们都说，男儿有泪不轻弹。性格粗犷、豪放的刘东申，在外面是条汉子，每次回家和失眠的母亲挥泪告别时，都从心里掉眼泪。

在妻儿的眼里，他不是一个好丈夫和好父亲。家里的事，他从来没有管过，从参加工作到现在，休假没有超过一个月。妻子在县里工作，由于两地分居，两个孩子没人照顾，妻子从2005年开始，只好舍去工作投奔当时在吉林通钢板石铁矿当项目经理的刘东申，可现在，刘东申在天津办公两年多了，因儿子转学问题没有解决，他的妻子和儿子仍然在东北工地上居住着。

目前，在刘东申的带领下，马万水分公司士气高昂，人心思进，分公司施工生产已经走出低谷，走上了蓬勃发展的轨道。“马万水精神”这面冶金战线上永不褪色的红旗也在这位擎旗人的手中愈发鲜艳。

（原载于2014年3月《中冶月刊》，侯宪台　刘　志）

阳光中的红披肩

引子

“如果有来生，我要做一棵树，站成永恒，没有悲欢的姿势。一半在土里安详，一半在风里飞扬，一半洒落阴凉，一半沐浴阳光。非常沉默非常骄傲，从不依靠从不寻找。如果有来生，有没有人爱，我也要努力做一个可爱的人。不埋怨谁，不嘲笑谁，也不羡慕谁，阳光下灿烂，风雨中奔跑，做自己的梦，走自己的路。”

——姜岩

很久以前就很喜欢这段话，不魅惑，不矫情，充满正能量，正如唐山这座城市。1976 年的它，特有的大地与时代的伤痛，那是只在数秒之间几乎从地图上被抹去的伤痛。

唐山大地震的记忆是沉重的。建设新唐山，震后崛起的抗震精神，却带给了唐山人无限的坚强和百折不挠的刚毅。

世事沧桑，经历了那场惨烈灾难悲恸的人们，颇有几分相似，他们对新生活充满乐观，时常挂在嘴边的是“珍爱生命、珍惜生活”。四十岁以上的唐山人，都有着自己刻骨铭心的痛，但铸就了他们更加豁达、开朗、热心、平和的性情。唐山人并没有忘记那场惨烈的创痛，唐山人正以自己特有的方式告慰逝者，追忆恩情，构建未来。唐山，经过了数十年岁月的淘洗，这座城市因坚强而变得与众不同。

唐山天时利商贸有限公司的总经理李秀芝，就是被唐山大地震抗震精神深深影响着的人，她是个不希望把美好留给来生的人。

她喜欢披一件红色的披肩，她说红色是生命的颜色，是代表阳光炙热燃烧和生命能量的颜色；红色是生命、活力、健康、热情、朝气、欢乐的象征；红色饱含着一种力量和冲动，其中内涵是积极的、前进向上的。

每当她遇到困难的时候，就会披上红色的披肩，站在阳光下的唐山大地震纪念广场上，让心情飞舞在蓝天下，给自己勇气，给自己力量。阳光中那随风飞舞的红披肩，便是她优雅而坚韧的身影……

红色的希望，从阳光下起航

午后的唐山，整个城市笼罩着一层阳光的金色光芒，繁华而精致，如同铺陈着千年的琉璃，如同迎风昂首着的万顷麦浪，这是秋日特有的阳光色彩，这是秋日特有的收获色彩。

我见到她时，那是2013年11月11日，给我的第一感觉：她个子不高，略显羸弱，但有着一种朗朗英气；她腰身纤细，但她骨子里却有着那么一股了韧劲；她步履坚定，有着一般人所没有的倔强不屈；她短发精干，有着一般人没有的不畏艰辛；她微笑亲和，有着一般人没有的阳光心态；她平易近人，想别人所想，有着一般人没有的人格魅力；她言语精练、雷厉风行，是个有理想，有抱负的人。在她眼里，活着的每一天都该是阳光的、积极的、向上的！

宽敞整洁的办公室里，李秀芝披着她最爱的红色披肩，坐在办公桌前，整理完所有的文件，靠在高大的椅子背上，长长地舒了口气，她在默默地坚守着。她现在是唐山最大的冷板销售、加工、配送企业——唐山天时利商贸有限公司的CEO，身负重任。

她是农村出来的孩子，她是不相信命运的下岗职工，她是伴随新唐山的崛起而成长起来的坚强女性，她要发挥自己的才能和潜力，实现自己生命的价值，做对社会有用的人。

我试探地问她，曾几何时有了自己创业的想法？

她舍去了夸耀，浓缩了最原本的一幅画面：2002年9月，面对原单位的破产倒闭，面对下岗的境遇，李秀芝也曾经迷茫过。辽阔苍茫之中她该何去何从。在这个如今车水马龙的城市里，她孤独地凝望着街道的远方，何处是去途，何处是希望……耳边响起刘欢的歌《从头再来》，她的心不由地波澜激荡，悠悠思绪随唐山崛起而跌宕起伏。阳光下的红色披肩告诉她：生命的脚步不允许她停滞，不允许她颓废。她相信困难中藏有机遇，她心里装着这份信念，要开拓一片有意义的生活新天地。

当身边的姐妹们听到下岗的消息时，无不沮丧、哭泣，而李秀芝却给她们讲了这样一个故事：“几个老人蹲在墙角边晒太阳边聊天，其中一个人忽然问大家，现在都老了，那么过去的人生中，有什么是最突出的事。有人说，他一生建了36座桥，他是主要设计者；有人想了又想说，他有一次吃了三碗米饭、一碗豆腐、一盆菜。最后，大家都非常敬仰建造了36座桥的设计师。”李秀芝用保尔·柯察金的名言激励同伴：人的一生不能碌碌无为，不能不思上进，否则人生则是白过了，这个人生没有任何意义，我们要学会奉献，奉献了自己也许可以造福人类，那人生就没有白活，是重于泰山的。

安慰和鼓励是可以带来信心和勇气的良药。

倘若祛除心理之晦暗，必能让信念荡涤之胸膛。李秀芝用希望唤起姐妹们对生活的热情和信念。她说：“我们依然可以奏响时代的最强音！”

她说：“生活就是斗争，人生下来就是为了活着，生，容易，活，可不容小觑。为了让每天都充满阳光，就必须奋起——‘争渡、争渡，惊起一滩鸥鹭。’活出自己，活出精彩。不能让人生徒留遗憾！”

祖国大地处处高歌猛进。

一位伟人的声音：“摸着石头过河。”

一切思路、观念、行为方式都在改变。

唯有拼搏和奋斗。李秀芝在改革中上下求索，在悲伤中重生，她要让红色的生命之歌，唱响在弘扬抗震精神的唐山大地上，她要刻不容缓地抓住机遇起航，依托唐山这个中国钢铁的基地，挖掘这里的商机，触电钢铁贸易。不再徘徊，她带着一同下岗的兄弟姐妹，迈出了创业的脚步，毅然创办了天时利商贸有限公司。

李秀芝更像是在抒怀。生活在继续，每一个活在世上的人，总是努力朝着让自己最快乐的方向挺进。红色披肩成为她快乐生活的写照，面对阳光而立，把阴影留在背后，带着无限的希冀，为人生的蓝图填上象征生命的红色，快乐早就停靠在离这儿不远的前方。

生命的舞者，从艰辛中走来

一位英国记者问奥斯特洛夫斯基，为什么以《钢铁是怎样炼成的》为书名时，他说："钢是在烈火与骤冷中铸造而成的，只有这样它才能成为坚硬的，什么都不惧怕，我们这一代人也是在这样的斗争中、在艰苦的考验中锻炼出来的，并且学会了在生活面前不颓废。"

李秀芝是在唐山大地震这块土地上，沐浴阳光成长起来的坚强女性，是烈火与骤冷中铸造而成的生命的舞者。

透过明亮的窗户，望向这个震后玉石雕琢般的新城市，她的内心有一种说不出来的感觉。那感觉，在心里潺潺地流淌，似一湾清泉，平静而清澈；却又澎湃汹涌，像奔腾不息的海浪，激情而奔逐，这些都是因为创业。

夕阳晚照中，她陷入了对如何用"钢板"搭起员工梦想的"桥梁"，这条艰辛的创业之路的回忆：

梦像一幅画，梦如一首歌。创业之初，李秀芝怀揣着要让自己人生有所收获的梦想，她身居唐山，经过市场调查，唐山钢材经销商很多，大部分都经营粗钢，且竞争激烈，当时冷轧薄板是高附加值的精细产品，经销的人少，所以她决定选择经营冷板，兼营其他品种。于是，她开始跟亲戚朋友们借钱。当筹措到的创业资金还不足以进货经营时，她就凭借诚信的人格和平时讲信用的良好口碑赊货经营。正因为如此，她不愿辜负朋友的信任，不愿辜负朋友们的期望，她努力而认真地圆"天时利"的梦，就像用心呵护和抚养一个襁褓中的孩子，亦从中体现出改革的勇气和智慧。

奋斗中带有考验。最初没有吊装设备，只要有客户要货，她就和同伴们一起手工搬运，戴着手套，小心翼翼地扶着冷板锋利的边缘，吃力地抬着冷板笨重的身躯，将它们一张一张地从货仓搬到车上。即使有的客户仅仅急需一张冷板，她也和同伴们用三轮车送到用户手上。

唯一祈盼的是销量。正如李秀芝所言，今天用户需要的是一张，下个月，下下个月，是不是就不只需要一张了呢？当一同创业的同伴们不屑于一张板的销售时，当用户非常赞赏她的这份至诚至信时，销售量越来越多。

扩大规模必须提高服务质量。靠着这样的经营理念和让顾客满意的经营态度，体现出李秀芝对待事业的坚贞和虔诚。白天装好车，晚上押车送货，半夜在工地现场卸货，然后连夜披着大衣，抱着货款，强打精神，担惊受怕地在黑夜中返程。披星戴月的兼程，就是为了满足客户的用货需要，为了节省住宿的费用，为了下一个客户的急需。她们送货的足迹遍布了秦皇岛、平泉、永德、石家庄、山西、山东等地，李秀芝亲自押车送货总里程达到上万公里。

创业探路的艰辛是难以言表的。“中国的钢材在河北，河北的钢材在唐山。”李秀芝说：“身处唐山这个城市，如果不摸钢材，就失去了市场优势。依托中国钢铁基地的特色，如何找到固定的货源却是最难的困境。”下岗求生的创业时机，唐山这个颇具钢材优势的地理位置，身边朋友们的倾心相助，为李秀芝勾勒出了天时地利人和的天时利商贸公司。

《政府工作报告》中提出：根据职能“有所为，有所不为”。李秀芝感到已经明白无误地告诉了她创业的方向。经过市场调查，冷板是多种制造业需要的基础材料，客户需求量比较大，她决定瞄准冷板的货源，从冷板销售入手有所为。最初唐钢还不产冷板，鞍钢和本钢才有。她就跑外地，先后找到鞍钢和本钢的协议户，跟着他们才拼合同进到少量的货。她不图全，要有所为从小到大。

货源有了就开始找客源。李秀芝知道，很多生产企业一般都有自己比较固定的供应商，很难信任一个刚刚创办的钢贸公司。她为了获得生产企业充分的信任，先供货给生产企业试用，价格稍微便宜些。急用户之所急，无论夜间几点，甚至通宵达旦；无论用户需求量多少，哪怕只是急需一根角钢，也会保质保量地送货上门。这样慢慢吸引外地客户，销量逐渐增加。

创造企业的良好信誉是难得的。无论是质量的保证还是服务的到位，抑或是交付时间的保证。当拿到北车集团的订单时，李秀芝更是带领全体员工 24 小时倒班、加班，最长两周都没有回家，吃住在公司。为了赶出口的船期，李秀芝和员工们一起加班加点，又是一周回不了家，又是一周以厂为家，真是“锲而不舍，金石可镂”。

李秀芝凛然浩气威逼着困难逃遁，“天时利”走进钢板商贸市场已是举重若轻了。供货保证良好质量，亦保证优质服务。如今，李秀芝的企业已享有诚信为本的业内声誉。唐山市有十多家生产厂家和她合作近十年之久。其他合作厂家已遍布东北三省、山东、山西、河南、新疆、内蒙古、江苏等省份，并出口印度尼西亚、缅甸等国家。合作过的企业有中国二十二冶集团、中铁建筑公司、北车集团、北京日上防盗门厂、北京安泰科技有限公司、辽宁盼盼防盗门厂、宗申集团等，并被国内生产除尘设备的著名企业——江苏瑞帆环保装备股份有限公司评为“最佳供应商”。

创业要与时间赛跑，但同时必须强根固本。李秀芝创业的脚步在与时间和市场赛跑的同时，她发现经营单一的冷板品种已不能满足企业发展的需要，拓展经营品种是当务之急。于是，她在客户中做调研，和各大钢厂取得联系，几经调整，把经营品种扩展到目前经销的镀锌板、冷轧硬板、高线、普线、热板、彩涂板、型材等多个品种。

“万紫千红总是春”，天时利终于走出阴霾，迎来了春天的气息。李秀芝创办的唐山天时利商贸有限公司，历经 13 个春夏秋冬和风霜雪雨，现在是唐钢冷轧卷板一级代理商，是鞍钢、本钢、首钢、包钢、友发等钢厂板材经销大户。公司自 2001 年 9 月成立以来，一直从事钢材的经营，资产由创立时的 50 余万元，发展到目前的近亿元规模；公司销售市场占有率不断提高，年销量由过去的 3000 余吨增长到现在的 8 万余吨，近几年营业额最高能达到 3 亿多元，营业利税由最初的 10 多万元到近几年的上百万元。李秀芝很有内涵地微笑着说：“这些钱，都是从钢材缝里抠出来的啊！”

我很有感慨地点着头，问起了她们加工钢材的能力。

李秀芝从设备、存量、人才和服务等几方面回答我：公司现拥有国内先进的数控全自动开平设备两套，可定裁、开平加工各种尺寸板材；仓库三座；龙门吊四架；常备库存5000多吨。加上几十人组成的素质一流的业务团队和现代化办公设备，可为客户提供24小时加工、配送等优质服务。公司现有三个经营网点，都能做到随到随装，放心高效。

公司注重人才培养开发，积极改善分配机制，公司现有员工40余人，其中大专以上水平占80%。有才能者，有智勇者，竞争上岗，充分调动员工的积极性，使企业在发展中充满蓬勃生机。

我深谙李秀芝的意蕴：应时势之变，聚团队之合力，满足客户需求，提升客户满意度，增强企业可持续发展能力，这就是天时利人永恒的目标。

阳光的明媚，从天时利铺洒

天时利的发展理念是“发展自我，奉献社会”。李秀芝认为，做好自己才能奉献社会，从自我做起才能做出贡献，她要求员工们严格要求自己，从小事做起，为客户着想，以顾客满意为基，以企业发展为本，回报社会，奉献社会。

“让每个职工把公司当做家，让公司成为每个职工的家”是李秀芝致力达到的境界。她说：“没有任何人的生存是简单的事情，钢铁的冰冷，冷却不了人心的温度。”

她为员工提供免费的食宿，基本生活设施齐备；她为单身的大学毕业生介绍对象，牵线搭桥，帮助年轻人解决后顾之忧；她协助年轻员工申办贷款，为的是让年轻人有个自己的房子，自己的家，为的是让年轻的员工对企业有着强烈的归属感；她为中层骨干垫付首付或者提供借款，帮他们置业成家，她给了年轻人成家的机会，她给了年轻人充分的信任，同时，她也给了年轻人脸上明媚的笑容，也给予了年轻人全心全意为公司谋发展而主动奉献的心情与动力。

李秀芝关爱员工，珍惜人才，尊重人才。她说：“成家立业，成家了才能安心立业，中层骨干是企业的中坚力量，没有他们的贡献，就没有企业的经营发展，帮助他们是为了留住人才，发展企业。”

公司里曾有一个工作了五年，很内向的女孩子，李秀芝给她介绍了几个男孩，都没有很好地发展下去，而机缘巧合，这个女孩遇见了现在北京工作的曾经的同窗，两人碰撞出了爱情的火花，女孩想要去北京发展，却不好意思跟李秀芝开口提出。

李秀芝了解到女孩这个想法后，坦诚地对她说：“跟李姐没有什么不好意思说的，如果你想离开公司，李姐支持你，只要你有一个美满的婚姻，有一个很好的发展，只要你会幸福，会快乐就行。但是，无论遇到什么困难和挫折，记着，你还有我这个李姐。”

女孩那幽婉而明亮的眼里，流出了恋恋不舍的泪花后离开了公司。她舍不得李姐带给她生命中的明媚，舍不得这个理解她、支持她的李姐，舍不得这个温暖的“天时利”大家庭。

淳朴的内心世界更有非权力影响力。公司有三位残疾人，李秀芝从未歧视过他们的身体缺陷，而是给予他们尽可能多的帮助，给他们安定的生活。其中一个工作能力较强的被任命为销售业务主管。

李秀芝说：“身体的残疾不代表能力的残疾，正是身体的残疾才让他更有努力奋发的潜力。”她说得没错，在她的鼓励下，销售部的业务量与日俱增。

的确，当你给予对方一个舞台，对方就会在这个舞台创造一支生命奇迹的舞蹈。李秀芝愿意为有能力的人提供舞台，无论外表怎样，只求舞者生命价值的体现。

李秀芝为人豪迈，她每年都要增加员工的收入，“天时利”员工的收入从创业之初的人均月收入500元已经提高到了现在的中层管理人员人均年收入五万余元，这不仅是她对员工的关爱，对员工尽职尽责的回报，更是“天时利”进步和发展的梦想照进了现实。

李秀芝不忘感恩，不忘回报。她的企业在发展中壮大，经营利润不断增加，她资助了一名父亲为残疾人、家庭困难的远房亲戚，从高中到大学毕业，她在经济上给予支持，在精神上给予鼓励。

汶川地震，震动中国大地的悲伤让她这个经历过大地震的人感同身受，李秀芝以企业的名义向灾区捐款上万元，同时捐赠衣物数十件。她盼望着，灾区人民重新站起来，重建家园；她期待着，更多的民营企业和她一起奉献自己的力量，涓水成流，汇聚成海；她坚信着，灾区人民定会和曾经的唐山人民一样，坚强不屈，奋发图强……

除此之外，李秀芝每年都会向民政局、残联等单位捐款，为资助残疾人的生活尽自己的一份力，她还参加唐山的各种公益性活动，每年向社会捐款总有几千元，以这样的方式回报社会，她已经坚持四年多了，她表示，还将坚持回报社会，这是民营企业不可推卸的责任，这是一方有难八方支援团结互助抗震精神的最好延伸。

天时利人眼中，一抹希望的色彩

不管是在阳光下，还是在凛冽的寒风中，红披肩成为天时利人眼中一抹流光溢彩般的希望色彩。

“李姐带着我们选择市场，锤炼了我们，发展了企业，大家得到了实惠，我们感到心里很甜。”公司的业务主管张学忠说：“李姐是唐山钢材界的女强人，跟着她干，能干出一番事业来。”

听到这样的话，不免有人问为什么会这么说，引用李秀芝的话：“我希望，从我们天时利走出去的员工，都能做老板。”

李秀芝不仅苦心经营企业，还不忘把员工往一专多能的多面手方向培养；不仅对每一名员工都报以“扶上马，送一程”的真诚，还积极提升和谐大家庭的团队凝聚力；不仅在每周一的早会和员工们一起学习团队精神，还和员工们共同研究钢贸企业的生存和发展；不仅集思广益，不断创新自己的经营管理，还号召员工们发挥自己的最大潜能，为企业做贡献，为社会做贡献。

“我们的李总，我们的李姐，不仅是女强人，更是我们的亲人，她阳光般的笑容带给我们最明媚的希望。”天时利的员工如是说。

在天时利人的眼中，李秀芝就是唐山大地震精神最好的传承与弘扬者，给身边的人以鼓舞、以坚定、以信念；李秀芝就是那阳光下飞舞的红披肩，给人以温暖，给人以希望，给人以生命的力量；在天时利人的眼中，李秀芝就是那阳光下的希望，那是激励着他们不断努力，不断奋发，不断创新的希望；在天时利人的眼中，李秀芝就是那阳光下的目标，那是与企业共同发展的目标，回报社会的目标，生命不殇的目标……

李秀芝，大地震中站起来的强者，她那阳光下飞舞的红披肩，定格在天时利人眼中最绚烂的生命力量，定格在唐山钢贸企业中最耀眼的一颗明珠！

（陈　聃）

我的钢铁梦

——记唐山今实达科贸有限公司总经理刘树钢

人物档案：刘树钢

1962年生，山东烟台人，毕业于东北大学，硕士研究生，中共党员。现任唐山今实达科贸有限公司总经理。他是石灰窑、球团竖炉知名专家，获得多项专利。他为中国产球团炉和石灰窑大型化、降低能耗方面做出积极贡献。

刘树钢所创办的唐山今实达科贸有限公司被河北省科学技术厅授予“河北省科技型企业”。他所创办的唐山助纲炉料有限公司是唐山市高新技术企业。主要从事利用冶金废弃物生产冶金辅料的生产和经营，为钢铁企业实现循环经济、节能减排、增效创利做贡献。

公司的TCS球团竖炉和TGS石灰窑专利技术，不仅在国内的河北、内蒙古、辽宁、江苏、河南、四川、浙江、云南、新疆等近20个省市区得到广泛应用，还受到越南等国外用户的青睐。

刘树钢热心社会公益事业，积极回报社会，荣获“爱心使者”“爱心捐助”荣誉称号。

2013年11月被评为第二十届“中华大地之星十佳新闻人物”，被授予“中华优秀企业家”称号。

引　　子

每个人都有自己的梦想。刘树钢的梦想是当钢铁专家，为发展国家钢铁工业做贡献。2003年10月，刘树钢荣获第九届“中华大地之星百佳新闻人物奖”。2013 年荣获第二十届“中华大地之星十佳新闻人物”奖。

谈起他的事业，他的眼中闪烁着光芒，仿佛在钢铁的世界里开了一扇窗，话匣子如开了闸的江水，滔滔不绝。从刘树钢的讲述中可以听出，他开发经营的专利产品 TGS 气烧两用活性石灰焙烧竖窑、TCS 球团竖炉等不再离我们遥远，而是与我们的生活息息相关，突然变得生动活泼起来。他所讲的行业知识，深入浅出，连笔者这个彻头彻尾的“门外汉”都听得津津有味，这就是一个有深厚知识储备的学者所展示给笔者的他的事业的陈述。

（一）

1962 年出生的刘树钢，年少求学和成长历练的经历充满了传奇色彩。

孩提时，刘树钢看了电影《甲午战争》，看到中国的船被日本的炮弹打沉，全军覆没，他义愤填膺，长大后立志为发展国家钢铁工业做贡献，使国家多出钢、出好钢，多造枪炮，打败日本以及外国侵略者。

上小学时就开始立志，勤奋学习，长大后当钢铁专家，为发展国家钢铁工业做贡献。1978 年 3 月至 1979 年 9 月他在山东烟台福山县第一中学读书，之后以品学兼优的成绩，考入东北工学院钢铁冶金系，实现了他立志做钢铁行业专家的初步愿望。在校期间，他对所学课程如饥似渴，虚心钻研，从不放过一个疑点，尤其是对弄不懂的问题，直接找老师请教。因此，他被老师视为希望之星，情感笃深。1983 年 7 月，他以优秀的成绩获得东北工学院钢冶系的本科毕业文凭。在那个唯文凭的年代里，许多人找到了好的工作单位。但刘树钢想，要当冶金行业专家本科毕业是不够的，必须进一步深造，成为精通某个专业的硕士。早在攻读本科期间他就开始筹划攻读硕士专业，咨询硕士专业的课程，购买了大量的专业书籍，跑到图书馆窝了起来，尤其是星期天一窝就是一天。

功夫不负有心人。1983 年 9 月，他被录取为钢铁冶金专业硕士研究生。3 年的学习时光匆匆而过，他读完了硕士专业的全部课程，并以一篇《无筛板上扩张形流化床的研究》的优秀论文，于1986年8月取得了硕士学位。

20世纪80年代中期，中国硕士研究生学历是很牛气的，工作单位可以随便挑。1986年，作为东北大学一名优秀的研究生毕业生，他放弃继续留校的机会，放弃去其他名校就业的机会，为了爱情、为了责任、为了执着的追求，来到了唐山，到唐山工程技术学院冶金系任教（现河北理工大学），他决心把自己学到的知识传给学生，让更多的人投身冶金行业。

他热爱教育事业，更喜欢科研。教学期间，他深入生产一线，与一线师傅们打成一片，回到学校又忙碌于实验室研究，整个身心都在研究上，他把他在生产实践中学到的知识融入教学中。他所讲课程的实用性强，很多知识在课本上找不到，但对学生走上工作岗位后熟悉生产非常有帮助，所有听过他课的学生都非常受益。“讲得清楚，听得明白；深入浅出，贴近实际”，这是他讲课的最大特点。

他热爱科研，把自己的工资及家里的少有积蓄都贴补到科研上了，但还远远不能弥补科研经费的缺乏。一些好的项目不能开展，只能停留在理论上。

于是，刘树钢不甘心继续教学了，经过强烈的思想斗争及艰难的抉择，他决定辞职“下海”，他要为中国的钢铁产业做点什么。与家人多次商议、做工作，终于征得家人的理解，同意了他的想法。1998年10月，刘树钢办妥了离职手续，带着他“为钢铁行业做点什么”的美好愿望“下海”经商。

（二）

万事开头难。

对于一个从事教育十多年的老师，想干与自己经历完全不一样的经商，其中的艰难可想而知。况且是白手起家，要人脉无人脉，要资金没资金，唯一拥有的就是创业的方向和干事的勇气。

事业从哪里入手呢？他思揣再三，决定从钢铁的“精料”球团矿开始做起。这是因为这个方向在资金投入上相对钢铁的其他方向要少，从这里开始，工作相对要好做些。刘树钢看准了抓精料是钢铁企业见效最快的方向。有句老话叫“炼铁不抓料，等于瞎胡闹”，刘树钢就看准了这一点，才决心从原料精料开始自己的创业路程。

选定了方向，要有产品才行。他凭借在钢铁企业多年的实践经验，又翻阅大量书籍，研究多种生产球团设备的原理，最终选定自己的研究方向——环形球团竖炉，即TCS球团竖炉方向。他根据从上大学以来对熔融还原、直接还原、流化床和大型顶燃式热风炉的研究，通过比较国内外竖炉的结构、性能、使用效果，经过深入细致的研究，以大量的数据计算和反复的实验，继承了矩形SP竖炉和其他行业几代人的研究成果，大胆地把前人直接还原和熔融还原中放弃甚至失败的技术，运用到对TCS竖炉的实际研究上来。就在他家40多平方米的住所内，他将他的构思展现在图纸上，一图多用，有一个好想法就在上面勾画，用不同深度的笔描画出来，再让人把他勾画的部分，一点点描出来。

就这样，他夜以继日，闭门谢客，渴了喝口水，饿了煮碗面，累了倒在床上休息一会儿，每天就是在图板前描画，查阅资料，反复演算，一遍遍不厌其烦地修改、完善……

那段日子，家里只有他妻子当教师的微薄收入支持家用。一家人过着清淡的生活。老父亲看他辛苦，驼着背为他煮饭，大部分是面条或者煮粥，但一家人谁也没有怨言。就这样半年多时间过去了，他终于完成了一张让他自己满意的炉体图。那时的他兴奋不已，他大喊：“我们的事业马上要起航了，我们将用自己的智慧开启高炉精料的未来，一个新的炉型就要诞生了。”

怀着美好的愿景，他踏上了事业启动之路。

“你的业绩在哪儿?”这是遇到最多的问题。没有业绩，对投资人来说就仿佛“纸上谈兵”，没人敢用。他奔波于大钢铁企业之间，一遍一遍地宣讲他的理念、他的球团大型竖炉。当时，国内球团技术不成熟，大部分炉子是70吨/天的。而刘树钢的目标是要建500吨/天的球团炉，世界上没有这种炉，要搞成功谈何容易。

终于，有一天，他打动了唐山松汀钢铁厂的两位老板——刘文丰、韩文友，他们愿意投资400万元试用他的球团竖炉技术，先上个小些的试验炉看看。对于投资建炉的松汀老板，刘树钢把他称之为“恩人”，至今还记在心上，时常会提起松汀钢铁厂的两位恩人。用他的话说“没有他们，就没有我的现在”。1999 年，经过紧张的准备，他带着四个兄弟，包括他共五个人，带着行李，穿上工作服驻扎松汀钢铁厂现场。因为是第一台炉，不能有一点风险。况且五个人中只有他一个人明白，其他人也是边干边学。他们要自己先学明白，再教会干活的施工队。晚上画图，白天指导工作，披星戴月、夜以继日。五人中有一人因身体不支，竟晕倒在施工现场。过去，刘树钢是大学教师，学者身份，气度非凡，人人羡慕。现在，他穿着一身泥土的工作服坐公交车，乘客误把他当做农民工。经过半年的摸爬滚打，竖炉竣工了。点火那天，一身工作服的他，俨然一名指挥家，运筹帷幄，又似一名先锋，身先士卒。在他的带领下，大家精神饱满，准备充分，点火一次成功。之后，炉内升温—加料—焙烧—出球，一切顺利。当看到成品球团从炉内顺利流出时，在场的人兴奋极了，刘树钢也长长地舒了一口气。因为没有成熟的经验，在投产初期对炉温的控制要摸索着调整，生产工艺是第一次搞也不成熟，出现很多漏洞，产品质量不尽如人意。为了尽快获得调试数据，刘树钢一连 42 天守在炉前，观察炉子运行，查找和解决问题，累极了就在炉旁睡一觉，醒来继续干。最终炉子的实际生产能力超出 500 吨/天的设计能力，达到 700 吨/天，产品质量也远远好于土烧球团。刘树钢以强大的斗志与胆识将一个新的炉型展现在世人面前。

2001 年首战告捷，增强了刘树钢的信心。为了球团竖炉大型化，他每天又夜以继日地开始了工作，达到了废寝忘食的地步，他住的地方离公司大约 20 里远，有时他回家边走边思考，不知不觉就到家了，就这样，功夫不负有心人，日产 1000 吨的球团竖炉诞生了。

TGS 球团竖炉开始在国内推广，经过几年的努力，他研制的球团竖炉已经实现了系列化，年产量从 6 万吨、10 万吨起步，发展到 30 万吨、40 万吨、60 万吨、80 万吨、100 万吨，均已在全国多个省市推广应用。在承德华泰公司上的 TCS 球团炉，2003 年第一座年产 70 万吨，运行良好。在此过程中，刘树钢就像看护自己的孩子一样，守护着每一个工程，确保每个工程的工期和质量，他日夜盯守在多个建设工地上，每天只能睡很少时间。有两个工地正好是跨年工程，为了让兄弟们能回家和亲人团聚，他做通家人工作带着妻儿到工地过年，代替兄弟们盯守工地。他的行为感动着公司的每个人。2008年，沙钢集团安阳永兴钢铁有限公司80万吨球团炉顺利投产并达标，2012年汶水海威钢铁有限公司90万吨球团炉顺利投产并达标，进一步稳固了竖炉氧化球团技术在国际上的领先地位，克服了国内矩形竖炉不能大型化的难题。

如今，刘树钢建设的球团竖炉已经达到60多座。从2002年开始，刘树钢连续五次主持冶金行业球团会议。他的企业入选全国球团技术协调组成员单位。他取得的TCS酸性氧化球团焙烧竖炉专利技术，到目前为止突破了竖炉大型化这一国际难题，成功地利用自身余热将助燃风温度预热到280℃以上，经河北省科学技术厅组织的国内球团专家委员会鉴定为国内先进水平，取得了投资省、占地省、能耗低、成本低、质量高的实际生产效果，属于钢铁企业高炉精料的“短、平、快”技改项目。

（三）

球团竖炉项目开发旗开得胜，更加增强了刘树钢的学术自信、理论自信和干事业的底气。

今年52岁的刘树钢正在考虑进一步扩大市场，没有丝毫懈怠，说起话来铿锵有力、逻辑清晰，他对自己的事业胸有成竹。如果说2003年之前刘树钢的视野还局限在球团事业上，从2004年开始刘树钢一直在统筹考虑如何将他的产业做大做强的事情。这是事关刘树钢能否实现他的钢铁梦，乃至给行业留点什么的大事。

2004年6月，刘树钢创办唐山今实达科贸有限公司，并出任公司董事长兼总经理。这是他针对钢铁行业面临的新形势、新任务，钢铁行业的结构调整，以及发展面临的问题做出的又一次重大决策。

球团竖炉大型化的成功及在国内的推广应用，使刘树钢在球团竖炉研究上的信誉大大增强。而刘树钢没有满足已经取得的成就，2003年开始，他又将眼光瞄准了国内的白灰市场。

为何进入白灰市场，当时刘树钢作了前瞻性思考，看好了其发展前景：一是白灰是中间产品，目前钢铁、建材、化工、环保行业都大量使用白灰，市场广大。二是国内白灰大部分是农民以土烧窑为主生产，产量规模都小，没有规模化的炉型，质量又难以保证，严重影响钢铁的生产，加上现有生产线能耗高、环保污染，国家明令禁止。这就出现两大机遇，一方面，原来生产白灰的农民小企业要退出市场，可以腾出一大批资产来；另一方面，国内学术界研究白灰技术的人少。基于此，刘树钢开始了潜心钻研白灰竖炉的制造。他立志要做中国白灰窑的第一。

白灰窑研制的过程是艰难的。任何一项研究都需要理论的支撑，他阅读了大量的书籍，他将 TCS 球团的研究成果引入白灰窑的设计中，又潜心研究了水泥立窑，国外的双 D 窑、氟卡斯窑、麦尔兹窑、国井大藏窑、套筒窑等，大胆地将高炉的无料钟炉顶应用到白灰竖炉的设计中，将日本国井式侧向石灰窑烧嘴应用于白灰窑上。2004 年，白灰窑的第一代产品在山西文水海威钢铁厂建设中取得成功。接着，他的白灰窑在更新换代中迅速发展起来，先后在河北、辽宁、新疆、内蒙古、江苏、河南、山西、云南、四川、安徽等地以及越南得到推广，受到用户青睐。

2005 年，刘树钢研制出带中心烧嘴、大型化的节能的 TGS 气烧石灰竖窑。该窑型的工艺特点为：一是采用布袋除尘系统，各扬尘点废气得到了处理，大大改善了生产过程的环境；二是使用原料分级入炉技术，进一步改善了石灰质量和增大石灰产量；三是推荐使用原料水洗技术，改善石灰窑的料柱透气性，改善上料系统的环境；四是推广应用优质石灰石为原料煅烧活性石灰，可以降低吨钢灰耗 10 千克以上；五是利用一套计算机系统检测多座石灰窑，既提高了检测精度，又节省了投资；六是利用窑顶废气余热可将入窑煤气换热到 150 ~ 200 摄氏度，大大降低了煤气耗量；七是工艺布局合理紧凑，与同等规模的石灰窑生产线相比，占地面积节省 1/4 左右。正是基于自动化水平高这些优势，TGS 气烧石灰窑的推广迅速展开，目前在国内已有 80 多台，对国外的同类窑炉形成了强大的冲击。

2005 年，在全国白灰技术交流会议上，冶金石灰协会会长见到刘树钢时，非常高兴地说：“你进入白灰行业后，取得了研究方面的重要突破，不愧为我的学生。希望你在这个领域取得更大成就。”

在采访中，刘树钢讲起当年白灰窑的升级换代和研制的过程时，至今心里还充满激动，眼里还饱含着泪花。在白灰窑的研制中，理论上是成功的，但是，理论必须通过实践来进一步作支撑。实际上，每研制一代石灰窑，都面临高温、高粉尘的环境，其参数的测量都要在炉内高温、高粉尘的环境内进行，测量难度大。为了取得准确的测量参数，只能在实践中摸索。一次，在第五代白灰窑投产调试期间，碰到了一个意想不到的困难。这座炉用兰炭尾气作燃料，由于尾气处理系统降温设备性能差，导致炉内含水量极大，所有排水器达到满负荷，对炉内白灰造成严重粉化，炉子透气性受到严重影响。当时，一部分业主曾对窑炉技术产生了怀疑，刘树钢等人顶住压力，迎难而上，前后进行了三次排水改造。在这个过程中，最艰难的是钻进炉内取样。炉子停产后，不可能等到炉内温度降到一定程度再去取样，而是炉子一停过几个小时就要钻进去取样。取样时要冒着六七十摄氏度的高温进行，戴安全帽进去，一会儿就会软化。所以，进炉之前必须装备一番，头上先戴一个棉套，只露两只眼。然后戴防尘罩，穿用水湿透的长袖衫。进炉后取样，10 分钟轮换一个人。取样时，白灰随时可能掉到脖子里、鞋子里、袖子里，皮肤被白灰烧伤、烫伤的大有人在。烧得严重时，就得做手术。谈到这里，他拿起电话叫了一名管理人员，笔者见到了这位管理人员，手上、胳膊上留下好几处伤疤。在研制的关键时刻，为了取得重要数据，刘树钢也冒着炉内高温，多次钻进炉内取样。

刘树钢哽咽着说：“每次炉子调试都是这样，在升级换代成功的背后，都是浸透了工人的血汗、泪水！”

刘树钢在创业中，一方面把严谨的技术应用于实践之中，另一方面又具有乐观主义的态度。每次白灰炉升级换代成功之后，都掩饰不住心中的喜悦。就像大将军指挥战役胜利之后，他总是用诗来表达自己愉悦的心情。他写的“茫茫戈壁开天路，冽冽寒风见苍松，甲乙双方齐努力，众兴大业成金峰”表达了他的第五代炉在包头金峰成功之后的兴奋心情。“西风乍起，雨露化霜，天气无常即是常，黄叶落，枫叶红，麦叶更绿，再挺半年，遍地金黄”则表达了他在创业过程中的艰辛。

在推广应用升级换代的大型石灰窑上，刘树钢主张用高品质灰，在生产工艺上主张采用分级入炉，以保证白灰生产质量的稳定性。到目前，已有多家钢厂花高价格从距离唐山较远的山东、安徽、江苏一带购买好石料来生产，他们已经尝到了用高品质石灰的甜头。目前白灰窑已在多个厂家推广应用，TGS420、TGS480 大型石灰窑已在 80 家企业成功应用。

2013 年 10 月，鞍钢耐火材料有限公司一次就与他们签订了 4 台 TGS480 白灰窑建设合同，这项工程被辽宁省定位“蓝天工程”，也是鞍钢集团公司 2013 年节能减排重点工程，2014 年 7 月，在 1 号炉点火时，鞍钢集团董事长亲临现场，目前该工程已竣工投产，并顺利达到指标要求。

刘树钢因此被誉为石灰窑知名专家，并获得多项个人专利，在石灰工业中做出杰出成绩。公司的主要产品有：高品质冶金石灰、高钙石灰石、钛球护炉剂、其他高品种钢冶金辅料、新型高效微电池废水处理剂、特种海绵铁，并承揽高品质炼铁球团竖炉、节能环保活性石灰焙烧竖窑的设计、安装与维修业务。在国产球团炉和石灰窑大型化、降低生产成本、降低能耗方面做出了贡献。产品被全国节能监测中心收录到“中国节能工程建设信息库”，授予“节能产品（技术）”称号，并予以推广应用。刘树钢创办的唐山今实达科贸有限公司，如今成为具有法人资格的民营股份制企业；被河北省科学技术厅评为“河北省科技型企业”；同时也是中国石灰协会会员单位。公司的主要开发和经营项目——TCS 酸性氧化球团焙烧竖炉、节能型球团竖炉、TGS 活性白灰窑、脱硫除尘器等是公司总经理刘树钢（专利权人）集国内外熔融还原、直接还原、流化床、顶燃式热风炉、白灰竖炉、水泥竖炉等研究成果之精华，在多年实验室试验与工业生产试验的基础上研究发明的专利。为了进一步推动 TCS 球团竖炉和 TGS 石灰窑技术的发展和完善，总经理刘树钢将带领今实达公司的设计师们集中精力致力于 TCS 球团竖炉和 TGS 石灰窑的技术进步和技术服务，使技术更趋完美，为广大用户提供更强大的技术支持。

刘树钢还创办了唐山助纲炉料有限公司，该公司始建于2009年，坐落在乐亭临港产业聚集区，共计80000平方米（120亩），主要从事利用冶金废弃物进行冶金辅料的生产和经营。公司依托环渤海钢铁产业带，以服务钢铁生产为宗旨，秉承精诚合作的服务理念，以讲诚信、树品牌为企业立足之本，视质量为企业生命，把用户满意作为企业的追求目标，不断开拓新产品的发展空间，为钢铁企业实现循环经济、节能减排、增效创利而努力！

（四）

刘树钢的事业发达，依赖于他的诚信回报社会，诚信经营事业，诚信对待员工的理念和行为。正如今实达之歌歌词那样："因为梦想，我们在茫茫人海中欢聚一堂，因为期盼，我们在奋进中谱写辉煌篇章。诚信是我们的本色，品质是我们的能量，实在合作，实达双赢，前进的步伐永远铿锵，啊，今实达，团结一心我们共创梦想！因为信念，我们在拼搏中携手迎接朝阳，因为自强，我们在挑战中共铸人生辉煌。高效是我们的动力，创新是我们的方向，技术创新，品德至上，我们的潜能无可限量。啊，今实达，实现理想我们一路领航，一路领航！"

刘树钢是个学者型的董事长，许多决策不合常规，有见识、有坚持、有坚守。他要把企业建设成为一个研究型、发展型的企业。他说："我做企业一是为了科研推广，二是为了培养一批人才。"

实际上，他也是这么干的。把用户称之为"恩人"。他设计建成的球团炉、白灰窑炉龄都在10年以上，这么多年该公司用于检修的备件仅有十几万元。为了维护公司的信誉，他不惜将部分核心操作技术无私奉献给业主。每个炉子投产过程中，他都要为业主培养炉长、操作工等关键岗位工十几个人，手把手地教操作技能，不厌其烦地讲工作原理，直到生产正常。刘树钢设计建设的球团炉、白灰窑在产量上都留有很大余地，一个300吨的炉子，其产量可以达到370吨或者380吨，相当于别的厂家一个400吨的炉子实际能力，这样做直接影响了企业的利润空间。对此，很多员工提出要提高价格。刘树钢说："诚信是我们的本色，品质是我们的能量，实在合作，才能实达双赢，如果失去诚信，就失去了企业立业之本。”因而，刘树钢的生意有一部分是赔本做，使人产生费解。刘树钢却说，我们主要是为了推广应用新技术。

刘树钢十分注重科研的方向和人才的培养。他把员工称之为“事业的伙伴”，让同事和下属成为掌握炉窑核心技术的带头人，这是刘树钢的胸怀和他的人格魅力所在。他经常说：“我期望年轻人能够脚踏实地，认认真真地做每件事。解决问题不能浮躁，只有一点一滴地克服它。生命就是点滴的积累，中国梦是充满理想、奋斗拼搏向上的梦，只有脚踏实地才能实现。”

刘树钢说：“我的团队很有朝气，我热爱他们，很高兴看到了他们的成长。能在他们成长的阶段，去帮助他们，引导他们前进，是我工作中最大的快乐。作为个人，取得多大的成就不重要，重要的是我带领的团队能取得多大的成就，让团队更好地成长。”刘树钢把自己对钢铁工业的热爱投入到工作中去，同时也为国家培养了一批更有战斗力的年轻人。公司的总工程师赵立顺是他的学生，他是冲着刘树钢的人品来到今实达公司工作的。赵立顺说，能在刘树钢的旗下工作是幸运的，你可以放手工作，没有钩心斗角，没有嫉贤妒能，只有在事业上共同探索。在老师身上学到了科学家的执着精神、探求精神和无私奉献精神。

公司一位副总，家庭条件优越，孩子可以通过关系到条件好的行业和岗位工作。但是，她和刘树钢合作多年，刘树钢的诚信、人品和他的企业一步一步走向社会，得到社会认可，企业凝聚力上升、人气旺盛，她毅然选择让孩子在今实达工作。现在，孩子在今实达公司的影响下，她感到孩子不但知书达理，不讲究吃穿，而且对工作也十分认真，社会责任感也得到了增强，逐渐成熟起来。

在刘树钢的今实达公司，笔者看到，楼梯间挂满了科学家的肖像和名言，成为员工前进的动力。其中刘树钢的素描也在楼梯间挂着，这是一位公司员工画的作品，可见刘树钢在员工心中的分量和关注度，这是刘树钢人格魅力的写照。历史弥足珍贵，未来充满向往。刘树钢的梦已经在这里成长，枝繁叶茂，荫庇一方。如今对梦的内涵他又增添了更高的要求。刘树钢说，甲午战争的电影不断提醒我，告诉我，在科技创新的道路上，即使失败无法忍受，多累多苦也不准放手。我不会退后，我设计的钢铁梦，继续做到最后，我要挑战我那个梦是真的，我不会回头。下一步，我要积极实施国家创新驱动战略，针对目前国内冶金市场发展的状况，计划发展环保除尘器，开发烧结机布袋除尘；开发工业吸尘器，解决大型钢铁公司除尘二次污染问题。进一步改进白灰窑工艺，在节能减排和降低吨钢损耗上下工夫。

采访结束时，让人感受到的是他对理想信念的追求。刘树钢总感到工作做得太少。他说要干的事情很多、很多。

“长风破浪会有时，直挂云帆济沧海”，让我们祝福刘树钢和他的今实达公司，在科技创新的道路上，昂首阔步，再创佳绩，共同迈向更加美好的明天，为实现中华民族伟大复兴的中国梦做出更大的贡献。

（李玉茹　侯宪台）

点滴总关情

上篇：“真情”撑起一片“绿荫”

——津西钢铁集团捐资助教济困纪实

“当前，钢铁行业产能过剩，利润微薄，举步维艰。但困难压不倒津西捐资助教的拳拳爱心……”这是河北津西钢铁集团（以下简称津西）副董事长韩力在不久前召开的“河北省静远教育基金”颁奖大会上道出的心声。会上，受津西集团董事长、静远教育基金会理事长、迁西一中荣誉校长韩敬远委托，韩力为迁西一中520名优秀师生发放了今年的“静远基金”奖金99.56万元。

这是津西在实现绿色、健康、持续发展的同时，积极履行社会责任，支持国家和地方公益事业发展的诸多捐资助教济困善举中的一幕。据悉，津西迄今已累计向教育、抗灾、交通和优抚等社会公益事业捐款近亿元。

热心公益事业做有社会责任感的企业

津西经过27年的艰苦奋斗，从一个年产仅14万吨生铁的县办地方小铁厂，发展成为集钢铁冶炼、金融租赁、文化产业等八大板块为一体的特大型企业集团和海外上市公司。在实现跨越式发展的过程中，津西董事长韩敬远时刻没忘饮水思源，积极履行社会责任，热心公益事业，以实实在在的行动回报社会，坚定不移地持续向教育和抗灾、济困、优抚等社会公益事业捐款，将津西打造成为极有社会责任感的企业：

2003年，捐款100万元支援西藏发展，帮助地方政府举办陶瓷博览会；捐款100万元用于迁西景忠山旅游基础设施建设。

2005年12月，捐资100万元，为全县900名在战争年代为国家和民族解放事业作出重大贡献的老烈属、老残废军人、老复员军人每人购买一台25英寸彩电，并为全县100名低保特困户捐赠救助金，向社会弱势群体“献爱心，送温暖”。

2006年9月、2007年3月，分别捐款400万元、150万元修建驻地公路。

2007年4月，向唐山市慈善总会捐款100万元。

2010年，捐资90万元用于唐山环城水系绿化工程。

……

多年来，面对钢铁市场竞争的巨大压力，津西在生产经营资金紧张的情况下，累计投资社会公益事业近亿元，用实际行动履行着那份神圣的社会责任，获得了社会各界的称赞，韩敬远也由此成为了迁西县闻名遐迩的民营慈善企业家。

与此同时，津西始终秉承“一方有难，八方支援”的中华民族光荣传统，在近年来每次自然灾害降临的时候，都义不容辞地倾力帮助灾区人民重建家园。

1998年，在长江流域发生特大洪水灾害时，津西捐款捐物价值300万元。2008年5月12日，四川汶川发生8.0级强烈地震后，灾情牵动了津西万名干部员工的心。为帮助灾区人民重建家园，尤其是使损毁极其严重的中小学校的学生早日用上安全、抗震的教学楼，津西捐献价值600多万元的1000吨新型、抗震、环保的H型钢，作为重灾区建设一栋高标准教学楼所用钢材。津西广大干部员工以扶危济难为己任，也纷纷慷慨解囊，爱心募捐52.86万元，也将殷殷深情奉献给灾区人民。2010年，在青海玉树发生地震时，津西向灾区捐款100万元……

多年以来始终如一地致力于兴办公益事业，也让韩敬远在由中华慈善总会主办的中华慈善事业贡献奖暨第二届中华慈善人物评选活动中，荣获“中华慈善事业突出贡献奖”和“中华慈善人物”称号。

不忘回报社会助力家乡教育事业

教育兴，国运昌。作为迁西最大的企业，津西始终关注着革命老区迁西教育事业的发展。2004 年以来，津西累计向县教育局、迁西一中、三屯营小学捐款 1100 多万元。其中，2004 年 5 月 24 日，为新建的迁西县一中捐款 800 万元，解决建校资金匮乏的问题；2005 年 2 月，先后为迁西县三屯营小学捐款 180 万元，修建高标准校舍，改善办学条件……2011 年，为有效缓解县城儿童入托难的压力，给儿童以高品质的教育，津西又捐资 1000 万元建设迁西县第三幼儿园。

2005 年，韩敬远个人出资 200 万元设立“河北省静远教育基金”，专门用于奖励迁西一中的优秀教师和学生；2012 年又将基金增扩到 1000 万元。9 年来，此基金已累计向迁西一中发放奖金 310 余万元，受奖励师生达到 1700 人次。为充分发挥“静远教育基金”的激励作用，确保优秀生源，2011 年 6 月，迁西一中开办首届静远班，生源主要为双特生（学习成绩特别优秀、家庭特别困难的学生）。在静远班教室，韩敬远面对几十双明亮、纯真、渴求知识的眼睛，语重心长地说道：“振兴迁西，重点是教育。津西和我捐资助教做得还不够，今后还会大力支持。只要大家努力学习，我坚决支持你们，绝不让一个学生因家庭经济困难而上不了大学。大家要好好学习，努力争取考上理想的大学，做一名对社会、对国家有用的人，为迁西人争光，为中华民族争光！”

2013 年 4 月 25 日，津西钢铁还向迁西县 16 所乡村小学赠送中华传统文化启蒙教育精华读本《蒙学十三经》，弘扬中华民族优秀传统文化……

厚德载物更健行。如今，在韩敬远的带动和影响下，津西见义勇为、扶危济困、拾金不昧等义行善举如雨后春笋般不断涌现，蔚然成风。越来越多的津西人自觉融入慈善队伍，用挚爱真情为社会、为弱势群体撑起一片“绿荫”。

（原载于 2013 年 12 月 28 日《中国冶金报》，记 者 谢吉恒，
通讯员 白小卉 朱翠飞）

下篇：“助困基金”暖人心

——津西钢铁集团“关爱员工”救助工作纪实

“钢铁形势这么困难，韩敬远董事长和津西还想着我们，为我们发放津西特病大病救助金，解决我们的燃眉之急、后顾之忧。我代表特病大病特困员工和家属真心感谢津西，感谢韩董事长。我们能在津西这个大家庭工作真好！”河北津西钢铁集团（以下简称“津西”）员工王海波激动地说。

1月25日上午，正值四九，天寒地冻，津西股份办公楼7楼大会议室却流淌着汩汩的爱意，散发着暖暖的深情——津西特病大病特困救助基金发放仪式在这里举行。仪式上，津西股份党委书记、监事会主席、工会主席金小春代表董事长韩敬远和津西为特病大病特困员工发放4万元、2万元、1万元等数额不等的救助金共38.5万元。其中，员工自身救助总额为32.9万元，员工家属救助总额为5.6万元；最高救助额为4万元，共救助129人。

此次津西特病大病特困救助基金第七次集中救助，是津西以人为本、关爱员工、恪守韩敬远董事长“绝不让一名员工因病致贫”承诺的具体表现。这一组组数字见证了津西“关爱员工”救助工作的卓有成效，打开了因特病、大病造成特困的员工的希望之窗。

不让员工因病致贫

多年来，韩敬远在带领津西搏击市场、创新奋进、不断发展壮大的同时，一直心系员工身体健康和家庭生活，并把救助患特病大病员工和家庭特困员工作为一项事关企业和谐发展的重要工作。他曾多次强调，“员工利益无小事”“绝不让一名员工因病致贫”。

2007年以前，津西对患特病大病员工一直实行“行政按一定比例报销医药费，工会报销自付费的50%”的政策。尽管此举大大减轻了患特病大病员工的经济负担，但员工个人自付的部分对一般工薪家庭来讲也往往难以承受。为彻底解除这部分员工的后顾之忧，2007 年 11 月份，在韩敬远的倡议下，津西通过行政每年拨款 30 万元，工会一次性拨款 10 万元，员工每人自愿交纳 12 元，加上干部员工自愿捐款 734718.5 元，建立起总额约 125 万元的特病大病特困救助基金。随着企业人数的增加，津西逐年发展新员工加入基金组织，每位员工只需一次性缴纳 12 元的入会基金，即可在本人或家属患特病大病时得到救助。此举极大地减轻了员工医药费用的负担，有效缓解了员工“因病致贫”的窘况。

按照基金管理规定，从 2007 年 1 月 1 日起，津西员工因病、意外事故死亡或残疾，员工或员工家属患特大疑难病造成家庭特殊困难的，均可从该基金获得最低 1000 元的救助。其中，患特病大病的员工，医药费个人统筹负担部分原则上可获得 100% 救助。这意味着，津西员工治大病可以不掏一分钱。

“用爱心暖人心，用诚心换真心。”特病大病特困救助基金是津西关爱员工的重要组成部分，得到了集团广大员工和社会各界的一致好评。特病大病特困救助基金的建立，不仅丰富完善了员工保障体系，还与员工养老保险、失业保险、工伤保险、医疗保险、生育保险和住房公积金共同构成具有津西特色的“5+2”社会保障体系，切实为因患特病大病造成家庭困难的员工解除了后顾之忧。

津西一直对患特病大病的员工和家属进行慰问救助，并做好持续跟踪救助。以高志文、付成达、李连春、吴立稳、韩艳林、马玉明、张振同等为代表的身患特病大病的员工，一直被列入救助和慰问的名单，成为津西持续关注的对象，让身处困境中的员工和家属深受感动。

雪中送炭的救命钱

员工是企业发展的基石。为了把员工特病大病救助这件好事办好，津西把“以人为本”的理念贯彻落实到工作实践中，心中装着员工，想员工所想，急员工所急。

这项基金建立后，津西股份轧钢厂员工王再明成为第一个受益人：2007 年，王再明因心脏病接受了心脏支架手术，医药费用总额达到 6

万元。除医保报销外，津西对由他自付的2.6万元进行全额救助。这2.6万元，不但解决了他长期服药给全家造成的生活困难，也增加了他们一家人生活的勇气。“特病大病特困救助基金真的很管用，减轻了家庭经济负担，解除了我们的后顾之忧。”王再明激动地说。

“当时只花12元参加特病大病特困救助基金，如今拿到了2万元救助金，这可是雪中送炭的救命钱啊。”当津西股份患尿毒症的员工李连春的妻子从金小春手中接过2万元的救助金时，表达着心中的感谢。李连春2009年被查出患有尿毒症，为治病花去家中的所有积蓄。随着病情的加重，他每隔两三天就要去医院透析一次，每次透析费用700多元，加上往返的车票和食宿，每月用于透析的费用高达1万余元。在李连春无助的时候，津西连续4年对他和他的家庭进行救助，每次除报销外救助3000元到2万元不等。津西的救助基金解除了他家的燃眉之急，使他重新燃起生活的希望。

这只是津西救助员工本人的其中两个例子。2013年1月26日，津西救助组冒雪前往上营乡董家口村慰问津西股份患胃癌的员工张秀，送去了1.6万元的救助金；在患骨盆肿瘤的津西万通员工吴立稳家中，救助组关切询问他的病情和家庭经济情况，鼓励他树立起战胜病魔的信心和决心，并按规定给予其3万元救助金；在做心脏支架手术的津西大方重工员工高俊卿家中，当高俊卿和退休的妻子从救助组接过1.9万元救助金时，他们紧紧拉住慰问人员的双手，流下了感动的眼泪……

用感恩之心工作

员工家属也是津西这个大家庭中的一员。在员工本人患特病大病得到救助的同时，津西的救助基金还对员工家属伸出援助之手，使救助金更加贴近基层、贴近员工，范围更广。

津西钢铁集团大方重工员工张银年仅15岁的儿子于2001年不幸患白血病，要经常去北京、哈尔滨等地住院治疗，前前后后花费了90多万元。巨额医疗费用使家里所有积蓄顷刻间化为乌有，还使这个原本不富裕的家庭负债累累。在成立特病大病特困救助基金之前，津西干部员工通过捐款的方式对其多次进行救助。自2007年建立该基金以来，津西特病大病特困救助基金始终坚持每年对其进行救助和慰问。走进这个贫困家庭，干净整洁的房间的墙壁上，贴满了“三好学生”“成绩第一名”等大大小小的奖状。看着这些奖状，让人感到心酸，但也看到了这一家人骨子里的坚强和在津西救助下的信心。“谢谢津西，谢谢……”，这就是不善言辞的张银对慰问组成员说得最多的话。

2008 年，对津西股份员工任树忠家庭来说，是最为不幸的一年。当妻子的一纸冰冷的诊断通知书递到任树忠手中时，犹如晴天霹雳，重重撞击着这个不幸的家庭。医生说，进行肾移植手术，还有希望。34 万元的手术费用，一下子使这个刚组建时间不长的小家陷入困境。肾移植手术以失败告终。由于无处筹款和没有相匹配的肾源，这几年来，妻子只能靠透析维持生命，透析费用每年就达到 2 万多元。妻子患病后，任树忠所在单位积极倡议员工伸出援助之手，进行爱心捐助，并上报公司领导，公司立即决定对其进行救助，已连续救助 6 年。“我一定以感恩之心工作，来报答津西对我妻子的救助。”憨厚的任树忠说。

7 年来，津西一直坚持“民主、公开、公平、公正、规范”的原则，把有限的救助资金用到最需要的地方，让更多的困难员工得到救助，感受到企业温暖。特别是 2012 年，在钢铁市场整体低迷、企业经营困难、资金紧张的严峻形势下，韩敬远作出指示：市场形势再严峻，也要关爱员工。当年，津西共发放救助金 47 万元，救助 128 人次。截至目前，津西特病大病特困救助基金已经累计救助 701 人次，发放救助金 229.16 万元，成为员工避免因病致贫的重要保证。

病魔无情，人间有爱。“津西特病大病特困救助基金要为因病致贫的员工提供救助，渡过难关，让特病大病特困员工在寒冷的冬天感受到津西的温暖，并使他们树立起战胜病魔和一切困难的信心和决心。不管以后钢铁形势多么严峻、多么困难，津西都会一如既往地关注困难员工群体，扩大救助基金的覆盖面和救助能力，驱走他们的‘寒冷’，给他们暖暖的阳光。”韩敬远如是说。

（原载于 2014 年 2 月 8 日《中国冶金报》，记　者　谢吉恒，
通讯员　张继军　李春静）

李兰英和她的山澜情

深窥自己的心，而后发觉一切奇迹在自己。——培根

——作者题记

引　子

渴望、追求健康长寿，已是人们梦想、向往的目标。笔者从事新闻工作几十年，到过不少长寿村落观光、旅游。慕名到过被命名“世界长寿之乡”的广西巴马长寿村及河北省武安市艾蒿坪长寿村采访。2014 年 5 月 29 日笔者又随中华大地之星采风团来到华北地区唯一的一家以长寿为主题的天津蓟县毛家峪长寿度假村采风。

采风团一行 8 人由广电总局大院门口出发，经过两个小时车程，过了蓟县，汽车驶入燕山深处，在崎岖蜿蜒的盘山路上缓慢前行，路两旁的山峰，一会儿如刀削般笔直挺立，一会儿如丘陵般平坦……哦，那青山绿树间，一幢幢白色小楼映入眼帘，那就是毛家峪长寿度假村。

毛家峪长寿度假村坐落在蓟县城东 16 公里的穿芳峪镇，北拱皇家园林九龙山国家森林公园、南邻碧波万顷的翠屏湖、东通清东陵、西达娘娘顶和黄崖关古长城。

据导游介绍，昔日毛家峪村曾是全县有名的穷困村，偏僻、交通闭塞，村民过着与世隔绝，依旧是日出而作，日落而息，面朝黄土，背朝天的清贫生活。如今，毛家峪已成为华北地区首屈一指的旅游专业村，全村 72 户，256 人，家家有农家院、户户当老板，2013 年接待中外游客 35 万人次，旅游综合收入 2800 多万元，村民人均收入 6 万元，腰包鼓起来了，过上让城里人都羡慕的时尚生活。该村先后被评为全国文明村、全国创先争优先进党基层组织、全国休闲农业示范点、全国农业旅游示范点和天津市美丽乡村。

解读"长寿"的密码

毛家峪村缘何受到游人热捧成为华北地区长寿度假第一村呢？采风团一行在阮观荣团长的带领下走进毛家峪，深入毛家峪，了解毛家峪，多方与村民交谈，采访游客用"第三只眼睛"看毛家峪，真正感受、感悟、体验到神奇的毛家峪、美丽的毛家峪、富裕的毛家峪、幸福的毛家峪，毛家峪是当今社会应大力提倡与极力推崇的长寿度假村典型，是当今人们真正向往的居所，是颐养天年的好去处。

采风团经过两天采访，探讨毛家峪村人长寿的秘籍，归纳总结出有六大科学依据和长寿因子：一是环境优美。毛家峪自然资源得天独厚，拥有亿年石、万亩林、千亩果、百年树、长寿人等奇特景观。周围群山环抱，山环水绕，奇石怪岩，风光秀美，气候宜人，无污染、无噪声，更无沙尘暴，形成封闭性空间，是天然的"世外桃源"。二是空气清新。森林覆盖率达96%以上，天然氧吧，负氧离子每立方厘米1300~1600个，是城市的30~40倍，人们可以呼吸到高质量的新鲜空气。三是水质纯净。水质属于纯净山泉水，清澈甘甜，有益于健康的微量元素含量超过国家标准30%以上，有害物质仅为国家限定标准的百分之一。四是食新粮野菜。人少地多山场大，自己种粮种菜，施农家有机肥，营养价值高，食用新粮野菜制作传统的长寿饭、长寿菜、长寿汤，饭菜是当地的土特产，更有利健康，促进长寿。五是经常运动。地无三尺平，出门是山，喜爱爬山，进门干活，养成勤劳勤快的好习惯。六是心情开阔。热情好客，和气生财，助人为乐，心情愉悦，好交朋友。

据载，近百年内，毛家峪村曾出现四位超百岁的老寿星，目前全村三世同堂有20户、四世同堂有5户、70岁以上有32人、80岁以上有15人、90岁以上有5人，村民平均寿命81.7岁，高出全国平均数值10岁，有那么多的长寿户和长寿人，成为名副其实的长寿村。

"山澜情"魅力绽放

山澜情庄园地处毛家峪长寿村北口，为游客观光旅游必经之地，也是首选地之一。高大的山澜情大门凸显出原生态旅游的象征，弧形大门高4.5米、宽12米，成为毛家峪村一道亮丽的风景线，吸引游客的眼球。看，那创意新颖，造型奇特，用水泥精雕的、粗壮茂盛的大槐树，栩栩如生。槐树称之为北方长寿之树树神，只有长寿，才有福禄。大门左侧大槐树墩上由我国榜书大师步云手书"山澜情"三个大字，格外醒目。那烂漫多姿、强劲的槐树身躯横空飞架两山，数只宝葫芦悬挂枝干间，寓意深宏，宛如人们走进大山森林多彩的绿色世界，追寻分享无尽幸福和乐趣。

山澜情庄园的董事长李兰英是地道的土生土长的山里人，生在毛家峪、长在毛家峪、发展在毛家峪、奉献在毛家峪。庄园取名"山澜情"的含义深厚，李兰英诠释"澜"字取她名字"兰"字的谐音，澜字喻有水，山水融合，波澜壮阔，生机勃勃。她是庄园的设计、开发、管理者，更是奉献者。她适逢其时，创新观念，抢占先机，开发农家乐旅游，在实现人生价值的轨迹里，留下一串串故事……她成为我们这次采风的主人公。

毛家峪长寿度假村发展旅游业，成为燕山山脉中的一块绿宝石，山澜情庄园就是镶嵌在这块绿宝石上的一颗明珠。山澜情庄园远看是公园，近看是果园，进去是乐园。

山澜情庄园魅力大，依托天时地利人和的优势，凭借优越地理位置、优美田园风光、特色农家乐餐饮、特有人文文化等魅力，适应"崇尚健康，追求长寿"的社会愿望，满足人们"返璞归真，回归自然"的需求，应运而建。

山澜情庄园坐落于毛家峪景区果园内，山环水绕，内外皆绿，园内建筑物和原生态环境相互映衬，建筑物和天然物融为一体，实现山、水、石、木完美结合。环境清新幽雅，安宁清静。客房掩映于山水竹林间，房内可观赏远山和云海，耳闻小桥流水，蝉鸣鸟语，果香飘逸，空气怡人，情趣盎然。庄园实现园林化，园内实现宾馆化，客房宽敞明亮，设有空调、电视、独卫、洗浴，被褥一客一换。餐饮突出农家菜饭特色、各类烧烤及烤全羊。

山澜情庄园是一处集住宿、旅游、观光、采摘、娱乐、餐饮、会议为一体的休闲胜地，来这里使人达到修身、养性、健体的目的。

苦读求学的故事

子曰：知者不如好知者，好知者不如乐知者。能坚持学习的人不如喜欢学习的人的效果好，喜欢学习的人不如以学习为乐的人的学习效果好。

李兰英小时候是一个很聪明、勤奋爱学习的孩子。作为学生，读书学习是一种社会责任。求学态度、学习能力和文化水平关系着人生价值的实现。那时农村孩子上学时年龄普遍偏大、入学晚。

1976年，她刚8岁，就喜欢学习，拼命缠着父母要去学校报名上学。母亲没有办法，告诉她等哥哥升中学时，你就可以去上学了。可就在哥哥升五年级考试那天，还没等到哥哥小学毕业，她就跑到学校要求上学，学校老师只好把和她同龄的该上学的孩子都找来，暑假前提前开学。

她迫切求学的欲望实现后，十分珍惜上学的好时光，好学上进。虽曾因为身体不好，读小学时中间有几次休学，父母也想过对她期望值不能过高，能认识眼前的“字”就可以了。可是她却不认可，她把学习知识看成是一件快乐的事，把学习当做是一种享受。没有学过的课程，到学校请教老师，问同学，但绝大多部分落下的课程是靠自己看书、自学来补上的。最终她以优异的成绩考入中学。

考入初中后，她加倍刻苦努力学习，中考时，考试成绩分数很高，化学、物理98分，数学满分是120分，她考了118分。1987年升入高中，那个年代能考入县重点高中，名额仅有90人，令左邻右舍羡慕不已。在高中阶段她更是勤奋学习，1990年以优秀的成绩被天津师范大学物理系录取，学习理论物理和量子物理。因她爱好文学，在大学期间，担任校报的编辑及负责物理系“文学天地”专栏的撰稿。

爱岗敬业的故事

1994 年她大学毕业，26 岁的她，回到母校任教，从此走上了教书育人的生涯。在她看来，就要干一行，爱一行，专一行。爱岗是职责，敬业是本分，青春是资本，誓言立足本职工作，做一名爱岗敬业的好教师。

她先后教过化学、生物、物理。从第二年教书起，开始担任班主任工作。对于她来说，无论是带班，还是所教的学科，从来都是把教学工作当做人生的追求，把工作当做人生的享受，勤奋主动，勇于创新。因此她所带的班级被多次评为县级、校级的优秀班集体；她也被评为市级骨干教师、优秀班主任。到 2002 年，她已经身兼数职，既是学科老师，又是班主任，还是年级工作室主任，不仅要做好自己所带的班级工作，还要抓好自己所在年级的工作。

在 2002 年，她家里发生了一次重大变故。她婆婆从教育岗位上退休两年，儿子刚上小学一年级。这个时候，查出她婆婆患病而且已是肝癌晚期，她丈夫长期在外地从事海洋作业，不能回来照顾家庭，家庭所有压力都落在她一个人肩上。

在困难面前挺得住，最重要的是要坚定信心，她深信办法总比困难多。为了不耽误工作，又能照顾家庭，她把自己的时间精确划分为两个阶段：白天和夜晚，同时和她公公两人进行分工。公公白天负责热中午和晚上的饭及早晚接送她儿子上学，她负责做早饭和全家人隔天白天的饭以及婆婆的治疗护理。

她用快乐的心态，合理安排工作，把一点一滴的每件小事做细做好，把一分一秒的时间抓紧不放。认真设计、实施一天工作路线图；她白天抓学校工作，坚持早六点半到学校上班，晚上学生下课回宿舍后，再往家赶，到家开始准备第二天的午饭和晚饭。八点开始给婆婆输液，抽空检查儿子的作业。等到婆婆输完液，儿子的作业看完了，已快十一二点钟了，才回自己的房间休息。第二天早晨五点就起床、洗漱、做早饭。五点半做完早饭叫儿子起床、吃饭、改作业。这样她不分白天黑夜持续劳累了三个多月不间断，直到婆婆去世。

沉重的负担就这么熬过来了，她从没跟单位任何人讲过。后来，同事、领导和周围人才知道，大家都被她的坚强劲儿感动得哭了。

婆婆去世不久，一波未平一波又起。2006年，她在一次上课时突然身体发软，瘫坐在教室里。她到北京阜外医院检查，查出来是先天性心脏病，心脏壁不匀，心房缺损，三尖瓣关闭不严，再加上她这些年在工作和生活中超负荷运转，过度劳累，造成重病突发。医生告诫她如果不及时做手术，随时都会有生命危险，而且必须做开胸手术，术后再也不能恢复到原来那样的工作和学习状态了。

手术成功了。她休息一年后，回到单位上班，她只能坐在办公室每天看看书，读读报，从一线繁忙的教育岗位滑落到了一种无所事事的闲职，极不适应，感觉自己似乎被人们“淡忘了”，像是一天天地在等待生命的尽头。

她倔强的性格，怎能容忍自己就这样等待那一天……

真诚奉献的故事

2008年五一节放假，李兰英从做手术后一直待在县城的家里走了出来，来到她的老家毛家峪。这天格外晴朗，沉寂的小山村热闹起来，来自京津唐的游客纷至沓来，家人和乡亲们一边笑着向她问候，一边高兴地招待客人。李兰英顿时感觉身边有了久违的亲情与温馨，浑身充满了温暖与力量，她高兴地跑到村边的山顶，看山下，家家张灯结彩招待远来的游客，村道里小朋友们蹦蹦跳跳的，欢快地相互追逐与戏耍，长寿老人坐在门墩上晒太阳，间或听到鸡牛鸣叫声，好一幅美丽的农家乐画卷啊！

放眼望去，云雾缭绕，绵绵的青山若隐若现，置身其中，给人无限的遐想，大山深处有温暖。大山多么亲近，家乡多么美丽，李兰英心头涌现了一个创业的冲动，而这个冲动变成了她的一个“梦想”，找到理想目标，那就是国家提倡扶持的发展“农家乐”农村旅游业。

生命焕发青春力量，兴奋不已。她憧憬“农家院”“农家乐”

为农村脱贫致富的美好前程，坚定了信心。首先她把家里的平房改建成楼房，加入村办农家院行列。接着，她又和家人承包了村里40多亩山地，这块山地，沟沟坎坎不平，曾当垃圾场用，正好在村口，当时村里已经搞起旅游业，是游客必经之地，她看到这不和谐的一幕，很不舒服，她对大山的炽爱之情被点燃，决定开发这块山地，迈开她人生的关键一步。她要在这块荒废的山地为生她养她的家乡打造一座原生态、绿色、环保，别具一格，意境优美的农村旅游度假庄园。

经过一番筹集准备工作，2011年初，山澜情庄园正式开工。看着沟坎里堆满山石和垃圾，她租来铲车和拉料车，为改变家乡面貌动真格的，垃圾或清理或清埋，沟不平填沟，料不够买料，她带领家人奋战三个月，累瘦变黑了，庄园地基打好了。

水是生命之源，这块山地缺水，建庄园缺水怎么能行？她找专业人员勘测地质，测水位，修水道，一次次勘测和尝试都无果。这个她父辈们已经经历无数次失败而放弃的尝试，她义无反顾，执着追求，就是坚定信心不动摇，靠顽强的毅力和坚强意志，在专家指导下，终于在这干旱地块找到了水，打井、修水渠。又用一年多时间绿化山地，栽种桃、梨、李、苹果、柿树、樱桃等10多种果树，使30余亩荒山变成花果山。

2013年，为了解决用电紧张问题，她用上自己所学过的专业知识，翻阅大量有关书籍，她大胆创新，决定用光伏发电，节能降耗，绿色发展。为节省开支，亲自采购太阳能板、控制器。电容器坏了，自己组装。逆变器一组不行，改成两组、三组……经过多次调试，2014年5月，投资175万元，自己设计、组建的蓟县第一家光伏发电设施成功运转发电，发电量50千瓦，自用有余，还无偿赠送给村里。她眷恋养育自己的大山，历经3年多，投资700多万元成功打造了一个多功能的休闲、养生、环保的生态旅游度假庄园——山澜情假日庄园。

尾　声

李兰英以不屈的精神和她所做的奉献，在第二十一届中华大地之星“共筑中国梦”评选活动中被评为“中华优秀奉献者”，并受到国家领导人的颁奖和接见。

李兰英说：“是父母给了我第一次生命，家人给了我温暖，乡亲朋友们给了我信心；党和国家给了第二次生命和机遇，我必须以饱满的热情和十足的干劲体现人生价值，创造社会价值，报答父母乡亲，回报社会——这就是我的山澜情。”

（谢吉恒　张文芳）

他们瞄准了高新技术

——常州市黑山烧结点火炉制造有限公司专利研发及推广纪实

在国家“低碳环保”“节能减排”的大环境中，江苏省高新技术企业的带头人，常州市黑山烧结点火炉制造有限公司董事长孙小平，带领他的团队，为实现我国钢铁行业烧结工序节能降耗，把目光瞄准了高新技术。他们自主研发出单预热烧结点火保温炉，填补了这一领域的空白，把企业梦想变成了现实。2011 年 10 月，被国家发改委、工信部、国资委、中国钢铁工业协会认定为“钢铁行业重大冶金装备自主创新和国产化成果”。

抢抓机遇，自主创新

创新之风席卷着整个钢铁行业，炼铁技术不断提高，高炉煤气作为炼铁副产品热值越来越低，高炉煤气直接作为点火炉燃料，炉膛温度只能达到 1000 摄氏度左右，不能满足烧结工艺对温度的要求，不仅烧结矿混合料需提高焦炭的配比，而且烧结矿混合料表层因点火温度低而不得烧结，这将严重影响烧结产量和质量，增加了返矿量，大幅增加了烧结工艺的工序能耗。然而，钢铁行业对能源结构调整以及国家对环境保护的要求越来越高，特别需要一种高新技术烧结点火保温炉设备。孙小平他们决心抓住这个机遇，全力以赴开始了技术攻关。

孙小平说：“过去，这个领域被关注得少，被关注的深度也不够。它不只是管理，更重要的是技术支撑。技术支撑关键在于技术创新。”

2001 年，孙小平这个泰山压顶不弯腰的硬汉子，从我做起，从头做起，开始了三年时间的自我充电。无论是土建工程、自动化设计，还是烧结原理、点火炉和原副产品的匹配技术等都努力学习，学习画图，学习设计，系统学习了这个领域的知识，增强技术理论功底。

为解决高炉煤气在点火炉上的应用问题，从耐火材料、制造转型，到开发研制、到设计生产点火炉设备，无一不是难关。孙小平带领一队技术人员，晚上学习理论知识，白天试验实践。第二天晚上再把试验中的问题拿出来，集中精力，翻阅资料，请教业内专家，然后再试验。如此往复的三年，攻克了道道难关，解决了三十多个技术难题。

他们执着不惧的研发状态，坚韧不拔的精神，感染和鼓舞着周围所有的人。他们克服了不预热和双预热点火炉的弊端，用理论和实践阐述客观规律，终于在 2004 年研发出单预热空气环形烧结高炉煤气点火保温炉。

2010 年 9 月，单预热烧结点火保温炉取得实用新型专利证书。

2012 年 6 月，取得常州市高新技术产品认定证书。

2012 年 7 月，取得发明专利证书。

2012 年 10 月，取得高新技术企业证书。

回首过去，这是一条凝聚心血和汗水的自主研发之路；不可否认，这是一段致力科技创新的光辉历程；毋庸置疑，这是一个节能降耗、降本增效、企业发展的里程碑；展望未来，这是一种极具发展潜力的产业东风……

宣传理念，推广专利

常州市黑山烧结点火炉制造有限公司研制成功的单预热烧结点火保温炉，是能明显降低烧结工序能耗的冶金设备。其特点是将点火炉设计成点火段加保温段的结构，将换热器巧妙纳入“保温段”内，组成一套整体设备，将预热炉产生的烟气通过保温段由主抽风机排出，无需另设烟囱。同时具有整体结构合理、构造简单、操作方便、安全可靠、节能显著、使用寿命长等特点。这项新技术是烧结工序节能降耗的重要推手和又一“利器”。孙小平认为，要推广专利产品，就要融入宣传企业理念。

黑山公司深奉“做人晶莹剔透，做事水滴石穿”的企业理念，将“忠诚、勤勉、谦虚、好学”八个字镌刻在每名员工的心中。

孙小平诠释这八个字的意义：忠诚，是员工对企业团队的信心和信念，是对合作企业的诚信和信义，最重要；勤勉，要有孜孜不倦的精神，勤奋努力的精神，吃苦耐劳的精神；谦虚，是要戒骄戒躁，不断深入掌握理论知识，在学习中提高科技含量，在实践中创新技术应用；好学，不学习就意味落伍和退步，不学习就无法用技术支撑产品，支撑企业，支撑发展。

那时，孙小平为安心学习，女儿小学一年级就被送到寄宿学校读书，每个月只有两个周末接回家团聚。女儿小时候特别羡慕其他小朋友在父母身边撒娇的一幕幕，抱怨父亲陪她的时间少得可怜，而现在女儿理解了父亲当初求知若渴的情怀，钻研技术的理想与抱负，对父亲敬佩有加。

孙小平的女儿说，最钦佩父亲的就是他的坚韧和勤奋，他的百折不挠；孙小平的员工说，孙董好学肯钻，不畏难题；使用黑山产品的企业也都说，孙小平董事长身上就有那么一股忠诚、勤勉、谦虚、好学的劲儿！

2005 年，单预热烧结点火保温炉首先在江苏锡兴钢铁集团公司环形烧结机上投入使用，并获成功。

“专利推广靠品质，降耗增效找黑山。”这不仅仅是黑山人常说的话，几乎所有使用过黑山产品的企业也都如是说。

有的钢铁企业先前并没有重视这个产品，在面对钢铁企业激烈竞争时，在面临装备陈旧时，在看到别的厂家使用黑山公司专利产品之后，大大提高了终极产品质量，节能降耗效果非常好的同时，黑山的企业理念也被认同。

黑山公司单预热点火炉就这样被业内传扬，从不被认识的新技术到很多钢铁企业专门找黑山公司要装备。从江苏销售到河北，从 2005 年到 2011 年专利技术推广，黑山公司销售额累计已达到一个亿。

此后，黑山公司召开烧结点火保温炉技术创新研讨会，邀请各地合作企业领导或总工参加，旨在助推钢铁业烧结工序节能降耗、节能增效、对标竞赛。

他们向国内用户先后提供环烧高炉煤气单预热点火保温炉约30套，平烧高炉煤气单预热点火保温炉约20套，并出口到印度的JINDAL公司、SUNFLAG公司、SONA公司、KIC公司、ADHUNIK公司、CONCAST公司、VSL公司、NEO公司、RASHMI公司、HSL公司、SLR公司等。

突出实效，步步为营

走进黑山公司办公楼，在董事长办公室门口的墙壁上有着这样一行大字："为钢铁行业节能减排做贡献"。

孙小平说："面对日趋强化的资源环境约束，钢铁业节能减排压力加大。随着国家对高耗能及落后设备强制淘汰政策的出台，环烧及平烧已越来越少，烧结机大型化，台车宽度越来越宽。黑山公司作为机上单预热的烧结点火炉专业制造企业，如何适应市场要求，突出实效，将小烧结机上高炉煤气单预热点火保温炉成功经验，应用到大型烧结机上面临极大挑战。"

如何使技术支撑不倒，重要的是爱惜、保护和培养人才。黑山公司常年聘请国内一流专家来公司指导技术，吸收国内外先进生产技术，定期组织员工培训，要求他们不断吸收、不断学习、不断进步，用技术支持质量，用质量支撑品牌，用品牌参与竞争。

凝心聚力，众志成城。孙小平不仅和员工一起吃在食堂，而且一起学习钻研技术难题。他对员工关心备至。黑山公司员工年收入整体已达到当地中上等水平。工人曹皇生的儿子患病急需手术治疗，找到孙小平要预支一年工资。孙小平知道，这位工人并不一定能在厂里工作一年，但同意了预支工资。他是在用情感温暖着员工的心。

他夫人说："厂里人都说孙小平是个实在人，是个关爱员工的好老板，他从来都是以宽容之怀、诚恳之意、善良之心待人。"

孙小平说，今后，还要积极引进人才，把点火炉设备向自动化方向发展，在操作上实现简单化、数据化、信息化、人性化、自动化。让点火炉在工作过程中自动监测 CO、压力，台车变形时自动定位、报警、停机，规避人工操作的安全隐患和安全事故发生风险。他们要让使用黑山产品的企业，在节能降耗基础上，伤害风险降低，节省人力、物力，提高产能。利国利民利企业，达到更完美的“双赢”。

突出实效，就要有高新技术。工程设计人员对吨矿能耗、点火炉、预热炉（在保温段内）煤气燃烧空气过剩系数，空气、煤气耗量，烟气生成量，助燃空气预热温度，换热器综合给热系数，烧嘴火焰喷射速度等参数进行了科学论证，通过精心设计及计算，精益求精，2009 年将专利技术成功应用到大型烧结机上，又一个不争的事实。

与黑山公司合作过的厂家，与孙小平打过交道的人都说：“黑山公司是个重品质、讲信义的公司，孙小平是个解决难题的能人!”

自 2004 年以来，常州市黑山烧结点火炉制造有限公司向钢铁、铁合金行业提供可以使用各种燃料的烧结点火炉，特别是近年开发的高炉煤气单预热（空气）烧结点火保温炉（发明专利号：ZL 201010018249.7)，深受广大用户赞许。口碑相传，很多用户找上门来。

2005 年，江苏雪峰钢铁集团公司总工找到孙小平，要他帮忙更新设备。原使用设备已让企业成本不堪负重。孙小平当机立断，将他们苦心研制的单预热点火炉给其安装试用，效果不言而喻，从安全性、长寿性、稳定性、节能性、高效性等方面均达到良好效果。

使用黑山公司单预热（空气）烧结点火保温炉 100 平方米以上的项目有：江苏永钢 450 平方米、300 平方米，中天钢铁 2×180 平方米，长强钢铁 180 平方米，连云港华乐合金 132 平方米，河北鑫汇钢铁 2×150 平方米，裕华钢铁 2×126 平方米，烘熔钢铁 180 平方米，文安钢铁 180 平方米，山西高义钢铁 105 平方米、360 平方米，宁夏申银特钢 180 平方米；焦炉煤气的烧结点火保温炉项目有：安钢 360 平方米，南钢 180 平方米，内蒙古德晟 180 平方米；混合煤气的烧结点火保温炉项目有：杭钢 105 平方米、164 平方米等。

黑山公司讲求知识外延，讲求做好服务。他们厚积而薄发，瞄准了高新技术不放松。

黑山公司始终倡导“双赢”的企业核心价值观。将“合作共赢，争创一流”作为永恒追求。黑山人用实力、用品质、用效能、用收益勾勒着点火炉产品发展的美好愿景！

常州市黑山烧结点火炉制造有限公司董事长孙小平把自己的人生与黑山公司紧紧地联系在了一起，他要将人生的抛物线画得更高、更美，要把企业发展空间拓展得更广、更阔！

（陈　聃）

运河畔展风采

——记中国华冶天津三建分公司项目经理冯同换

人物档案：冯同换

1964年生，汉族，河北省涉县人，中共党员，高级工程师，现任中国华冶科工集团天津三建分公司柴楼项目部项目经理。

冯同换1986年参加工作，曾13次获得中国华冶集团公司“先进工作者”，10次获得中国华冶集团公司“优秀共产党员”，2013年获得天津双发房产建设开发有限公司“最佳合作伙伴”。

冯同换扎根基层，从一名瓦工做起。他靠自己的辛勤努力，善于学习，积累经验，成为一名出色的管理人员。2007年，中国华冶天津三建分公司任命他为柴楼项目部经理，负责柴楼旧村改造。经过七年的艰苦奋战，把天津市北辰区京杭运河畔的柴楼小乡村改造成为车水马龙、高楼耸立、九衢三市的现代化模范小城镇，成为北辰区运河畔一颗璀璨的明珠，尽展华冶央企风采。

在他的领导下，柴楼项目部所承建的工程，12次获得天津市建筑工程质量最高奖——“结构海河杯”，2次获得天津市“安全文明工地”和“观摩工地”称号，1次获得人民最满意建筑工程最高奖——天津市整体“海河杯”，1项QC成果奖。2013年还获得天津双发房产建设开发有限公司“最佳合作伙伴”称号。他的热心、诚恳、干练、细腻，受到大家的赞扬。

2014年5月被评为第二十一届“中华大地之星十佳新闻人物”，授予“中华优秀建筑项目管理者”称号。

引　言

冯同换，1986 年进入中国华冶公司参加工作，起初在瓦工班做一名瓦工。他靠自己的辛勤努力，热心诚恳，努力成为了一名优秀的项目经理。2007 年中国华冶天津三建分公司任命他为柴楼项目部经理，负责柴楼旧村改造。经过七年的浴血奋战，他带领的华冶队伍将天津市北辰区京杭运河畔的柴楼小乡村，改造成为车水马龙、高楼耸立、九衢三市的现代化模范小城镇，成为北辰区运河畔一颗璀璨的明珠，尽展华冶央企风采！

柴楼项目部在他的带领下所承建的工程，12 项获得天津市建筑工程质量最高奖——“结构海河杯”，2 项获得天津市“安全文明工地”和“观摩工地”，1 项获得人民最满意建筑工程最高奖——天津市整体“海河杯”，1 项 QC 成果奖。2013 年获得天津双发房产建设开发有限公司“最佳合作伙伴”称号。他的热心诚恳、干练细腻受到大家赞扬的同时，也为中国华冶在北辰区的信誉和品质做出了卓越的贡献！

勇往直前　首战告捷

2007 年，中国华冶立足天津已有七个年头。经过华冶人七年间兢兢业业的奋斗，孜孜不倦的追求，华冶的品质、信誉赢得了天津市场的肯定，找华冶合作的建筑开发商也接踵而至，络绎不绝。其中天津双发房产建设开发有限公司（以下称“天津双发”）就是其中之一。2007 年 3 月，中国华冶接到了由天津双发开发的柴楼新庄园 1 期 1 ~7 号楼棚户村改造还迁房工程的中标通知书，这也是中国华冶当时在天津承接的高度最高、面积最大的民用住宅工程。随即中国华冶天津三建公司领导组织召开领导班子会议，细心研究，反复讨论，最终决定任命冯同换担任柴楼项目部项目经理，并负责组建柴楼项目部。接过沉甸甸的聘请书，冯同换倍感任务艰巨，责任重大。走出沉思，他抖擞精神，带着华冶对自己的信任和使命感，组织一班人马，浩浩荡荡开赴天津市北辰区柴楼村。

走进柴楼村，眼前的景象把大家都震惊了。村里没有一条柏油路，没有一座像样的房屋，甚至没有一个商店，再加上前一夜的一场大雨，路上全是泥巴和积水，整个柴楼村显得没有一丝生机。当大家都为此感到落寞时，冯同换却没有，他坚定地告诉大家："改造它就是我们来这里的目的，我们要靠我们的双手与智慧，把它改造成一流的新村！"带着这个誓言，大家一起搭临建，置办生活、办公用品等，组建起了柴楼项目部。华冶的大旗高高飘扬在柴楼村的上空，从此拉开柴楼新村改造的帷幕。

世界著名企业管理家劳伦斯·M·米勒曾经说过："管理者的首要任务是思考。"接到建设单位提供的图纸，冯同换没有盲目地投身施工，而是多次组织大家加班，加点细心研究现场平面布置图、施工组织总设计，反复推敲各项施工方案，做到由科学理论指导实践操作，确保各项施工方案都能符合每一道工序的施工，都要具有实际的操作性。待施工平面布置、施工组织总设计、专项施工方案等都已确立后，冯同换没有放手不管，而是和劳务队工人们一样，亲自投身施工现场，狠抓方案的贯彻落实。他对现场的每一道工序都进行了解，做到心中有数。

严抓细管，保质量。百年大计，质量第一。工程的施工质量在冯同换心中的分量是最重的，为了保证工程质量，他制定质量负责制、技术交底制等多项施工质量管理制度。要求项目部管理人员及各劳务队工人，认真对待工程质量。在施工中要求：工程所用材料进场必须进行验收，复试，保证其为合格品；工程的钢筋、水泥、混凝土等各类材料，必须具有出厂合格证，并根据国家规范要求，分批量进行抽检，抽检不合格的材料，一律不准使用，因使用不合格材料而造成的质量事故，要追究验收人员的责任；工程隐蔽验收认真落实"三检制"，实行并坚持自检、互检、交接检制度；隐蔽工程要由工长组织项目技术负责人、质量检查员、班组长检查，并做出较详细的文字记录；施工生产成品，必须认真保护；项目管理人员应合理安排施工工序，减少工序的交叉作业，上下工序之间应做好交接工作，并做好记录等一系列要求，给工程实体结构安全提供了大大的保障。

登门取经，抓安全。干高度如此高，面积如此大的民用建筑，对冯同换来讲还是第一次。此项工程施工安全和现场文明建设，对他还是一个薄弱项。但他没有胆怯，更没有瞎干、蛮干。他除了研究各项安全文明施工方案之外，还多次组织带领项目安全管理人员，去有这方面施工经验和文明化工地建设较好的单位拜访、参观、学习。学习他们的优点、长处，学习他们在高层建设的安全管理中积累的经验。带着学来的经验，再加上科学的理论做指导，冯同换和大家一起投身施工现场的安全管理和文明化建设中。他要求大家进入施工现场必须戴好安全帽，穿好工作服，系好安全带。在场区内设立茶水亭、吸烟区，在现场张挂安全警示标语，在无硬化的地方种植花草等措施，硬是把现场打造成了一座小花园。有来参观的朋友及村民，冯同换更是为他们配备了专用安全帽，并请专人陪同，细心讲解。这一切的工作细节，业主、监理及外界朋友都看在眼里，记在心里。提起华冶个个都竖起了大拇指。

奖金激励，赶工期。柴楼新庄园 1 期工程是还迁房，老百姓能否如期搬进新房，一直牵挂着冯同换的心，他晚睡早起，披星戴月。每个工序施工进度计划都在他脑海里反复地演绎对比，最终他想到了用奖金来激励工人的方法，提高工期。他将每个标准层钢筋绑扎安装，模板支设的时间，定为一个固定时间，凡是提前完成的，每提前一天每项奖励 500 元。此项办法一出，果然奏效，施工进度大大提高。其中 2 号、3 号楼标准层主体施工，更是创造了 3 天一层的好成绩。建设单位、监理单位及外界给予华冶一致好评，更有人称赞此为“华冶速度”。

经过 520 天的艰苦奋斗，柴楼新庄园 1 期 1 ~ 7 号楼还迁房改造工程比合同工期提前 20 天完成，以优质、优量、安全零事故的好成绩向业主交了一份满意的答卷。看着村民高高兴兴地搬进了新房，天津双发董事长柴竹金满意地说：“冯同换，好样的。”随后，又将柴楼新庄园 2 期金园 1 号、2 号楼工程交给了华冶，交给了冯同换。到此，冯同换领导的中国华冶柴楼项目部在天津北辰区首战告捷！

百尺竿头 更进一步

有了1期工程的施工经验和业主及监理单位对华冶的认可，对接下来的2期金园1号、2号楼工程，冯同换信心满怀。他为自己制定了这项工程在工程质量、安全文明施工上都创优的目标，不仅要稳固华冶在北辰区的根基，更要把华冶央企的实力深深烙进每个人的心里。

接到2期工程的施工图纸，打开现场总平面图，一个十分棘手的问题摆在了大家面前。二期金园1号、2号楼工程周边场地极为狭小，现场正常施工，生产料具周转都成问题，更不要说打造文明施工工地了。正在大家都为这块难啃的骨头发愁的时候，冯同换胸有成竹地说："这个不算什么问题。"随后，他召集项目部各部门管理人员召开研讨会，认真分析现有场地形式。会上，他向大家提出了将现场打造"立体化布置"的想法。这个点子一出，大家都惊喜万分，"对呀！这是个好主意。"接下来大家围绕这一想法，各抒己见，献计献策。决定将脚手钢管与扣件上下摆放，木工加工棚设立在废料池上方，水暖电建材全部采用货架摆放，现场办公区由一层板房改为两层搭设等，一下子节省了好多场地。

有了精细规划的方案，说干就干。冯同换带领大家组织塔吊安装，木料加工厂的搭设，钢筋加工区的布置，各临电、临水的管线敷设等等。一切就位，接下来就是精细化的布置。道路硬化，五牌两图的设立，安全警示标语的张挂，吸烟室，茶水亭，企业文化墙，粘有瓷砖的水冲厕所等。为了控制扬尘，在所有没有硬化的场地都种植了绿草和鲜花，把施工现场布置得像一个小公园。

冯同换不是一个只注重表面工作的人。他把现场搞得像一个小花园，但他对主体施工和农民工施工安全更在意。主体工程悬挑架体安全稳定性是否可靠，纵横杆间距排布是否科学达标，临边洞口是否封堵，用电、消防是否安全，是否对入场工人进行安全教育，工人生活区食堂、宿舍卫生是否达标，为工友们发放的床单被罩生活用品是否落实到位等各项细节，他都一一过问。

古人云“有付出，就有回报”。在一次区质检站的检查中。走进华冶工地，一流的场区布置，现代化的施工模式，给站领导眼前一亮。他欣喜地说：“这样的文明工地，在北辰区还是第一个。”过后他向天津市建协申请柴楼新庄园 2 期金园 1 号、2 号楼工程为天津市“安全文明工地”，天津建协又组织全天津市 30 家建筑单位 320 多人到华冶金园工地观摩学习。这一下冯同换的名字在运河畔，在北辰区更加响亮，华冶在模范小城镇建设上又迈出了一大步！

有了 1 期工程施工工艺的经验，冯同换对 2 期工程施工中的钢筋绑扎、模板支设、混凝土浇筑都不再陌生，但他没有因此而放松，反而对工程质量要求更加严格。他认真细化工程创优方案，对每一道工序操作要求更精准。钢筋绑扎、模板支设、混凝土浇筑都按照比国家、地方施工规范还严格的天津市“结构海河杯”验收标准要求施工。施工过程中，要求管理人员认真落实“三检制”，确保每一道工序都是合格品。“皇天不负有心人”，果然，金园 1 号、2 号楼工程以一流的实体和优良的感官质量顺利通过天津市建协的验收。一举拿下 2 项天津市建筑工程质量最高奖——“结构海河杯”。这两项工程在入住两年后的百姓调查中以 100% 的满意度又摘获天津市整体“海河杯”大奖。

顺势而上　做大做强

1 期、2 期工程的成功，给冯同换注满了信心，也向外界展现了华冶的实力与信誉。紧接着就是三期隆园、四期兴园工程。17 万平方米的工程量，近 3 亿的工程总造价，压在冯同换的身上，他没有感到压力，反而觉得这是一个好机会，是华冶在民用建筑上做大做强的美好契机。

在新庄园 1 期、2 期的经验基础上，3 期和 4 期工程丝毫没有懈怠。为了解决在工程量巨大的情况下，如何保质保量如期交工的问题，冯同换又决定引进新的劳务队伍。在工程施工进展中，几家劳务队相互比对激进。工程管理上，他组织项目管理人员成立“青年突击小组”，在施工管理上“大练兵”，很好地推动了工程的进展。

为了使企业的发展更上一层楼，他还在绿色施工、施工扰民、信誉回访上下了一番工夫。他积极响应国家号召，不惜增加成本，率先使用预拌砂浆，控制了施工现场的扬尘问题。为了不给村民造成干扰，在夜间22点到6点，禁止现场一切施工。为了提高企业的信誉，他组建成立了“回访小组”，多次深入已经入住的居民家中进行回访，悉心听取他们的意见和建议，并热心地帮助居民解决。

“高楼大厦的建造，归根结底是最普通的工人的功劳”，这句话冯同换常常挂在嘴边。只有一流的人才，才有一流的企业。日常生活中他关爱员工生活，注重人才培养。他给项目部管理人员过集体生日，组织文体娱乐活动，给新员工签订师带徒协议等，为大家创造了一个宽阔的发展平台。对待农民工兄弟，冯同换更是关爱有加，每逢节日都为他们送去肉、蛋、油等慰问品，让他们感受到来自企业的关怀。

七年的辛勤汗水没有白洒，七年的浴血奋斗没有付之东流。在冯同换的带领下，他们承建的工程有12项获得天津市“结构海河杯”，2项获得天津市“安全文明工地”和“观摩工地”，1项获得人民最满意工程奖——天津市“结构杯”。

冯同换用他的热心诚恳、兢兢业业感动了北辰区人民，展现了华冶央企的风采。面对这些荣誉，他没有骄傲自满，而是更加坚定了他为人民为企业奉献终身的信念。

逆流争锋　迈向未来

随着国家制度改革和市场变化，建筑市场进入冷淡期。当今建筑企业竞争日益加剧，如何能在竞争中战胜，赢得市场，成为冯同换思考的首要问题。

如今，房地产行业发展迟缓，商品房销售大大缩水，直接导致施工承包企业承揽工程困难。为了不被市场丢在逆境洪流，冯同换决定改革。首先他从现场管理改革：为了激励管理者上进和对工程管理更加尽职尽责，他给项目部每位管理者签订“包保责任状”。每阶段依照“包保责任状”的内容一一进行考核，这很好地促使管理者在管理上下真工夫。其次他在物资采购上进行改革：为了节约材料，控制成本，他积极响应集团公司号召，在自己的项目做试验田，率先实行“物资集中采购”制度。再次他注重人才培养，坚持“只有人才，才能兴企”的理念。工作中督促员工加强学习交流，强化技术知识，全面掌握施工中的各项管理，做到把每一个人都培养成多技能的全面人才。

事实证明，冯同换的改革是可行的，是成功的。项目部在他的带领下没有被冲垮，更没有止步不前。由天津双发投资的另一个现代化小区“双发玺城项目”又交给了他。如今他的工地施工正如火如荼，他的市场道路正蒸蒸日上。

七年前运河畔的柴楼村，道路泥泞、陈砖旧瓦，甚至没有一家像样的商店。七年的变迁，如今的柴楼村已是一座高楼耸立、车水马龙、九衢三市的现代化新庄园，成为运河畔一颗璀璨的明珠。

夜幕降临，万家灯火。当人们都住在温馨舒适的新房内享受着美好生活的时候，冯同换也正认真规划着明天的工程，规划着企业的未来，规划着自己的人生路。

（张忠浩）

创新观念　拓展市场

——从瀛都公司实践看耐材企业如何走出困境谋发展

人物档案：王丕轩

汉族，1964年出生，清河县连庄镇王庄村人，中共党员，高级工程师，邢台市人大代表，享受国务院特殊津贴专家，国际职业经理人，中国诚信企业家，河北省有突出贡献的中青年专家，河北省优秀企业家、邢台市第六批拔尖人才、市第七批市管专家。先后研制出了多个高端耐材品种，其中有1项新材料填补国际空白，5项新产品填补国内空白，并承担国家“八五”火炬计划1项、“九五”科技攻关项目1项。

现任河北瀛都复合材料股份有限公司总经理、河北瀛都复合材料股份有限公司院士工作站站长、博士后科研工作站站长。

钢铁企业是耐火材料的最大市场，目前钢铁企业普遍进入微利时代，耐火材料企业进入严冬季节，经营普遍不景气。在严峻的市场形势下，耐材企业该如何求生存谋发展呢?

回顾河北瀛都复合材料有限公司（原清耐集团）30多年的发展，实践证明，只有创新观念，才能发展自己。

建厂初期，瀛都公司启动研发生产泡沫隔热耐火砖，采用先进工艺生产出的中高档产品，1981年替代了同类进口产品，提高了公司知名度。国内钢铁、石化、有色金属、建材等行业，工业窑炉新建、改建、引进国外先进设备需要大量隔热耐火材料，来自全国各地的很多客户争相采购，产品供应出现严重短缺，有的客户宁愿工程推迟几个月也要好的产品。1984 年，瀛都公司为满足市场需求，决定扩大生产规模，选厂址、添设备。

装备技术水平的提高，使得产品质量得到了质的提高。1987 年澳大利亚客户第一次来公司考察就订货，自此瀛都公司的产品开始走出国门。1993 年，瀛都公司成为耐材行业第一批拥有自营进出口权的企业。国际市场销售范围从亚洲扩大到美洲，再到欧洲，非洲地区的市场份额也不断增加。耐火材料企业如何走出目前市场疲软的困境，开拓发展新天地？结合瀛都公司实际，主要有以下三个途径。

发挥优势　找准定位

随着钢铁、建材、石化、有色金属等行业的发展，全国各地的耐火企业迅猛发展，遍地开花结果。有数据显示，全国统计的耐材企业达 2000 余家，年产量近 2500 万吨，我国已是真正的耐火材料制造大国。2008 年以来，钢铁、建材、有色金属行业产能过剩矛盾突显，环保压力增大。冶金行业是耐火材料最大客户，冶金行业的不景气直接影响到了耐火材料行业。

当前，钢铁企业日子不好过，对耐材企业供货、价格一压再压。同时，原材料采购价格上涨，高铝原料价格翻了几番，用户欠款额也在增加。虽然各种因素的综合作用，导致国内大批小型耐材企业关闭，但从长远来看，对整体耐材行业的健康发展有利。在当前市场主导因素作用下，适者生存，“挺得住”就有发展希望。瀛都公司守住隔热耐火砖这个产品定位不放松，发挥自己的优势，从产品的追随者、研究者到领航者，积累多方面的优势，依据市场的变化，看准国家政策导向，分析用户的发展状态，保证企业沿着健康的轨道发展。

目前，国际经济形势已有好转，今年瀛都公司的国外订单增多，较去年同期增加五成，这表明国外客户“不差钱”。只有生产出一流的产品，生产出符合用户要求的产品，国外客户才会登门而来，才有可能实现长久合作。

科技创新　先人一步

创新观念，就是改变思想，思想一变天地宽。瀛都公司靠科技创新使企业获得了发展活力。20世纪90年代初，他们率先生产的连铸中间包绝热板在国内热销，到90年代末由于炼钢条件的提高，该产品退出市场。瀛都人由此明白了一个道理，那就是产品只有在不断创新的前提下才能占据市场。于是他们选定了隔热耐火制品，并投入大量的科研资金，不断提高产品品质，同时靠管理实现制造过程控制，使产品质量稳定。

瀛都人充分认识到科学技术是第一生产力的内涵。他们不断引进人才，研究开发新材料、新技术、新工艺、新产品。2006年，该公司成立了博士工作站，并积极吸收博士进站研究开发实用型的新产品，发明创造未来有市场发展前途的单一产品。2012年6月经河北省政府批准建立了院士工作站，并邀请清华大学李龙土院士进站，为公司研究开发先进陶瓷项目，提高其他相关产品的性能。

自主创新　打造精品

随着工业的发展，冶金、石化、建材等重点工程的需求也在不断变化，产品交付应用项目增多。宝钢、鞍钢、首钢、大庆石化、扬子石化等大型项目，所需隔热耐火砖品种繁多且不统一，有欧美产品标准，也有亚洲产品标准。瀛都公司每接一次订单就要按着所需牌号的性能指标，研究实验一批，确定能满足技术要求的产品配方和制造工艺。

2013年，瀛都公司自主研发SK纳米微孔隔热耐火制品获得成功，实现了隔热耐火砖的低热导率，而且每块产品都具备同样稳定的性能，获得了低体密、低导热、高强度、高抗折、较好韧性的产品，填补了国内空白。当前瀛都公司实施小批量生产，生产多少，外商就要多少，甚至有外商有意全部包销。该公司欧美用户较多，而且都有十几年的合作关系，产品投放市场后受到众多客户的青睐，实现了“好产品不出门，生产多少卖多少”的局面。

“做好人品、造好产品”的理念始终指导着瀛都公司全体员工的为人处世，也助推了该公司知名度的提升。该公司现拥有发明专利6项，其中两项在新材料领域。该公司借助新材料技术，研究开发针状结构、晶体结构耐火材料，改善耐火制品热稳定性，增加制品强度，提高产品质量，超前服务市场。

经过多年发展，瀛都公司被列入国家火炬计划、国家星火计划，也被列为国家级高新技术企业、全国优秀星火示范企业，先后荣获全国科技企业创新先进单位、全国行业质量示范企业等称号。该公司面对着挑战与机遇，抓住有利时机，努力调整产品结构。目前，年产2000万块SK纳米微孔隔热耐火新材料项目已于今年开工建设。

当前，耐材企业普遍在艰难运转，但逆境并不是没有尽头的，只要找准目标，脚踏实地大步前行，就能开辟出一片新天地。

（原载于2014年4月8日《中国冶金报》，作　者　王丕轩，
为河北瀛都复合材料有限公司总经理）

追 梦 人

——步云榜书艺术大师书写真情

“草根”书画艺术家步云，作品跨入榜书“巅峰”之列，独树一帜。他是一位被人们所喜爱，其人格被人敬仰、人品让人称颂、人性为人赞美的艺术家。

——作者题记

人海茫茫，有幸与职业书画家、著名榜书大师步云相识10余年，早想相约为他采写一篇纪实文章，只是因自身冶金行业报道工作太忙，无暇顾及。直到2014年春节过后，接到中国时代风采组委会安军主任电话，新闻人物征稿截止时间快到，催促我抽空采写。

2月12日傍晚，我应约来到唐山丰润区城西小区步云的工作室采访，一进屋就看见墙面上挂有他的榜书书法“天道酬勤”四个大字，视觉冲击力极强，柔中带刚，刚劲有力，魅力横溢，赏心悦目。室内一盏茶案，几把藤椅，一壶茶，几位朋友来此看书论字，成为步云工作室中常有的画面。

走进他的书房，桌上整齐摆放一垛砖块样似的书法知识书籍，一摞摞宣传画页，一幅幅名人真迹，一份份邀请函，一张张名人合影，这是他的精神食粮，取之不尽，用之不竭的力量源泉。

听他诉说自己的书画人生，岁月如歌。

追读历史，解读他60多年的人生追求及书画之作，这是一件具有挑战性的事情。

走近他，了解他，进行四个多小时心与心的交流。我认为，对于步云大师可用“人生、艺术、勤奋、奉献”八个字、四个关键词进行概括、浓缩与解读，从中可以探索他的昨天、今天和明天。

春节前，我仔细阅读过步云送来的《草根书画家》作品集后，颇有灵感与思绪，从而使我萌发了写作的冲动与激情。

步云的榜书书法属当今绝妙杰作。他非书香门第，除了小时候自己的启蒙老师外，从来没有真正拜过师，学过艺。他的成功全靠坚韧的毅力和聪慧的悟性，一步步磨炼出来的。

步云 1949 年 5 月生于唐山市丰润区，不久就与父母跟随解放军渡江南下，幼时求学于我国著名文化之乡——凤凰古城文昌阁小学，受到文化艺术的熏陶，小时候就酷爱书法。他小学毕业时就写得一手漂亮好字。走上工作岗位，先后在军营、工厂工作，他对书法的兴趣有增无减，爱不释手。

榜书是书界公认的一种难于书写的书法艺术。榜书的特点就是一次蘸墨一次写就。康有为曾在《广艺舟双楫》中指出榜书书写的五难：一曰，执笔不同；二曰，运管不同；三曰，立身聚变；四曰，临仿难周；五曰，笔管难精。由此可见，榜书书写难在一个“大”字上面。

步云对榜书情有独钟，见难而上。他多年实践，深刻体会到，由于榜书书法之笔势、结体、布白、章法与一般书法有别，写好榜书的前提条件之一，就是书法家必须将自身的形神意高度结合协调起来，达到自由和谐之境，才能将自己的学识性情、生活情调、人格气质、文化品位、生活气息、学术涵养，通过用笔、结字、走势、布局等技巧体现出来，传达凝结于书法作品之中，形成自己独特的气贯全局的书法之美。

写好榜书除了要有扎实的书法基本功外，更需超人的气力，还需运筹帷幄，决胜千里的大度，其难度可想而知。因此，历代至今，榜书家不多，遗留下来的榜书作品更为少见。

艺术在创造。步云几十年如一日，笔耕不辍，终于开始收获耕耘成果。他的作品曾于 2000 年世界华人艺术展“榜书”作品评比中荣获金奖，他也被授予“世界华人杰出艺术家”的荣誉称号。在 2001 年受聘于全国艺术家作品博览会顾问，并荣获博览会榜书作品金奖，第二年被文化部“中兴杯首届全国奇石文化大展”聘为顾问，并获大展“榜书”作品金奖。

步云的榜书作品一炮打响，一鸣惊人。如今他的榜书作品遍及全国，甚至远流到英、美、日本及东南亚等国家，受到国内外书法界的关注，被国内外越来越多的书法爱好者和知名人士收藏。

专家指出，细细品味步云的榜书，除了具有榜书共同的艺术审美品格，大气磅礴，厚重之余，其独有的个性风格跃然于纸上。

据行家介绍，步云的榜书其运笔造势，有龙起云海之气势，其结构布局，舒膊壮筋，浑静宽阔，此非胸有浩然之气不能致，无胸有成竹之稔而不能达。步云的榜书作品，让人感觉沉着有余，不乏灵动和变化，施墨凝重，结构严谨多变，气势恢宏，刚柔相济，厚重而不失灵动，丰满而不失俊秀。

步云孜孜不倦的艺术探求和顽强意志，使其榜书艺术日臻完美，业内专家评价他的榜书已跨入当今“巅峰之列”，独树一帜，达到极高的艺术水准。

采访步云、观赏他的书画作品，我还萌生另一种印象，步云似乎“有些狂”，我欣然赞同这种“狂”。这“狂”是艺术家的天赋本性，个性使然。

步云说，我的命运我做主！而“临池学书”“池水皆黑”的刻苦努力，不仅体现了艺术家苦心孤诣的追求，更酝酿了他的艺术在攀登到山顶的某一天的厚积薄发，刀笔生辉。

作品是步云的人格外在延伸，人品是步云作品的立体表现。是步云给作品以生命的律动，还是作品赋予步云丰富的人生？步云为人为艺便是最好的注解。

记得2004年他在胜利油田三天采风中，挥笔为胜利石化总厂写下了“石化魂”三个大字，以隶书为体，融入行书写法，在笔法表现上，石字沉稳厚重，化字流畅灵活，魂字形神兼备，谋篇布局，协调有序，点捺钩横兼具神韵，意境深邃，豪气毕现，当代石化工人的恢宏气魄和浩然之气跃然纸上。

步云在采风中，手持一支笔，一锭墨，用真情和汗水化开浓艳的情愫，为石化工人献上65幅书画佳作。

这些作品点如坠石，划如刀锋，草书刚劲而流畅，隶书势巧而形密，充分体现了当代榜书的韵味和力量，表达了对基层职工崇高的敬意和深深的祝福，为扎根一线的石化工人创造了100个红艳喜庆的“福”字。

他每年多次深入军营，用书法慰问官兵，隆隆的装甲战车上，威武的战舰上，飞翔的战鹰上都有他的身影。他曾经独自一人不畏艰苦，自筹经费远赴青藏高原，带着笔墨纸砚，真情万里行，慰问战士，极大地震撼了周围的人们。

在部队的训练基地的长廊里，浸透着书法墨香。步云现场挥毫泼墨，用“刻苦训练、服务于民”来激励官兵训练热情。在训练期间，他常来训练场地看望并指导官兵开展文化工作，成立了书法、美术、写作等活动小组，他专门抽时间讲授书法知识，传授书法技巧，并赠送书法字帖，让书法文化帮助官兵历练心态，修身养性。他为唐山驻军官兵无偿撰写了几百幅字画……

今年 1 月 28 日，春节前夕，步云在他的工作室，手拎足有 2 公斤重的抓笔，饱蘸浓墨，在宣纸上，凝神集气，挥毫泼墨，一笔书就，富有神采的一幅幅 0.9 米 ×0.9 米大“福”字，一气呵成。利用两昼夜时间，步云赶写了 540 幅“福”字，为遵化市新店子镇康各庄村 540 户农民免费送去特别的节日礼物，为建设中国最美新农村、建设“福”字第一村，营造喜庆、热闹、祥和的春节气氛，带去马年最真挚的祝福。

他还去工厂、学校、旅游景点……

在当今经济变革和商品经济时代，不少人是利己主义者，追求的是物质利益，缺失的是人类最美的精神支柱与社会良知。

今天，步云将自己的心爱之作无偿捐赠给家乡人民，捐赠给军营、油田、工厂、学校、农村……高扬自己的文化理念，其人格魅力和核心价值观，由此可见一斑。

爱家乡、爱社会的义举，广受家乡父老乡亲的赞誉。

这是友情的捐赠，无私的奉献。

他的心灵在沉淀，他的作品在深化，他的艺术在拓展。

步云今年 65 岁，是他榜书艺术又一大看点，只看夕阳无限好，不管是否近黄昏。为追寻自己美丽的梦想，今日不搏待何时？

他老当益壮，宝刀不老，精力充沛，早起晚睡，一天工作近 10 个小时，手不停笔，心不离画，不懈求索。据他的一位老友统计，60 多年艺术生涯，泼墨书画，仅墨水保守地计算就用了 10 吨多。今年正月初二至初八，新春佳节他也不忘创作，7 天时间，就用了 30 多公斤墨、3 盒印泥，写了 700 余个“福”字，福气盈天。

他写的榜书“福”字，饮誉国内外，柔中带刚，刚柔相济，具有强烈的现代气息，不失传统书法技艺，堪称法古创新、“绝妙艺术”！步云至今已为国内义写了两万个“福”字。2000 年在广州“国字号”参拍会上，一个“福”字，价值连城，两万元成交。1999 年至 2006 年，他的“云海”“寿”字等多幅书法作品参拍，均获得成功。马年，他老马识途，发扬龙马精神，计划今年为国外写一万个“福”字，现已写了三千多个“福”字，继续坚韧不拔、进取奋进。

60 多岁的步云，仍然是一位坚持不懈的书画艺术的“追梦人”，岁月的枝头挂满了沉甸甸的收获；他默默耕耘，打造自己的品牌，闯出一条属于自己的路！

步云回眸自己的书画之路，倍感欣慰。虽然付出了常人无法想象的艰辛，经历了诸多困难的磨砺，但看到自己的作品带来的是太多的喜悦便觉得一切都值得了。他常说，自己正在赶路……他拿起平时“刷锅”的“炊帚”，探索人生价值的坐标，老骥明知夕阳晚，不用扬鞭自奋起，赶往人生的“山顶”，攀登榜书艺术高峰……去看人生最美好的夕阳！

写完这篇文章，我的心灵受到陶冶，我的思想受到净化，我的精神受到震撼。

他的事迹让我感动，他的艺术让我钦佩，他的人生给予我启迪，这就是我所认识的“草根”“狂人”榜书艺术家——步云大师，让中国传统的书画艺术，在基层开花结果。

（原载于 2014 年 3 月 1 日《中国冶金报》，记 者 谢吉恒）

科学发展　成就跨越

——河北新金钢铁践行科学发展理念纪实

近年来，河北新金钢铁有限公司（以下简称新金钢铁）在发展过程中，认真贯彻和落实科学发展观，围绕以人为本的理念，以社会责任为己任，坚持走循环经济、清洁化生产、建设绿色环保企业道路，企业形象得到改善、综合实力得到发展，有力地保障了企业健康、可持续发展。

特别是在遭遇金融危机，国内外钢铁市场跌宕起伏，众多钢厂大面积亏损经营的情况下，新金钢铁却依然取得了相对较好的效益，在规模上、质量上都实现了跨越式的发展。2012 年，新金钢铁连续第 2 年进入中国 500 强企业榜单，位列第 490 位；连续 8 年进入河北省百强企业榜单，位列第 34 位。2011 年，新金钢铁的产品荣获“河北省优质产品”“河北省著名商标”称号。

以人为本理念先行

在如何落实科学发展观的问题上，新金钢铁一是统一认识，尤其是统一领导班子的认识。在企业发展过程中，他们严格按照科学合理、资源节约的原则制定企业战略，在制定企业发展规划中，从企业责任的高度理解和认识科学发展观，思想观念得到转变，责任意识得到提高；在项目建设中，新金钢铁积极引进先进的、节能型的生产工艺和技术装备，坚决淘汰落后的生产工艺和技术装备，使公司技术装备不仅符合国家产业政策，而且具有国内领先水平，产品已经形成完整的产业链，集中释放出企业规模效益。

二是以市场为导向，在产品结构上不断优化升级，逐步淘汰高耗能、低产能、污染环境、牺牲能源的产品，提高产品附加值和含金量。目前，新金钢铁总投资 35 亿元，年产 200 万吨的 1420 毫米冷连轧生产线一期工程已经具备投产条件，该生产线达到国际领先水平，带材经过五机架六辊连轧机连续轧制后，具有优良的板形、表面质量以及满足用户要求的力学性能指标，使带材获得用户所需要的厚度和板形。热镀锌及其合金化镀锌板性能优越，具有理想的耐蚀、成型、涂装等综合性能，D级板满足深冲、拉伸加工等性能要求，应用于建筑、汽车、冶金和家电行业。镀锡板具有良好的抗腐蚀性能，有一定的强度和硬度，成型性好又易焊接，锡层无毒无味，主要用于食品、化工油漆、医药等包装材料。

三是树立品牌意识，在规模战略的实施过程中，新金钢铁以提高产品质量为手段，以服务客户为重点，把客户的利益放在首位，将“精品+服务”营销模式和销售与客户关系导入企业品牌管理范畴，根据以“客户为中心”“顾客至上”“一切为了客户需求、一切为了客户满意”的最高原则，上道工序、上一个环节就要以下道工序、下一个环节为你的“客户”，并按照“客户”的需求做好自己的本职工作，同时按照“客户”的评价予以考评。由此即形成了企业环环相扣的链条式客制化机制平台，大大提高了产品在市场中的竞争力。

四是对标挖潜，以成本文化贯穿生产与管理过程，强调过程痕迹管理，在搞好对标挖潜工作的同时，重点提升内部技术指标，以成本论英雄。新金钢铁通过对标挖潜，狠抓铁前成本管理，以稳定为前提，以顺产为基础，全局均衡，整体成本呈下降趋势。通过炼铁系统工长级理论竞赛技术比武，优胜劣汰，净化了工长队伍，大大提升了操作水平和业务技能，吨铁成本环比呈下降趋势，有效地增强了企业抗御市场风险的能力。

建设资源友好型环保企业

2010年，为有效、合理利用能源，新金钢铁着实做好循环经济文章，把有限的水、蒸汽、余压、余热、煤气资源利用好，把分散的钢铁“废物”变成“宝贝”，他们与上海宝信软件股份有限公司合作，投资1亿多元建立起能源控制中心，全公司各种数据全部联网，通过大屏幕显示装置可以随时掌握生产动态，有效指导和调节生产节奏及能源消耗情况，此项技术还获得了国家能源管理奖。

新金钢铁能源控制中心的建成，不仅有效地解决了企业能源浪费现象，企业形象也得到根本改善。从全部利用高炉煤气发电，到利用 TRT 发电、蒸汽发电、余热发电等已将可利用能源全部利用上，使用量由过去的 17% 上升到 45%，发电效益非常明显。近期，新金钢铁将组织邀请国家级能源专家为企业进行能源诊断，进一步加大电能开发，发电能力和自用电比例有望再次提高。

为了有效保护水资源，提高企业用水管理力度，减少水资源浪费，新金钢铁在多次召开水资源管理专题会，制定严格的考核制度的同时，在原有水资源“闭路循环”的基础上，又采取“梯级利用”的措施，既大大减少了投资成本，也达到了污水零排放的效果。

最近，他们又瞄准了钢渣处理和超细粉项目，目前，已完成前期论证工作，进入项目设计阶段，在做实循环经济上又向前迈了一大步。

此外，新金钢铁还以提升社会满意度为己任，先后投资上亿元资金改善企业形象。他们采取“能美化的美化，不能美化的绿化，不能绿化的硬化”的办法加大植树造林力度；他们积极协助环保部门驻厂工作队实时监控企业环境，同时建立公司内部二级环境监控机制和考核措施，严格控制污染物排放，保证脱硫指标达标，过去那种“黄天”“黑云”不见了，能见度提高了，周边村民的信访减少了，树立起了新金钢铁良好的企业形象。

据统计，新金钢铁植树面积逐年扩大，先后在厂区道路两旁、厂房设备周围植树 2 万余棵，厂区绿化面积达到 35% 以上。

管理创新永无止境

近年来，新金钢铁不断在管理创新和变革上探索实践，进行了一系列大刀阔斧的管理变革，效果明显。

在组织设计上，新金钢铁于 2012 年年初大胆打破传统经验管理模式，实行“扁平化”管理，由原先的 24 个处室，合并精简到 7 个部室，减少了管理层级，解决了信息流不畅通的矛盾，提高了职能部门的责任意识和执行力，工作效率明显提高。

在体制管理上，新金钢铁进一步完善了法人治理结构，引入职业经理人团队，建立起行之有效的管控模式，实行授权经营，责权明确，增强了企业经营风险管理能力和依法治企的管理手段。

在制度建设上，新金钢铁以制度文化为当前治理企业的主要任务，把ISO900质量管理体系真正运用到企业管理之中，根据体系控制程序结合市场需求和公司发展需要，重新梳理近三年来的规章制度和业务流程再造，完善了适合企业发展的有效制度和业务流程。

在政策引导上，新金钢铁树立成本观念，注重正确引导，大力提倡“降本增效”，重点突出奖罚结合，采取多种有效的奖励措施，鼓励全员参与技术革新和发明创造活动，提高了员工自己动手降本增效的积极性。

在绩效考核上，新金钢铁由注重结果转变为注重过程，导入“供应链管理”模式，在企业内部上游环节与下游环节、上道工序与下道工序之间形成企业“内部客户”关系，进而树立起上游环节为下游环节、上道工序为下道工序、辅助系统为主体系统、管理部门为基层一线、生活后勤为广大员工服务的理念和关系，形成了环环相扣、无缝衔接的服务链和链式管理，大大理顺了企业内部管理关系。

科学发展理念，让新金钢铁跳出了粗放型的发展模式，从而站在一个全新的战略层面上，制定发展规划，对企业的发展理念进行调整，向着技术领先、服务先行、品牌效应的目标不断前行。

（原载于2012年11月20日《中国冶金报》，记　者　谢吉恒，
特约通讯员　武建国）

一位行业报记者的职业坚守

——记《中国冶金报》记者侯宪台

“一个人在一个企业一年写几篇新闻报道容易，但在一个企业一年在新闻媒体发表上百篇新闻报道，而且一干就是30多年，那就像攀登蜀道，难上加难；如同在一座品位极低的矿山开采矿石，等于从矿渣中捞金。”

——引自主人公的话

引　子

2014年4月27日，由中国经济思想史学会、世界华侨华人社团联合总会、中国现代文化学会企业文化专业委员会、中国策划协会、中国文化艺术发展研究院联合主办的第五届中国时代风采征评活动颁奖盛典在北京国家会议中心隆重举行。侯宪台被授予“最具影响力新闻文化工作者”荣誉称号。手捧着沉甸甸的奖杯，他的眼睛湿润了。这是对他30多年新闻职业的肯定，是对他30多年新闻生涯的赞誉。

勤学苦练，从通讯员到记者

侯宪台，中等的个头、微胖，但他深邃的眼睛充满智慧，也充满激情。他给我的印象是特别的实在、特别的厚道、特别的包容。他在讲述自己的新闻工作经历时，如数家珍，历历在目。

1972年10月，他进入人民公社担任广播员工作。当时，公司秘书告诉他：“在搞好县广播节目转播的同时，要把公社发生的新闻，写成广播稿送到广播站。”从此，他与新闻报道结下了不解之缘。

1975年3月，他到邯邢基地冶金矿山建设指挥部地质队当了工人。因为他的履历中有广播员的经历，很快被单位的支部书记发现，当上了支部干事兼劳资员。1980年4月，他所在的单位创刊了企业报，他又被选为该报的首批记者。

那时候，不像现在有电脑，鼠标一点邮件就可以满天飞。那个年代，他白天深入机台采访，晚上就整理素材想题目写稿子，然后用稿纸抄得工工整整，把稿子装在信封里封好，贴上邮票寄出去，像小孩子盼过年一样盼着稿子被采用。采访写作的过程虽然很辛苦，但看着自己写的稿件变成了铅字，心中就有说不出的高兴。

尤其值得一提的是，1983年5月，华冶第一次走出邯邢，到青海省锡铁山铅锌矿承揽矿山基建工程。由于是第一次走出邯邢到偏远地区去，公司召开了动员会。会后，大家争相报名参加青海建设。临行前，第一批20多人在二井巷公司门前集合，由公司统一送到火车站乘车，出现了父送子、妻送郎、夫妻双双上战场的感人场面。侯宪台把这一事件写成新闻稿寄到邯郸中国华冶宣传部，很快在头版头条刊登，大大鼓舞了士气。后来，这篇稿子经时任华冶宣传部副部长（《冶金报》记者）洪景森的润色，在《冶金报》一版显要位置发表。同时，在《人民日报》发表，并由中央人民广播电台“新闻和报纸摘要”节目播出。后来才知道，播发这篇稿子的是著名播音员夏青。这一次成功的报道让他兴奋了一阵子，也使他的名声大振，年年成为企业报的优秀记者。

1985年9月，他通过成人高考，被吉林职业师范学院录取，在管理工程系中文专业脱产学习两年。系统学习了外国文学史、中国通史、古代文学史、现代文学史、古代汉语、现代汉语、古代文学作品选、现代文学作品选、形式逻辑、哲学、写作等课程。他在学海中涉猎，在学海中徜徉，像海绵一样吸满了水，为今后的新闻报道工作打下了坚实的基础。两年的大学时光就像白驹过隙，匆忙而过。

1987年7月，他毕业后被选到中国华冶宣传部工作，担任了公司新闻报道科科长，负责企业的对外宣传工作，同时为《中国华冶》报提供要闻。企业所辖的30多家二级单位上百个项目部为他提供了新闻写作的广阔天地。进入中国华冶宣传部后，务实创新的他不断进步，共有 10 多件作品获省级以上新闻奖项，涵盖消息、通讯、专栏、论文、内参等类别。其中，由他采写的《是骡子是马拉出来遛遛——华冶二井巷公司选拔干部先压担子后聘任》获得邯郸市记协好新闻一等奖。他也因此被评为邯郸市“十佳通讯员”，多次受到公司领导和宣传部领导的肯定。1988 年 5 月，他正式成为《冶金报》驻中国华冶的兼职记者，划归河北记者站管理，成为河北省 5 位驻站记者之一。

按照报社的规定，新任记者要有一年的考核期，即在试用期要完成报社交给的新闻稿件采写任务。《冶金报》是由周恩来总理题写报头，一张创刊于 1956 年的老报，拥有 120 多名记者。这个集体里的记者遍布全国各大钢铁企业，有老的新闻工作者，有经验丰富的编辑记者，大部分都是科班出身的多面手，是捕捉新闻和“活鱼”的快手。担任《冶金报》记者，为他提供了当面与同行学习的参照系和榜样，每年一次的记者会，成了他当面请教的机会，因此，他交了一批记者朋友，更加成就了他的新闻之路。在他的试用期内，他写了大量的新闻消息和通讯作品，数量和质量兼优，并很快成为名副其实的《冶金报》记者。

在担任《冶金报》记者试用期时，他的发稿量在 7 家冶建企业的兼职记者中数一数二，多次受到报社的通报表扬。时任《冶金报》副总编主管版面的刘健男，曾经被下放到华冶，当过公司设备处副处长，所以十分关心华冶的新闻稿，他对报社的编辑和领导说：“华冶换了侯宪台当记者，写稿上路很快，他很有职业兼职记者的新闻敏感，是把好手。”

执着追求，不忘记者职业操守

侯宪台热爱新闻事业，并一直在新闻路上执着追求。在他担任记者期间，华冶的新闻稿件除了第一时间在《冶金报》发表外，还在《河北日报》《河北经济报》《河北工人报》《燕赵都市报》《邯郸日报》及省、市电台电视台等大量刊发，向外界隆重推出了一批新闻人物、新闻事件，在业界引起了很大反响。华冶宣传部部长李洪尧高兴地向公司领导为他请功嘉奖。

1989 年 6 月，冶建施工企业步履艰难，许多企业遇到生存困难。《冶金报》二版主任李树龙提出通过“基建纵横”栏目，向基建企业提供一组有思路、有经验、有启发的报道。他和宝冶、二十二冶、十八冶的几位记者参与了这一重大系列报道的采写工作，他深入华北三省四市，采访公司领导、二级单位领导以及项目部经理，与有关人员座谈，注重在开拓市场中找新闻点，写出了 4 篇有针对性、指导性和借鉴意义的报道。报道发出后受到冶建施工单位的一致好评。

侯宪台对新闻事业有一种使命感和责任感，并有高度的敬业精神。他说：“作为《冶金报》驻企业的记者，我有职责将公司的重要新闻推出去，让全国知道。如果企业有新闻，驻企业的记者不能推向全国，那就是失职。”为了报道华冶参加青海锡铁山铅锌矿建设，他三次到锡铁山采访。1983 年，中国华冶走出邯郸参加青海锡铁山铅锌矿建设时，他写的新闻稿在《冶金报》上刊登和中央人民广播电台播出，在全国乃至全行业引起轰动。为了让华冶全体员工了解在锡铁山铅锌矿的艰苦环境下，一线职工发扬艰苦奋斗的建设精神，战天斗地的事迹，他于 1984 年 6 ~ 7 月在工地一住就是 1 个多月，全面报道了那里的职工工作和生活情况，掌握了许多第一手资料。1986 年 5 月，锡铁山铅锌矿完成基建后，中国华冶承包了该矿的生产。当时，施工企业承包矿山生产是基建体制改革的新突破，这一成功的做法，受到国家有关部门的充分肯定，被誉为“高原办矿新模式”，开创了施工企业承包矿山生产的先河，侯宪台又深入青海进行采访，《冶金报》多次进行了报道，《经济日报》二版头条也进行了报道。

但是，出于记者职业的使命感，他多次对时任《冶金报》总编辑艾桂林推荐对华冶锡铁山施工环境的艰难和职工拼搏精神进行宣传，终于列入了《冶金报》对华冶锡铁山铅锌矿进行系列报道的计划中。1993 年 8 月的一天，《冶金报》发出通知，由河北记者站侯宪台和《冶金报》西北记者站站长刘纪生组成采访组，对华冶锡铁山铅锌矿进行采访。1993 年 8 月 21 日，侯宪台从邯郸出发，次日到达青海西宁。按照常理，从内地到高原城市西宁，至少需要休整一天，调整一下自己对海拔的适应度。但下午 1 点，《冶金报》西北记者站站长刘纪生说："侯记者，咱们今天就要去锡铁山，抓紧采访，采访完后我还要去昆明为通讯员讲课，飞机票都订好了。"

"那好，就按你说的办。"侯宪台二话没说，就和西北记者站站长刘纪生登上了去锡铁山格尔木的火车。又经过 13 个小时的时间，到达了锡铁山铅锌矿。可就在他和刘纪生、郭福安一起洗澡时，侯宪台突然感到头晕目眩，顿时失去了知觉，不省人事了。大约过了很长时间，才睁开了眼睛，发现自己赤裸裸地躺在地板上，感觉到背部发凉。当他使劲儿站起来时，隐约地听到了西北记者站站长刘纪生与矿长郭福安还在聊天。刘纪生与矿长郭福安得知情况后说，这是低血糖，身体不适应高原气候的表现。即使是这样，在采访的 3 天时间里，他和刘纪生在海拔 3000 多米的高原上，克服了高原缺氧、气候不适等高原反应，分工合作，下矿井、到车间、进科室，圆满完成了采访任务，写出了反映华冶在市场竞争中冲破施工企业体制束缚，首开施工承包矿山生产先河的管理经验。从此，中国华冶为业界提供了可资借鉴的"高原办矿新模式"，这一新模式得到了国家有关部门的充分肯定。事后，他诙谐地说："这次采访差点捐躯到锡铁山。"

侯宪台说："做新闻人真正需要的是一种信念，一种新闻理想，一种能支撑你无论遇到什么样的阻挠，也要坚持把事实呈现给受众的信仰。新闻人要坚守这份责任。"他用自己的行动诠释着他的执着和信仰。

然而，天有不测风云，人有旦夕祸福。正当他在新闻道路行走比较顺利的时候，2002 年 9 月的一天，他的家庭却遭遇了人生中最大的灾难，他爱人突发脑出血，经过手术，生命保住了，但是她却成了植物人。当时，如同晴天霹雳，18 天花了 3.8 万元。而且，他的两个女儿，一个在廊坊师范学院读书上大一，一个在上高一。经济和精神的巨大压力，使他陷入困境。正如《中国冶金报》原总编辑、现任冶金工业出版社总编辑任静波评价侯宪台的那样："他在护理不幸患病成为植物人的妻子4年多的时间里，他白天上班工作，晚上为妻子守夜、鼻饲、吸痰、翻身、搓背、侍弄大小便。即使这样，也从未间断新闻报道工作，生活的重负，没能打垮这条硬汉。写作已经成了他生活的一部分。他的一些重头报道在《中国冶金报》《河北日报》《河北工人报》及中央、省、市电台电视台发表后，引起了极大反响，人民网、国资委等网站也不时地采用他的稿件。如今，身为企业报主编的他，要负责本单位的对外宣传工作，又要完成《中国冶金报》记者的报道任务，忙忙碌碌中，他依旧不忘充电，行走在新闻之路上。”

侯宪台的先进事迹受到各方面的高度关注，他先后荣获邯郸市优秀党务工作者，《中国冶金报》先进记者称号，在第五届中国时代风采征评活动中，他被授予“最具影响力新闻文化工作者”荣誉称号。

传递正能量，搞好新老典型宣传

良好的社会风气从一定程度上说是弘扬出来的，但是在日益数字化和碎片化时代，弘扬民族精神和时代精神，典型形象的宣传不仅选取角度要科学，而且要合理把握典型形象的价值。侯宪台在对中国华冶马万水、孙东林的典型宣传方面注重在整合优势传播，重塑典型审美价值上下工夫，取得良好效果。

20世纪80年代初，马万水英雄队伍没有了指令性计划，开始走向市场。全队开展了“马万水工程队向何处去”的大讨论，这支队伍继承发扬马万水精神，开展了二次创业。他们走出邯邢，到大西北开拓市场。侯宪台深入酒钢镜铁山铁矿采访马万水工程队，及时报道了马万水英雄队伍在市场经济条件下，转变观念，不等不靠，不畏艰难，勇于开拓市场的事迹。

20世纪90年代，这支队伍由矿山施工转入路桥建设，他们承建了太旧高速公路北茹隧道工程，这项工程被称为太旧第一难，而马万水工程队不怕苦、不信邪、科学组织施工，提前完成任务。时任山西省委书记的胡富国称赞：“马王爷了不起。”侯宪台及时深入工地采访，写了题为《攻克太旧第一难——马万水工程队承建太旧北茹隧道纪实》的文章，发表在《冶金报》报眼位置，报道了马万水工程队不怕艰难，跨行业占领市场的壮举。

马万水是个老典型，是新中国第一批劳动模范，家喻户晓。对这样的典型宣传，如果一味单向性的传播，不能够及时回答受众关心的问题，单纯的说教式报道就会使读者产生排斥感。为了拉近事件和受众之间的距离，让受众对典型宣传有一种亲切感，从而在受众心目中产生一股正能量，他在受众的接受方式上典型宣传也由平面报道向立体报道演变，树立典型在人们心目中的完美形象，从而起到极好的宣传效果。1991 年，是马万水同志逝世 30 周年，侯宪台多次与时任《冶金报》总编辑的艾桂林提出建议，要求系统宣传一下马万水在市场经济条件下的新形象，得到了艾桂林的认可。于是，派出由侯宪台和《冶金报》编辑部记者张剑、郑国柱、徐刚等人组成的记者组，先后深入马万水施工现场（西石门铁矿、酒钢镜铁山铁矿、河北矾山磷矿、南京梅山铁矿、武钢金山店铁矿、山西太钢尖山铁矿、山西太旧高速公路等）进行了为期一个多月的采访，发表了 5 篇系列报道，再现了新时期马万水工程队发扬马万水精神奋力拼搏、勇闯市场的事迹，较好地表现了在市场经济条件下，马万水艰苦奋斗精神没有过时，冶金行业的老典型又有新贡献的重大新闻命题。

一个先进典型虽然可以经常报道，但报道必须体现时代性、新闻性、及时性。2009 年 9 月，马万水同志入选全国“双百”人物和“时代领跑者——中华人民共和国成立以来最具影响的劳动模范”，侯宪台敏感地抓住这一新闻由头，及时总结、策划，汇集了近年来中国华冶弘扬马万水精神的做法和经验，撰写了《永远的马万水精神——走进全国先进基层党组织中国华冶马万水工程分公司》的长篇通讯，进行了追踪报道，人民网、国资委网、《中国冶金报》先后进行了报道，使老典型与时俱进，在全国上下产生了良好的学习和宣传效果及社会影响。

同时，他还注重对新典型的宣传。孙东林是中国华冶三建的农民工，2010 年春天，信义兄弟孙水林、孙东林兄弟接力传薪、“今生不欠来生债”的诚信精神和担当意识，感动了华夏大地。侯宪台认为，孙东林事迹出自华冶，报道孙东林的诚信精神责无旁贷。于是他对孙东林这一新典型多次采访，2011 年 7 月，会同《河北日报》《邯郸晚报》摄影记者一起深入天津，对孙东林进行了为期 30 多个小时的采访，《河北日报》《邯郸晚报》《中国冶金报》和《中国华冶》报进行了大篇幅、多角度的报道，在全国业界引起了强烈的反响，有效推动公司诚实守信和爱岗敬业职业道德建设深入开展，既宣传了信义兄弟的事迹，又提升了企业的社会影响力。2012 年 2 月，孙东林当选第十二届全国人大代表，侯宪台会同中央电视台记者深入华冶四环制约工地进行现场采访，在中央电视台“共同关注”栏目及时播出。至今，他仍然与孙东林保持密切联系，随时掌握新闻线索，成为知心朋友。

勤于思考，采写深度报道

侯宪台说：“在一个企业搞报道，没有勤于思考的头脑，就不可能产出捕捉新闻的敏感；没有新闻敏感就写不出适应市场和读者需要的报道。”的确如此，近年来，在转型发展战略实施过程中，华冶确立了资源开发、工程总承包、房地产开发三大主业的发展战略，三大主业成为华冶转型发展的新态势。对此，他善于将华冶发生的新闻，放到国家产业调整的大局里考量，从而发现新闻的社会价值和市场价值。他以勤于思考的敬业精神，年年在记录中国华冶的发展轨迹，深入工地感知华冶的发展脉搏。他的笔下既有华冶改革开放以来转型发展战略等鲜活新闻，也有华冶人积极投入实现转型发展实践等大型通讯，呈现给读者一批大篇幅、有分量、有指导意义的新闻稿。

2010 年 9 月，北票分公司首创全国冶金矿山月成井 205.6 米的新纪录。侯宪台会同新华社、《工人日报》《中国冶金报》记者一起到现场采访，第一时间被新华网、中工网、中国钢铁新闻网和《工人日报》《中国冶金报》等媒体采用。他采写的反映创全国冶金矿山月成井 205.6 米的新纪录的长篇通讯——《铁蛋山上创奇迹》获得中国时代风采征评活动通讯类金奖。

2012 年 10 月，党的十八大提出创新驱动战略，侯宪台潜心思考如何做好华冶科技创新的报道。尤其是中国华冶获得北京市技术中心的荣誉后，他根据华冶 2008 年以来公司科技创新的实践，以《创新驱动促转型——华冶开展自主创新纪实》为题，先后在各大媒体将华冶科技创新的情况进行了宣传报道。

重庆解放碑威斯汀大酒店是集超五星级酒店、5A 甲级写字楼、会议为一体的高端城市商务综合体，总建筑面积约为 18 万平方米，总投入约 18 亿元人民币。地上 54 层，地下 6 层，总高 245.80 米。威斯汀大酒店项目是中国华冶建设史上的一个里程碑，是迄今中冶集团“第一高”。作为重庆新地标建筑，中国华冶不仅刷新了重庆区域建筑新高度，同时也打破了重庆建筑史上多项纪录。对于这一品牌项目，侯宪台更不会错过报道的机会。在举行酒店封顶仪式时，他就领先一步到达施工现场进行了采访，掌握了大量的第一手资料，封顶仪式结束后，第一时间在业界网站见稿，随后又有长篇通讯在《中国冶金报》报道，今年 7 月，又在《企业文明》杂志发表长篇通讯。

2014 年，是华冶成立 40 周年，他利用多年积累的资料，选取华冶改革开放历程中的重要节点事件，撰写《四十不惑，前程似锦——华冶成立四十周年纪实》通讯，刊发在《中国冶金报》上。通讯描写了华冶与邯邢基地应运而生，到走向市场脱胎换骨，从转型发展，到步入高端，到开拓海外，勾勒了华冶 40 年的发展轮廓和发展轨迹，受到业界赞誉。

殚思竭虑　传承企业文化

企业文化是一个企业在长期生产经营过程中，把企业内部全体员工结合在一起的理想信念、价值观念、管理制度、行为准则和道德规范的总和。企业文化能够激发和凝聚员工的归属感、积极性、主动性和创造性，是企业的灵魂和精神支柱。实践表明，企业文化渗透于企业的组织结构、规章制度和员工行为之中，是现代企业的灵魂和持久动力。

侯宪台参加工作以来，一直以传承华冶文化为己任，以弘扬“中国华冶精神”为主题，为打造具有中国华冶特色的企业文化做了大量工作。尤其是1987年负责公司对外宣传工作和企业文化的工作后，积极开展制度文化、管理文化、工地文化、安全文化、形象文化建设。制定了并督促各单位开展了工地文化建设和形式多样的企业文化建设活动，进一步推动了企业形象建设的规范化管理。为积极探索做好该项工作的长效机制，他主持建立了“华冶新闻发布制度”“华冶新闻报道奖励办法”、“突发事件的应急协调机制”，现已初步建立起了对内对外报道、上下沟通的“绿色通道”。据统计，他每年在中央和冶金系统及其他各类媒体发表稿件100篇以上。其中一些重要新闻稿件被新华社、《工人日报》《中国冶金报》、国资委网站、央企要情等国家和行业主流媒体刊载或转载，进一步扩大了华冶在国内外的知名度和影响力。

他积极参与公司企业文化视觉识别系统的制定，参与马万水精神的研讨，积极撰写企业文化建设方面的论文，并参与了公司一五至三五企业文化建设规划制定。并撰写剧本，拍摄完成了《华冶在市场竞争中崛起》的电视专题片。完成了马万水事迹展览室的总体策划和撰稿，并收集马万水不同时期的照片资料100多幅，为马万水事迹展览室提供了大量资料。

同时，他注重策划，搞好企业形象宣传工作。近年来，他围绕公司实施的转型战略，加强和集团各部门、各单位的合作，努力发掘新闻题材，确立不同时期不同的宣传重点，重划宣传战役，提升了华冶在全国的知名度和影响力。围绕冶金企业转变发展方式，加强与企业的联络，努力发掘新闻题材，确立不同时期不同的宣传重点。先后深入邯钢、武钢、通钢、凌钢、太钢、南钢、徐钢等单位以及冶金建设施工企业等工程进行了跟踪采访，写出了多篇反映企业转型和转变发展方式的报道，起到了造势鼓劲的积极作用。

2008年，他担任《中国华冶》报主编后，他始终坚持“三贴近”的原则，规范办报流程，坚持先统筹，后策划，实现了“四个精心”，即精心策划，精心组稿，精心写稿，精心排版（校稿），从而使报纸的差错率控制在规定范围之内。近年来，华冶公司实施了主业转型战略，《中国华冶》报一路跟进，推波助澜，不断创新，报纸先后开设了“资源开发知识”“重点工程巡礼”“项目管理”“法律知识问答”“我身边的科学发展”“劳模风采”“项目管理”“企业文化”“和谐社区”“媒体关注”等栏目，为公司实施转型战略发挥了积极作用。近几年来，由《中国华冶》报选送的多篇新闻作品，先后多次在全国各类好新闻评比活动中获奖。《中国华冶》报先后获得“全国首届企业报展览三等奖”“第七届全国企业报优秀报纸”“中冶集团系统报纸最佳版面奖”“河北省冶金行业协会优秀企业报”“邯郸市十佳内部报纸”等荣誉称号，受到了公司领导和业界同行的高度赞誉。网络宣传以其独有的迅速敏捷、短小精悍、主题明确越来越受到重视，被称为“第四媒体”。他积极把握这一新兴媒体，在公司网站开设了“公司新闻”“公司动态”“企业文化动态”“媒体关注”等栏目，编发反映公司转型战略、施工生产、改革改制、企业管理等方面的工作动态和经验，每年都在200条以上，客观地介绍了公司取得的成就和管理经验，为公司赢得了良好的社会形象。

（韩　厚）

把梦想融入建设“美丽中国”之中

——记中国华冶集团二建北京四环制药项目经理贺延素

贺延素是中国华冶科工集团有限公司二建北京四环制药的项目部经理，是一名七零后的大学工程管理专业毕业生，高级工程师。1996 年参加工作以来，始终工作在建筑施工生产第一线，从技术员、技术主管、项目总工、项目副经理、项目经理，逐步成长为德才兼备、经验丰富的全面型管理人才。2013 年 7 月，贺延素荣获全国第 19 届“中华大地之星百佳新闻人物”。

2013 年 3 月 12 日，中央电视台两会报道记者组、中央电视台著名主持人欧阳夏丹随同全国人大代表（农民工）、2011 年“感动中国”人物孙东林，利用会议间隙到贺延素所在的中国华冶天津二建承建的北京四环制药工程工地调研，项目经理贺延素向全国人大代表汇报了该项目管理情况，特别是对农民工的管理经验，并接受了中央电视台记者欧阳夏丹的采访，全国人大代表孙东林等对贺延素管理的北京四环制药工地的管理，尤其是对农民工的管理给予了高度称赞。

刻苦学习技术　实现人生梦想

从偏远农村走出的他，深知知识就是力量，知识改变命运的道理。他从小就立志当一名祖国建设工程师的梦想。

为了实现这个梦想，他从小学就刻苦学习，老师的作业他都是提前完成，是班里的学习尖子。良好的学习基础和学习习惯，使他受益匪浅。从初中到高中，他出色完成学业，以优异的成绩考上了东北财经大学工程管理专业。在校期间，他广泛涉猎专业知识，打下了深厚的理论功底。1996 年 7 月大学毕业后，被分配到中国华冶集团公司当上了一名技术员。作为一名工程技术人员，他深知科学技术及专业知识的重要性，他始终没有忘记继续学习。他把工作之余的时间安排得满满的。他给自己定了个目标，一定要成为工程技术方面的行家里手。

于是，他买来了众多的专业书籍，别人看电影、打扑克、打篮球，他却在宿舍看书。夏天蚊子叮咬，他点起蚊香，驱赶蚊蝇，学习累了，就冲个凉水澡；冬天寒风凛冽，在工地忙完工作后，他守在火炉旁边看书。功夫不负有心人，就这样，他坚持了 3 年多，由于他刻苦学习钻研，在严格的国家执业资格考试中，他终于取得了一级建造师、造价师和注册安全工程师三个执业资格证。实现了他集“三师”于一身的技术能手梦想，令同龄人刮目相看。

加强工地形象建设　构建绿色文明施工环境

机遇永远青睐于有准备的人。

2012 年初，中国华冶集团公司与北京四环制药厂签订了工程施工合同。二建公司领导精挑细选，选中贺延素担任项目经理。该项目是二建第一个进京工程，也是信誉工程，只能干好不能干坏，贺延素深深感到了肩上担子的分量。

该工程位于北京市通州区张家湾镇，包括 1 号厂房等 11 个单体工程，全部为钢筋混凝土框架结构，建筑面积 105437 平方米，钢筋量达 8000 余吨，混凝土 70000 立方米，土建工程总造价近两亿元。该工程是中国华冶集团公司近年来在北京地区承接的首个大型建设项目，他坚持高起点、高标准，强化项目绿色施工，带领项目管理团队精心筹划、科学管理、高标准、高起点、严要求，把争创北京市“绿色施工安全文明工地”和“结构长城杯”作为项目管理的目标，一切工作严格按照《建筑施工安全检查标准》《北京市建筑工程安全生产管理标准》及公司质量、环境、职业健康安全体系标准进行操作，真正达到了各项工作符合规范、高于标准的绿色环保理念。工地建设了一栋砖混结构的三层办公楼，“诚信社会为本，客户满意为荣”的企业理念高高地题于墙体之上；楼前国旗、中冶集团旗和中国华冶旗迎风招展；办公楼对面，一幅高 3 米，长达 200 米的彩喷文化墙，北京精神“爱国、创新、包容、厚德”几个大字及图片跃然其上；院内布置有假山、水池、喷泉、绿化带、停车位。办公区采用喷绘围挡与生活区、生产区截然分开，半封闭庭院管理模式，营造了安静的办公氛围。生活区内，栋栋彩板房整齐排列，水冲厕所、浴室、水房、超市、晾衣区等生活设施样样俱全，并设专人负责保洁；职工三人一间宿舍，并配有空调，职工活动室内乒乓球桌、象棋、电视等娱乐设施一应俱全。伙房区域集中布置，洁净的瓷砖地面，不锈钢隔断，做到了操作间与售卖间分开、生食与熟食分离，炊事员统一持有北京市公共卫生从业人员健康检查证明，墙上醒目位置悬挂卫生许可证。民工宿舍内统一配备铁皮杂物柜、手机充电盒，四张铁质上下床整齐排列，床头贴有职工信息卡，墙壁悬挂宿舍卫生管理制度，床单、被罩、枕巾、工作服由项目部统一配置。施工区有南门和西门两个大门，南门为建筑材料通道，装有监控，专人把守，保证了建筑材料的安全；西门为员工通道，设有门禁、考勤、监控系统，门旁设安全教育室和农民工夜校，所有入场人员必须在这里接受安全教育，办理入场手续，领取 IC 卡后，才能从门禁系统刷卡进入，保证了安全教育率的 100%；此外，门禁系统与考勤机相连，入场人员均有考勤记录，避免了恶意讨薪现象的发生。办公区、生活区、施工区，区区分离，井然有序，较好地彰显了央企形象。

精心组织施工　干出优质工程

面对施工现场工作面大、施工条件局限性多、垂直运输工程量大、设计变更多、雨季施工等种种困难，贺延素组建了项目部“四部一室”的精干高效的管理机构，明确职责，分工负责。项目部制定了一系列管理制度，制定了施工网络计划，合理安排施工部位及顺序，现场施工人员高峰期达到 1400 余人，没有出现劳动力不足和窝工等现象，有效处理了影响工程的不利因素，保证了工程顺利地施工。

在质量管理方面，贺延素建立了以项目总工、技术人员为保障，以施工队伍、质检人员为基础的质量管理网络体系。对施工过程进行严格的事前、事中和事后控制，使每道工序、每一件半成品和成品都符合“长城杯”的质量要求；认真编制工程的质量目标，以分项工程优良保分部工程，以分部工程优良保整体工程，确保质量目标的实现。施工中，项目部始终坚持质量“三检制”，必须逐级验收通过后方可进入下道工序。如在混凝土浇筑中，需先由项目部质量员、技术员、施工员验收，验收通过后报监理，监理验收通过后，下达混凝土浇灌令方可进行混凝土的浇筑。

每道工序都有章可依，每一个环节都是高标准高质量。该项目有 11 个单体工程，部分单体工程又分若干区，为了更有效地加强质量控制，项目部设 11 个栋号长，实行栋号长负责制，每个工程都由专人负责。1 号厂房 1 区，层高 15.6 米，属于施工中的一个难点。项目部编制了专项施工方案，层层报审，经北京市专家库 5 位专家评审通过后，严格按施工方案施工。经过为期三个多月的紧张施工，实现了主体结构全部封顶。

齐心抗击强暴雨　劳动竞赛保工期

“一个好的项目经理，就要带好一个班子，管理好一个团队，建设好一项工程，向公司交一份高分答卷”，这是二建四环制药项目经理贺延素经常挂在嘴边的一句话。

就在工程进展十分顺利之时，2012 年 7 月 21 日，北京遭遇百年一遇的特大暴雨，强降雨持续近 16 小时。特大暴雨致北京约 190 万人受灾，77 人遇难，造成经济损失近百亿元……

当时，二建北京四环制药工地正处于深基坑施工阶段，且几部塔吊位于基坑边缘，雨水的冲刷、侵蚀极易造成边坡失稳，塔基承载力下降，稍有不慎后果不堪设想。在项目经理贺延素的带领下，按照总体部署，启动防洪紧急预案。高度重视，方法得当，指挥有序，措施有力，配合默契，行动迅速，使得施工现场未伤一人未毁一物。经过大家团结一心、奋不顾身抗洪抢险，工地经受住了特大暴风雨的考验，第二天清晨，随着东方红日的升起，看着工人像往常一样成排结队地进入施工现场，有条不紊地开始了新的工作，贺延素才默默地回屋休息。在特大暴雨中工地800多名施工作业人员无一意外伤亡，没有任何经济财产损失，充分展示了灾难面前华冶人的风采，被当地政府评为“‘7·21’抗洪抢险先进集体”。

为了确保工程进度和网络计划节点，2012年7月15日，二建分公司北京四环制药工地和辽宁分公司梅河口四环制药工地举行对标竞赛。为达到竞赛目标，二建分公司四环制药工地开展了以“四比四看”为主要内容的“大干115天，确保主体封顶”劳动竞赛。一是比形象进度看施工作业的完成情况；二是比安全防护看安全生产无事故；三是比工程创优看工程实体优良率；四是比文明施工看施工作业环境。在劳动竞赛中，项目经理贺延素常常到现场巡查，解决项目施工生产中的急需问题，24小时在工地盯班值守，保证了施工生产的有序快速进行。2012年7~9月，项目月施工产值连续3个月超过3000万元，在为期115天的劳动竞赛中就完成施工产值1.2亿元，确保了工期和质量。

2013年底，贺延素带领项目部承建的北京四环制药工程，先后获得北京市“绿色施工安全文明工地”、中冶集团的“安全质量标准化示范工地”、国家级的“AAA级安全文明标准化工地”称号。该工程获得北京市2013年度“结构长城杯”银质奖。贺延素实现了当一名祖国建设工程师的梦想，为建设“美丽中国”做出了应有的贡献。

（侯宪台　李　莹）

赵一臣乐为标准化展风采

标准是行业的最高话语权，谁控制了标准，谁就控制了整条产业链。

——作者题记

人物档案：赵一臣

1967 年 2 月 21 日生于河北迁西，男，汉族，中共党员，东亚国际管理学院高级工商管理专业（EMBA）管理学硕士研究生学历。高级营销师、高级物流师、企业培训师，中国产品质量协会经济管理企业征信管理工程师，取得韩国标准协会（KSA）第 398 期质量管理负责人 QC 担当，全国钢标准化技术委员会委员（TC183）。

1987 年 8 月～1994 年 3 月，在迁西县高家店乡彭庄乡人民政府工作，1994 年 4 月～1998 年 7 月，任迁西南关支部书记，1998 年 8 月，调入河北津西钢铁集团股份有限公司销售公司，主管市场营销信息与风险控制，2006 年至今任津西钢铁集团股份有限公司销售公司副经理，从事标准化、品牌营销和风险管控工作。

在全国钢铁业界，提起津西钢铁集团股份有限公司（以下简称津西），大家无不啧啧称赞——全国首家“型钢标准研发基地”“中国驰名商标”“标准化良好行为 AAAA 级企业”“全国用户满意产品”等桂冠悉数加冕，且业绩不同凡响：连续 11 年跻身中国企业 500 强；利润指标全国同行排名前十；参与 21 项国家（行业）标准的制修订……

肩负津西标准化领导使命的销售公司副经理赵一臣身手不凡、不负众望，历经八个春秋，他以顽强的毅力，刻苦学习、苦练内功，留下一串闪光的足迹。看——他获取东亚国际管理学院高级工商管理专业（EMBA）管理学硕士研究生学历，高级营销师、高级物流师、企业培训师，中国产品质量协会经济管理企业征信管理工程师，取得韩国标准协会（KSA）第398期质量管理负责人QC担当，全国钢标准化技术委员会委员（TC183/SC8）、TC183/SC7委员，一步一个台阶，亮丽登台亮相。

津西在推进实施冶金标准化工作、打造“全国最大、世界一流型钢生产基地”过程中起到引领示范的作用。赵一臣在津西推进实施冶金标准化进程中，乐为奉献展风采，被津西和业内人士称为“功臣”“潮人”。

“不能叫‘功臣’，我是尽了自己应尽的力量，津西的事业成就了我，津西的团队文化根植我心，为津西标准化是我的执着追求。”善于健谈的赵一臣如是说。

风采之一　为“话语权”——敢为人先

赵一臣真的是个“潮人”。

他最早是学果树栽培的，在乡镇当过秘书，抓过计划生育，当过村支书。1998年调入津西，给董事长当过秘书，后进入销售公司。2006年至今一直是销售公司副经理，负责标准化、品牌营销和风险管控工作。

2005年，在整个钢铁行业都在竞相扩大产能火热发展之际，津西却高屋建瓴地把着力点放在了后续延伸，兴建大H型钢生产线，并于2006年正式投产。产品生产出来了，投放市场成了公司难题——由于是民营企业，产品质量再好，投放市场初始，也会受到国有大企业的排挤。在重重压力下，赵一臣临危受命，主抓H型钢销售。8年间，他从浅知皮毛到游刃有余，赵一臣践行了那句名言——“读万卷书，行万里路”。

他向记者介绍：“当时，我压力非常之大，常常是夜不能寐。我家书橱一大橱子书用到哪块我就看哪块，书都被我翻烂了。我带了司机，利用35天到全国重要的钢厂进行调研，寻找适合营销的出路。最后，为公司提出‘品牌营销’建议。”

随着 H 型钢逐渐打开市场，赵一臣感到些许欣慰，但是，2007 年，津西与沈煤集团的一次产品“质量异议”给赵一臣上了一课。这次“纠纷”，让他猛然意识到参与国家（行业）标准制修订、提升行业话语权的重要性。

当时，津西为该集团供应的是 H588 × 300 的型钢。在施工过程中，部分 H 型钢 R 角出现折叠。其实，这不算是产品质量问题。时任股份公司总经理助理于利峰（现任津西股份总经理）与赵一臣共同前往与之谈判，可对方单单卡在津西没有参与国家（行业）标准的制修订而不“妥协”。万般无奈之下，双方请第三方介入，将产品运往有国家级物理实验室的鞍钢复检，并根据 GB/T 11263—1998《热轧 H 型钢和剖分 T 型钢》标准谈判，最后认定津西 H 型钢产品无任何质量问题。

“当时只有马钢、莱钢和我们生产热轧大 H 型钢，但我们没有国家级物理实验室资质，没有参与国家（行业）标准的制修订，所以我们没有话语权。谈判方的一句话更是刺激了我，‘你看这标准是马钢的，你们为什么没有参与国家（行业）标准的制定？你们自己做的检测没有权威性！’这句话让我感到有些汗颜，同时也启发了于利峰和我下定决心向公司建议开始参与国家（行业）标准的制修订。”赵一臣介绍当时的情况时，还有些激动。

在董事长的大力支持下，津西从那时起，在强化科技创新的同时，边做品牌营销，边扎实推进标准化工作建设。津西围绕打造国内最大型钢生产基地为战略目标，以顾客需求为关注焦点，持续稳步推进标准化工作。依托完善的企业管理、工艺技术标准、工作标准等体系，在制定企业标准的基础上，积极参与并部分主导国(行)、省标准制修订。2007 年当年，津西便与全国钢标委合作参与了《热轧 H 型钢和剖分 T 型钢》国家标准的制定。此后，又作为第一起草单位制定 GB/T《热轧 H 型钢桩》、YB/T《耐候热轧 H 型钢》《轻型薄壁工字钢》3 项国（行）、省标准；作为主要起草单位制修订 GB/T 11263—2010《热轧 H 型钢和剖分 T 型钢》、GB/T 29654—2013《冷弯钢板桩》等 18 项国（行）标准。现已发布的有：YB/T

4238—2010《电气化铁路接触网支柱用热轧 H 型钢》、YB/T 4261—2011《耐火热轧 H 型钢》、GB/T 11263—2010《热轧 H 型钢和剖分 T 型钢》、YB/T 4274—2012《海洋石油平台用热轧 H 型钢》、GB/T 29654—2013《冷弯钢板桩》。今年，又围绕津西《热轧钢板桩》《铁塔用热轧角钢》开发牵头 GB/T 20933《热轧钢板桩》、GB/T《热轧 H 型钢桩》等 11 项国家标准制修订合作项目。截至目前，津西已先后参与 21 项国家（行业）标准的制修订，在行业内拥有了广泛的话语权。

2013 年 6 月 27 日，津西股份与全国钢标委签署战略合作协议，同时被确定为全国首家“型钢标准研发基地”。与全国钢标委战略合作关系的建立和“型钢标准研发基地”的成立，标志着津西迈入了参与国家钢行业标准制修订的第一梯队，其必将对津西高端型钢新产品的研发提供全面技术保障和支持；必将对加快产品开发、调优产品结构、提高产品质量产生重要影响，发挥重要作用；必将大幅提升津西产品的市场竞争力和品牌影响力，对津西成为钢铁行业的排头兵和标准制修订的领军者，具有重大的现实意义。

风采之二　提升质量——标准领先

众所周知，一流企业做标准，二流企业做品牌，三流企业做产品。因此，标准化工作能体现和反映一个企业的实力，是提升企业竞争力的必然抉择。通过标准化工作，可以推动技术进步，满足用户日益增长和提高的要求；可以淘汰落后、规范市场，提高生产效率和经济效益；可以取得行业标准的话语权，成为行业主导者。

津西在 7 年时间里，早已通过赵一臣建议的“标准战”取代了产品竞争，标准化已成为企业健康持续发展的新“引擎”。

在赵一臣的建议下，津西在不断自我完善中建立起的标准观，潜移默化地渗透到工作的每个细节，把标准意识牢牢固化于每个员工的大脑中。每个新员工来津西就要接受安全、现场、质量等标准意识教育培训，使每个员工都明白管理有流程，工作有标准，做事有制度。

此外，津西还开展形式多样的质量管理、现场管理活动，如 QC 小组、5S 活动等，从原料采购进厂、投料生产、工艺制造、性能检测、产品出厂实施全过程的监控，并将生产过程分解为一组有序的过程和子过程，每个工序制定了强制性执行规范，要求员工严格按规范进行操作，防止质量、安全等问题的发生。同时，配备一支数量和素质较高的质量检验人员队伍，配置一系列与产品相适应的现代化的检验仪器设备，对产品进行严格的质量控制，以持续改进的循环过程监控产品质量，从而使企业的产品质量达到国际同类产品的先进水平，在国内同类产品中居于领先地位。2010 年，公司获准成为“国家级物理实验室”，并重点完成了质量体系（ISO9001：2008）、测量体系、环境管理体系（GB/T 24001—2004/ISO14001：2004）、能源管理体系（GB/T 23331—2009，EnMSGT—2010）、职业健康安全管理体系（GB/T 28001—2011）的认证与贯标工作。

7 年中，赵一臣参与制定津西《热轧轻型薄壁工字钢》《热轧钢板桩》等企标，亲自撰写并在国家级刊物发表《实施标准化确保冶金企业质量管理水平提升》《标准化推进冶金企业“重合同守信用”工作研究》《国内万能轧机热轧 H 型钢产品研究》《钢铁企业持续质量改进模型研究》等 10 余篇专业性论文，字数达 6 万余字。这些论文围绕工艺技术、型钢产品、产品质量、安全文化、战略管理多角度进行论述，全方位突出企业在标准化领域所取得的业绩。

凭着坚定的信念和不懈进取的精神，赵一臣这位农民出身的“计生干部”“果树专家”，靠苦学钻研愣是跻身国家级钢铁专家行列。“原来我是学果树栽培的，质量管理我一天都没接触过。那个韩国政府 QC 班 37 个人，我年龄最大，还有在职研究生，全班考试我竟然第二。为了钻进去，我常学习到深夜，12 点以前没睡过觉，屋里全是方便面，不学真不行。我的头发就是那时候白的……”赵一臣回忆取得韩国 QC 担当时动情地说。

津西正是凭借前瞻性的标准化，才有了如今的辉煌业绩。目前，津西主导型钢产品已形成了 H 型钢、工字钢、角钢、槽钢和钢板桩等品种 75 个系列、134 个规格的产品，实现产品高端化、系列化、规模化。“津西牌”H型钢连续5年出口量全国第一。

在辉煌的道路上，难免有“小插曲”。赵一臣向记者讲述了几个小“异议”，就是靠标准和过硬的产品质量，津西“完全胜出”。

——2007年，津西H700×300型钢进入日本独资的上海松尾钢结构有限公司工程。该工程是这个公司为日本新日铁火力发电厂承做的锅炉设备支架——“牛腿”。焊接过程中，锅炉支架构件出现部分“炸裂”。

正在广州开会的赵一臣，火速飞往上海解决“质量异议”。双方指定国内权威机构探伤检验，又按照交货标准（GB/T 11263）进行谈判，最终确定是员工在焊接和操作过程中导致“炸裂”，津西产品无质量问题！按照相关技术要求，赵一臣现场指导员工焊接和操作的方法，津西产品一路顺行。

——2010年，津西H型钢进入内蒙古呼伦贝尔草原深处的神华集团国华发电厂承做钢构工程。与2007年那次“异议”一样，制作焊接过程中，出现少量构件“炸裂”。当时，该厂计划起诉津西，赔偿其损失。

赵一臣立即赶往该厂。在对方强硬的态度下，他不卑不亢，心平气和地拿出津西为主要起草单位的GB/T 11263—2010《热轧H型钢和剖分T型钢》标准与对方沟通交流，并将正确的焊接操作方法告知工作人员。按照他的指导操作，构件未出现“炸裂”。该厂当即与津西握手言和，再下订单3000吨，决定此项工程全部采用津西H型钢、工字钢，并与津西成为友好战略合作伙伴。

——2011年，上海某工地再次出现这种情况。上海宁金公司人员带领赵一臣前往该工程公司调查。刚进会议室，当对方听说这个小个子就是赵一臣时，连忙说道：“应该不是津西产品的问题……”因为他手里正拿着津西为主要单位起草的GB/T 11263—2010《热轧H型钢和剖分T型钢》标准的文本，上面就有赵一臣的名字。经过检验，和以往两次异议一样，都是焊接操作不当引起产品“炸裂”。

“这几件事情，其实都不是质量问题的‘质量异议’。如果不开展标准化工作，不参与制修订国家行业标准，津西是没有话语权的。这些事情的解决，是靠津西产品的过硬质量，更是靠津西参与了国家（行业）标准的制修订。”赵一臣深有感触地说道。

风采之三 拓展营销——服务优先

随着钢铁企业从产品竞争过渡到营销服务的竞争，服务效率、服务质量以及顾客对营销服务的体验和满意度，正在成为衡量钢企综合实力的新标准。

津西生产的钢板桩是津西钢铁产业升级的重点项目。津西围绕“全国最大、世界一流型钢生产基地”这一目标，在装备一流、技术一流、产品一流的基础上，倾力打造一流服务，切实发挥“全国型钢标准化研发基地”龙头作用，持续增强品牌影响力和核心竞争力。在把这项填补国内空白的新产品推向市场的过程中，赵一臣再次受命牵起啃这块“硬骨头”的重任，并做好 GB/T 20933《热轧钢板桩》标准的制定工作。

每年的 5 ~ 7 月份，是钢板桩销售市场的淡季。但在今年 6 月 8 日，津西拉森钢板桩 U400 × 125（3 号桩）的 9 米、12 米定尺与津西 H 型钢再次联合应用。在哈齐客专铁路工程和绥满铁路桥道涵工程中，津西“一站式”综合服务和产品优良的品质备受客户赞誉。同时，津西拉森钢板桩国内“遍地开花”，相继应用于南昌市政管线、浙江泰昌市政、济南西客运站等工程，实现了在传统销售淡季的“淡季不淡”。

哈齐客专铁路工程和绥满铁路桥道涵工程是黑龙江省和齐齐哈尔市重点工程，由中铁二十三局和齐齐哈尔市一建公司承建。

两工程要在正常运行的两条铁路中间施工，每侧与铁路路基距离不足三米，难度之大在铁路施工历史上亦属罕见。为确保工程顺利推进，赵一臣和其他员工从两项工程立项伊始，就与合作伙伴从工程设计方案、施工方案，一直到最后施工全部热情参与其中，并根据施工中遇到的难题，针对工程图纸、土壤地质结构条件以及工程成本等因素，经过充分科学论证，提出用 3 号桩替代 4 号桩及 3 号桩和津西 H 型钢联合施工、免支护的安全快捷方案。此方案得到承建方的高度认可。至此，津西拉森钢板桩完美打入这两大工程。

承接订单后，津西股份快速反应，只用36小时便将钢板桩、H型钢产品运至施工工地，比正常运输时间缩短一半。工程施工中，由于受地质结构影响，桩墩支护、桥梁涵洞支护等对钢板桩的强度和止水性能要求极高。承建方的使用经验再次证明，津西拉森钢板桩产品品质优良，强度远远超出此工程施工要求，止水性能优于其他同类产品。此两项工程的应用，是津西拉森钢板桩第二次进入气候条件、地质结构复杂的东北地区，也是津西拉森钢板桩与H型钢的再次联合应用，又一次印证了津西拉森钢板桩的优良品质及与H型钢的兼容性能。

此外，赵一臣和其他技术人员24小时跟踪施工现场，提供产品定尺、桩形及打桩等全方位服务，认真听取客户对钢板桩的意见和建议，与合作伙伴一起帮助施工方解决施工难题。津西这种细致周到的“一站式”综合服务得到承建方的充分肯定和高度赞扬。

谈到津西拉森钢板桩营销实现“淡季不淡”的秘籍，赵一臣说：“企业竞争是产品的竞争，是标准的竞争，更是服务的竞争，因此营销服务更要标准化。我们要通过营销服务标准来提升客户对津西品牌的忠诚度，并且把这种忠诚度、美誉度传递给潜在客户。”

自去年9月份津西拉森钢板桩投放市场后，至今，津西拉森钢板桩在赵一臣和营销团队的共同努力下，已在国内外各重点工程中得到应用，市场投放量达到两万吨。

在群雄纷争“游戏规则”的市场中，谁制定标准，谁就是强者和赢家。

目前，积累了丰富营销和标准化经验的赵一臣，正用对企业的忠诚、智慧和实力全方位、多角度、全过程地实施与推进津西的冶金标准化工作，全身心扑在津西打造“全国最大、世界一流型钢生产基地”建设目标的征程上！

（李春静 庞文泽 川 石）

敬业提高用户满意度

（一）

依托优势　找准定位　创新服务

——看河北敬业集团高强钢筋的营销妙招

在钢铁市场不景气、同质化建筑钢材产品竞争极为激烈的形势下，1～9月份河北敬业钢铁集团（以下简称敬业集团）高强钢筋销售额创建厂以来新高，比去年同期增长42%。这样的好成绩是如何取得的呢？近日，敬业集团销售总公司负责人在接受《中国冶金报》记者采访时一语道破了其中的秘诀：“依托优势，找准定位，创新服务，构筑核心竞争力。”

敬业集团自2004年起就开始生产高强钢筋，其产量占该公司钢材产品总产量的七成。近10年来，该公司一直秉承“优质产品+优质服务”的销售理念，不断创新服务，为客户提供优质高强钢筋，用于多项国家重点工程，成为推广应用高强钢筋的领军企业。

依托五大优势找准市场定位

敬业集团剖析自己的发展轨迹，充分发挥自身五个独特优势，寻找准确的市场坐标。

一是产品规格优势。该集团拥有7条高强钢筋生产线，年产能700万吨，规格齐全，可生产10余种规格的产品，基本上一条生产线对应一种规格，能迅速供货，调节性强，满足客户需求。

二是质量优势。该集团投产10年来积累了丰富经验，生产工艺技术和产品质量完全达到一线钢厂水平。

三是营销优势。该集团分布在全国各地的直销处有30个，直销队伍发展到550余人，相应配备六大区域仓库，接近终端，靠近客户，服务便利，信息快捷。

四是物流优势。该集团自备物流车队，拥有800余辆大型承运汽车，直接将钢材送至使用地点，运输便捷、安全、高效、成本低。

五是服务优势。一方面，为满足客户的需求，提高用户的满意度，该集团进行了一系列向制造服务型企业转变的尝试；另一方面，该集团提供“一条龙”服务，一个业务员负责一至两家客户，为客户提供“管家式”和“一站式”的全方位服务。

敬业集团瞄准市场，找准定位，将高强钢筋产品作为一线品牌进行营销，将销售范围锁定在方圆300公里内。

七大措施创新营销模式

为了更好地发现市场、开拓市场、赢得市场，敬业集团通过采取以下七大措施创新营销模式：

一是努力扩大本土市场销量。根据运距的差异，该集团确定本土优势区域，对该区域制定了资源优先供给、多种合作销售模式并存的政策，促进了该区域销售的整体增长。

二是全力以赴做直销。该集团以“三步骤”强化此模式：首先，广招业务人员，加强培训，分组负责跑市场拿订单。为了培养新人，由以个人为单元跑客户变为以小组为单元拿订单，增强了业务力量。其次，对区域市场两类业务模式进行了归属调整。原协议模式归销售总公司营销科负责，直销业务归区域管理，各区域专做直销，全力开拓业务链下游客户，扩大直销量。再次，在区域市场备现货，为终端需求搭配规格提供方便，在具备直销供货条件的区域设立中转仓库，从资源供给环节发力，增强竞争力，创造增值服务。

三是改革业务人员的考核。以销量为前提，以区域考核价为基准考核利润指标。

四是加强机会市场销售。高强钢筋市场虽然受区域运距限制，但全国市场需求和资源供给在时间和空间上存在一定差异，这样就形成了瞬时的机会市场。该集团利用原来合作的客户资源，抓住合适的时机、合适的市场进行锁价销售，满足客户的需求。

五是推行精准营销。精准营销即分析客户、捕捉信息，针对不同市场、不同类型客户，满足其差异需求。例如，市场的某一个阶段，有的规格断档缺货，对高强钢筋需求量较大，那么该集团就快速调整加价，增加该规格的产量，赚取阶段性的利润。

六是发展工程直销。在营销中谁最接近终端，谁就拥有主动权。针对工程直供业务，该集团对区域、科室单定任务、单设考核项进行考核。

七是强化区域市场管理和区域间业务管理。同一高强钢筋品牌产品因在同一市场存在多种销售模式，就容易形成售价差异。一些商户为了自己回收资金的需要，有时低价出售，扰乱市场。对此，敬业集团对市场进行严格管理，统一市场售价，严禁低价出售，对不服从市场管理的客户不惜终止合同。

正是凭借五大优势和七个措施，敬业集团不断提升了产品适应市场的能力，在高强钢筋领域打造出难以替代的竞争力。

（原载于2013年10月15日《中国冶金报》，记　者　谢吉恒，
通讯员　朱艳华　焦建国）

（二）

“优”服务锻造“强”实力

——敬业集团提升用户满意度的那些事

7月上旬，《中国冶金报》记者来到河北敬业集团，售后服务科同志告诉记者，一位新客户6月初来到敬业集团寻求合作，为让用户放心，敬业集团销售总公司相关人员向这位用户展示了敬业集团的高强钢筋产品、参与重点工程建设的照片、检测报告等，安排专

人陪同参观集团生产厂区，帮助对方了解集团产品质量、销售分布、外库提货的便捷性和集团发展规模、经营现状，使客户吃了“定心丸”。该客户在了解到敬业集团的人性化服务，如资源可灵活调配，能及时配齐工地所需规格，最大限度满足工地及时提货的需求之后，爽快地签订了本次交易合同，并主动提出建立长期合作关系。

作为河北省推广应用高强钢筋示范企业，敬业集团把不断提升用户满意度作为企业增强市场竞争力的主要着眼点，受到了用户的肯定。

协助用户按期发货出关

今年5月31日下午6时，敬业集团售后服务科值班人员接到江苏省一家公司打来的电话。该公司之前从敬业集团采购了200余吨HRB400E螺纹钢做出口贸易，但经天津海关SGS检测，有近60吨螺纹钢碳含量超过0.01%。发往国外的船舶已定于6月4日起航，时间紧迫，客户心急如焚。

这批钢材若按照正常换货程序，需要4～5天。值班人员急客户之所急，迅速将这一紧急情况告知业务员与相关部门负责人，实施应急方案，并与客户达成三点共识，同心协力，快速解决：一是敬业集团质检人员与客户同时赶赴天津港进行现场核实，力争3日内拿到检测报告，使双方不产生损失；二是为争取时间，敬业集团业务员与区域经理负责在天津当地附近联系敬业集团生产的同规格货源，保证在最短时间内换货；三是如果检测报告没有“出炉”，客户只需调换货物，中转费用暂由客户垫付，再根据鉴定结果由责任方承担。在约定的时间里，敬业集团在天津换货，检测结果出来，敬业集团这一批螺纹钢碳含量稍微超标，主动承担责任。在敬业集团售后、业务员、技术人员的通力合作下，客户按期出关。

为用户解决质量检测问题

同时，敬业集团秉承“用户满意是不懈的追求”的服务理念，切切实实地为用户提供个性化服务。

6月中旬，河北一家公司从敬业集团购进60吨HRB400E螺纹钢，运往建筑工地后，用户方检测发现此批螺纹钢的屈服强度出现了问题。该公司向敬业集团售后服务公司致电求助。敬业集团接到电话后，第二天一大早派技术人员赶赴现场，对质量异议进行查验，经协商达成统一意见，共同取样送往河北省建筑材料检测中心进行检测仲裁。检测结果显示，螺纹钢屈服强度合格，工地用户可以放心使用。

为了更好地为用户服务，满足用户需求，敬业集团技术人员专门在施工现场为使用单位讲解了高强钢筋的使用要求和注意事项，使他们对高强钢筋的规范使用有了深刻的了解。

产品发货快、交货期有保障、售后服务好——这是用户对敬业集团的评价。正是凭借良好的口碑，敬业集团巩固了老用户，发展了新用户，开拓了市场。目前，敬业集团在全国设立了40多个网点销售高强钢筋，用户发展到200余家，发货自供比例不断扩大。

（原载于2013年7月16日《中国冶金报》，记　者　谢吉恒，
通讯员　朱艳华）

“寒冬”中开放的小花

——唐山宏润钢铁创新产品抢占市场小记

今年国内钢材市场在诸多因素影响下，提前进入“寒冬”，并显得寒意逼人，众多钢铁企业微利甚至亏损经营，而河北省唐山宏润钢铁有限公司（以下简称宏润钢铁）却成为唐山地区同行业中对标挖潜的佼佼者，仿佛寒冬里的一朵小花。

今年1～10月份，宏润钢铁实现利税较去年同期增长8%，相比其他众多钢铁企业同期出口量锐减的情况，他们1～10月份销往国际市场型钢2.3万吨，创汇160万美元，与去年同期相比增长3%，宏润钢铁生产经营缘何能出现红火的景象呢？11月下旬，记者采访了宏润钢铁，探寻他们的御寒之道。

调整结构　应对市场

“思路决定生路，创新产品占市场。”宏润钢铁董事长王秀民如是说。

宏润钢铁是一家集生产、研发、外贸为一体的民营型钢企业，始建于1992年，经过20多个春秋的滚动发展，由最初的作坊式加工生产，已发展成为拥有固定资产2.3亿元，年产值15亿元的丰润区民营型钢支柱企业。2008年下半年，受国际金融危机的冲击，钢铁行业风云变幻，钢铁市场跌宕起伏。严峻形势下，9月初，宏润钢铁由公司领导层带队，组成6个市场调查组奔赴到东北、江南等地的钢材市场进行调研走访，对全国大部分地区的钢材需求、价格、品种等有了较全面的了解，摸清了钢材市场的走势。调研归来之后，宏润钢铁组织召开扩大会议，听取各路调研人员汇报调研成果，并提出了适合本公司生产经营的合理化建议，作出调整经营思路、创新产品占市场的决定。为此，该公司抽调精兵强将，成立产品研发小组，以快速反应的举措，积极应对考验。

宏润钢铁投入1亿多元新上了750型万能连轧机生产线，采用先进的工艺技术，企业的生产能力和经济效益成倍增长，企业的综合指数在型材的同行业独占鳌头。宏润钢铁凭借先进设备连出两招：一是将公司主导产品H型钢生产采取小批量、多品种的经营策略，以需订产，稳住用户，现已拥有国标、日标、欧标等14个品种；二是根据市场的需求变化，以变应变，增加工字钢的生产，先后研发出适销对路的15号~25号等6个不同型号工字钢的产品。

开发新品　扩大市场

宏润钢铁从立足普通型材生产中走出来，开始探索产品升级，改进生产工艺、技术，增加高附加值产品的生产。对于槽钢的生产，大多数钢厂一般不愿接单，原因是批量小，对大钢厂来说，高昂的生产成本使其望而却步，而其技术的高标准要求又使得小钢厂可望而不可即。

宏润钢铁在夹缝中开发新产品扩大用户，他们与装备制造业对接，研发特种型钢。2009年4月宏润钢铁与杭州叉车总厂和北京叉车协会共同开发研制16型叉车门架槽钢系列产品，经考察此产品虽市场份额小，但利润率高，吨钢毛利达1200元，全国有100多家叉车厂需用槽钢，市场前景看好，但此产品技术性能要求高，工艺复杂。为此，宏润钢铁投资500万元研制费，经过半年多攻关，终于试制成功。

1~10月份，宏润钢铁已累计生产叉车门架槽钢11338.43吨，靠着过硬的产品质量和丰富的生产经验，赢得众多新增用户，在叉车槽钢市场上占有了一席之地。目前，宏润钢铁正在进行电梯导轨的研制，开发装备制造业的特种型钢，向着多品种的交叉生产方向发展，既满足了不同市场的需求，实现了利益最大化，又大大增强了企业抵御市场风险的能力。

双优服务 赢得市场

宏润钢铁服务市场定位于"双优"，首先，靠优质产品占有市场份额，他们以"诚信是做人之本、企业经营之道"为用户生产高质量、信得过的产品。2003 年，宏润钢铁通过了 ISO 9001 产品质量认证，2008 年获得 CE 质量认证，2009 年获得英国劳氏公司 BCI 产品质量认证。优质产品受到市场的青睐，宏润钢铁开发新产品不但巩固了老用户，还吸引了众多的新用户，截至今年 10 月底，宏润钢铁在原有用户的基础上，又新增加用户近 300 家。

其次，宏润钢铁靠全方位的优质服务，树立客户至上的观念，秉承客户满意是最大的追求理念，在全国建立起售前、售后服务点，对产品进行跟踪服务，建立用户走访制度，以诚信之本和周到的售后服务树立良好的口碑，赢得更多市场份额。

宏润钢铁创新思路，通过调整产品结构，开发新产品，不仅摆脱了钢市低迷的行情给企业带来的不利因素，还完成了宏润钢铁的第二次创业。

（原载于 2011 年 12 月 16 日《中国冶金报》，记 者 谢吉恒，
通讯员 张海山 徐寅荣 常俊全）

津西集团突出特色过“严冬”

“1～4月份，津西拉森（热轧）钢板桩国内外销量超万吨。”

“延伸钢铁产业链试水项目——津西集团研发中心钢结构主体封顶。”

“津西大方重工实施的国家‘863’课题成果——CPC（连续复合）高速钢轧辊项目实现了新突破……”

5月初，从津西集团传来一个个好消息。

在钢铁行业遭遇“严冬”的形势下，津西缘何能获得这些成绩？答案是：津西集团落实国家产业政策，通过科技创新，提升了核心竞争力。中国东方集团董事局主席兼首席执行官、津西集团董事长韩敬远表示，到“十二五”末，津西集团将努力实现销售收入超1000亿元、进入中国企业500强前100位的“千亿百强”奋斗目标。

特色之路打造转型

作为津西集团产品创新“领头羊”的津西股份，通过加大产品研发和技术攻关力度，推进产品结构优化，努力扩大产品的市场份额。2013年初，他们专门组建型钢研发中心，研究确定开发新品种钢的方向：针对不同领域的需求，研发具有高强度、耐火、耐候、抗震特性的H型钢钢种，丰富H型钢产品的规格和型号；研发除H型钢外具有市场竞争力的其他型钢产品（如大角钢、异形钢等），为其品种钢长远发展奠定了基础。同时，他们结合市场用户需求和H型钢生产线实际情况，与东北大学合作，开展控制冷却工艺研究。2013年以来，津西已成功开发投入市场的钢种达到数十个，仅SS400Cr型钢一项增效就达上亿元。

一个个新产品的开发，使津西型钢产品连续5年产销量和出口量全国领先，津西产品得到了社会的广泛认可，大型钢生产基地的影响力不断扩大……

科技创新是企业持续健康发展的原动力，标准化建设则能体现和反映一个企业的实力。津西先后参与了 YB/T 4238—2010《电气化铁路接触网支柱用热轧 H 型钢》、YB/T 4274—2012《海洋石油平台用热轧 H 型钢》等 10 项国家和行业标准的修订。2013 ~ 2014 年，他们又围绕津西热轧钢板桩、铁塔用热轧电力角钢开发，牵头 GB/T 20933《热轧钢板桩》等 11 项国家标准的制修订合作项目，其中 GB/T 29654—2013《冷弯钢板桩》5 月 1 日正式实施。

新品开发带动调整

为探索企业转型升级新路子，津西坚持“人无我有”的原则开发新品。他们引进世界一流的工艺装备及技术，投巨资实施钢板桩技改项目，以钢板桩带动产品结构调整。2013 年 7 月 20 日，该项目顺利竣工投产，产品兼容性和位移等多项性能已完全符合国家标准，性能与进口产品不相上下，完全能满足工程要求。目前，津西拉森钢板桩已成为津西填补国内空白的精品产品，也是津西钢铁产业升级的重点项目。

“检验钢板桩研发成功与否，不仅仅取决于产品的各项性能指标，更取决于客户的满意度和在高端市场销售的数量，尤其是用于重点工程的数量。”主管钢板桩产品销售的津西股份销售公司副经理赵一臣如是说。

2013 年 9 月份起，津西拉森钢板桩频频在国内各重点工程上亮相，并屡屡收到国外高端市场抛出的“绣球”，充分展示了津西拉森钢板桩的市场前景和优良品质。2014 年 4 月 21 日，津西拉森钢板桩首单出口日本，对津西加大海外销售步伐具有重要战略意义。

目前，津西主导型钢产品已形成了 H 型钢、工字钢、槽钢和钢板桩等品种共 75 个系列、134 个规格，实现产品高端化、系列化、规模化。同时，津西以现有的 H 型钢生产线为基础，实施系列型钢生产线技术改造项目，实现了 H 型钢、钢板桩、工字钢等全品种、全规格、全系列、全覆盖，使型钢产品占到该集团钢铁产品的 75% 以上。

多元发展推进升级

在做精钢铁主业的同时，津西不断调整产业结构，实现多元化发展。近年来，津西已形成集钢铁冶炼、装备制造、节能环保、金融租赁、房地产、国际贸易、高新科技、文化产业八大板块为一体的多元化发展格局，销售收入和利润已占该集团总额的30%以上。

津西大力发展的绿色钢结构建筑，与其他钢结构企业不同，拥有高端设计研发机构、千万吨钢铁生产实体企业和上市公司，拥有一流装备制造生产线，以及房地产开发、绿色节能等配套板块，形成了一个完整的全流程产业链。绿色钢结构示范项目——津西集团研发中心预计2015年投入使用。津西还将立足唐山市开发节能抗震的钢结构建筑，并以此辐射京津冀地区。

津西还面向钢结构装备制造领域延伸产业链。津西集团旗下大方重工是国家高新技术企业，实施的国家“863”课题成果——CPC（连续复合）高速钢轧辊项目，现已进入产品试用阶段。他们开发的智能停车设备、智能物流机器人、智能药房等一系列高科技产品，市场已初步打开。2013年，津西与北京航空航天大学实施战略合作，成立了智能停车设备产业化研发生产基地，就智能停车产业、技术研发、生产进行深度开发，实现高新科技成果转化。

津西还向高科技产业领域进军，与美国硅谷半导体设计制造领域一流专家团队合作，开发世界领先的电子束晶圆检测系统，弥补中国在半导体微电领域与世界先进水平的代差。

（原载于2014年5月17日《中国冶金报》，记　者　谢吉恒，
通讯员　付立军　张继军　李春静）

甩开膀子　干出样子

——河北钢铁集团邯钢解放思想科学发展纪实

“两年多前我来过邯钢，现在再次来到邯钢，邯钢的变化让我感到非常高兴，邯钢降本增效的成绩令人佩服。”5月27～28日，中国钢铁工业协会名誉会长吴溪淳到河北钢铁集团邯钢指导工作时说。那么，邯钢近年来发生了哪些变化？日前，《中国冶金报》记者走进了邯钢。

今年1～4月份，邯钢累计挖潜增效7.3亿元；利用废气发电9.3亿度；研发新产品8个，其中一半填补河北空白；生产新产品107万吨，比普通产品增创效益3400余万元；生产销售汽车板20余万吨，30%以上出口世界大型钢铁贸易商德高公司……面对严峻的市场挑战，邯钢人不把希望寄托在市场形势好转上，而是解放思想，攻坚克难，甩开膀子，干出样子！

“有中生新”锁定国内外高端市场

邯钢坚持“有中生新”的创新理念，在传统产业基础上，研究新工艺、开发新产品、拓展新领域。“在今后一个时期，我们将由消化引进技术，逐步向更多的原始发明创新迈进。”邯钢董事长、党委书记彭兆丰介绍说。

6月3日，《中国冶金报》记者来到了邯钢新区冷轧厂，这里生产繁忙。“我们的产品属于高技术含量、高附加值产品，与国内不少知名企业签订了长期供货协议。”该厂生产技术室主任安会龙介绍说。在机器的轰鸣声中，记者看到一条平整的带钢在设备上匀速转动，像一匹银色的锦缎。“我们现在轧制的是深冲DC06汽车板，是专门为国内知名汽车厂生产的，这种产品可以说是邯钢高端产品的标杆之一。”该厂连退生产线技术员刘刚介绍说。

在汽车用钢研发的攻关中，邯钢依托国家级技术中心和博士后工作站及职工创新基地等平台，同时借助 CSS 公司、CSM 公司、北京科技大学以及河北钢铁集团钢研总院的力量，投巨资开发汽车用钢。

2011 年 3 月 8 日，“河北第一板”——DC06 汽车面板在邯钢成功下线，结束了河北省不能生产汽车面板的历史；2012 年 8 月 15 日，国内表面最高等级的 O5 标准 DC04 汽车面板，在邯钢实现大批量下线，产品替代进口；2013 年 3 月 12 日，DP780 兆帕级汽车双相钢下线，标志着邯钢在高强度级别汽车板生产技术上达到国内领先水平。“从 2009 年至今，邯钢在汽车用钢领域已攻克了 200 多项核心技术，具备了整车 98% 以上的汽车用钢生产能力。”邯钢技术中心主任咨章国介绍说。“从昔日主力产品‘盖房子’，到今天直供产品‘造汽车’，邯钢实现了以高端精品带动产品全面升级的目标。”邯钢总经理、副董事长、党委副书记郭景瑞介绍说。近日，吴溪淳在参观邯钢时特别指出：“未来中国汽车用钢市场广阔。邯钢要根据自身情况，做好汽车用钢开发、生产、市场开拓的战略规划；要走出去、请进来，向国内先进企业学习，引进他们的先进理念、做法。”

近年来，邯钢大力完善四系列精品生产线、打造十二大类高端精品。去年，邯钢汽车板、管线钢、家电板等品种钢比例达 70%，高端精品板材创效实现“多点开花”。其中，汽车用钢产销量达到 43 万吨，进入长城汽车采购量前三甲，获得长城汽车“最佳合作奖”，5 个系列 33 个牌号汽车板通过菲亚特公司认证；成为中石油高强度管线钢国产化重点科研项目参研钢企之一，36 万吨管线钢相继应用于西气东输三线等国内外重点工程建设；家电板实现了向海尔、美的等知名家电企业批量供货。

“岗位降本” 深挖内潜人人有为

“邯钢经验”的精髓在于降本增效。长期以来，邯钢始终抓住“内涵挖潜、降本增效”的生产经营主线，积极应对不断变化的市场形势，而这正是吴溪淳口中邯钢令人敬佩的地方。今年1~4月份，邯钢累计挖潜增效7.3亿元。

邯钢以系统综合效益最大化为目标，在今年初就详细制定了吨钢降本增效300元的目标，从8个方面确定了33项降本增效措施。邯钢上至公司领导，下至每一名职工，每个人都有自己承担的降本增效指标和措施方法，形成了“千斤重担众人挑，人人肩上有指标”的降本增效文化合力。

成本压力是邯钢连铸连轧厂刘建树的“心病”。“他心中总是装着成本，成本降了，他就笑了。”工友们调侃他说。保护渣是连铸生产至关重要的原材料，直接影响到生产和产品质量，前几年一直依赖进口。进口保护渣虽然性能可靠，但价格昂贵，供货周期长。刘建树想从这儿入手降低成本。于是，他通过数十次的实验、优化、调整，与生产厂家技术人员不断交流反馈，成功开发了国产化系列保护渣，满足了连铸生产要求，同时使保护渣成本大大降低。目前，保护渣国产化率已达到90%左右，年创效500万元以上。

在邯钢炼铁部5号、7号高炉的水渣外排现场，每班都会使用8号铅丝捆绑火车车门。在使用过程中，岗位工通常将一盘铅丝分为3段。根据火车外发的要求，缠绕火车门的铅丝不得低于4圈，外露不得超出10厘米，绑好后，长出的部分必须截断。绑好车门后，一小段十几厘米的铅丝会被截断白白扔掉。岗位工石磊看在眼里，疼在心上。他决定改变这种使用现状。经过反复测量和捆绑试验，他决定把一盘铅丝截成4段进行使用，使用效果完全达到标准要求，且较以往还能节约1/3的铅丝消耗。按每吨铅丝价格6000元左右、每月使用量1.5吨计算，月可降低成本2700元。

邯钢人有一句话：“我们不能改变市场环境，但能改变我们的工作方法，我们的岗位就是降本增效的源头。”

“吃干榨尽”二次能源助推绿色发展

“你们在节能减排方面做出了很大的努力，取得了很好的成效。”吴溪淳对邯钢节能减排的肯定，源于邯钢人在环保方面的不懈努力。

邯钢在回收利用“三废”（废气、废水、废渣）上大做文章，将废气转化电能、废水循环再用、废渣全部利用，使“三废”变成“三宝”，实现了二次能源的“吃干榨尽”。

在邯钢新区能源中心热电车间内，3 台发电机组运行稳定。车间主任马林贵说：“我们把炼铁、炼钢、炼焦过程中产生的煤气、蒸汽等资源，全部回收进行发电，这种发电方式不仅节能降本，还有利于保护环境！”最新数据显示，今年 1～4 月份，邯钢累计发电超过 9.3 亿度，节约外购电费 5 亿多元。

为确保二次能源全部回收利用，邯钢还充分发挥能源管控中心作用，实现集中统一管理能源，推行并不断完善“以能源平衡为中心的检修、生产组织模式”，实现“铁素流”向“碳素流”的转化。

在能源系统，层层细化分解落实发电指标，通过加大余热回收力度、降低蒸汽用量、降低煤气使用量、提高煤气的利用率等重点措施，高炉煤气、焦炉煤气实现了“零放散”，转炉煤气吨钢回收量 140 立方米以上，炼钢余热蒸汽吨钢回收量 93.3 千克，全力多回收、多发电、多创效。

同时，邯钢炼铁高炉瓦斯灰、炼钢除尘污泥、轧钢氧化铁皮等固体废弃物，也都实现了全部回收利用。2012 年，邯钢加强含铁含碳资源回收利用攻关，吨铁回收利用量 88.1 千克；高炉水渣实现销售收入 1.5 亿元；钢渣实现销售收入 5800 万元。

随着邯钢第一原料场钢结构封闭厂房、焦化筒仓、高炉辅助料场、管状通廊等诸多节能环保项目的投用，邯钢散装料的储存、运输、使用，实现了全封闭、零污染，在改善物流、清洁环境的同时，也减少了原料能源的损耗。

目前，邯钢正在细化能源管理，继续完善“以能源平衡为中心的检修、生产组织模式”，优化能源使用结构，高炉煤气、焦炉煤气、氧气保持零放散，继续提高转炉煤气和蒸汽回收量，力争实现 2013 年全年自发电量 37 亿度。

（原载于 2013 年 6 月 13 日《中国冶金报》，实习记者　吴兆军）

诚信为本抓“亮点”

——访唐山市星火机械厂厂长王守强

一个规模不大，产品又普通的民营机械制造企业，缘何能在激烈的市场竞争中站稳脚跟？记者 8 月中旬采访了厂长王守强，他的回答是：“诚信是‘金’，靠诚信为本抓‘亮点’”。

个头不高，十分敦实的星火机械厂厂长王守强，给人的第一印象就是诚实。王守强愉快地回忆起十多年前办耐火材料厂的经历：他的星火机械厂前身星火耐火材料厂始建于2000 年，滚动发展成年产能力突破 1 万吨，有独特经营之道的耐材企业。该厂生产的转炉喷补料、自流料、钢包浇注料走俏唐山、邢台、邯郸周边地区的一些钢厂，还销往山西等地，受到用户的青睐，在周边众多民营耐火材料企业的激烈角逐中成为佼佼者，取得了可喜的成绩。回想当年，记忆犹新。总结他的耐火材料厂成功的卖点、亮点有三个方面。

“亮点”之一　诚心生产使用户放心的产品

唐山在国家有关发展钢铁行业政策的指导下，加大产品结构调整和技术改造的力度，在淘汰落后设备和旧生产工艺方面取得了显著进步。十年前，唐山几十家民营钢铁企业快速崛起，上规模，上水平，上档次，使唐山成为河北钢铁重镇闻名于全国。伴随着唐山钢铁工业的迅速发展，为之服务的几十家耐火材料企业应运而生，星火耐火材料厂就是其中一家。

星火耐火材料厂从建厂之日起，因受众多种因素制约，选择既不走大耐火材料厂“大而全”之路，也不走小耐火材料厂“小而全”之路，而锁定了走投资少，见效快，开发少而精产品跻身市场的营销策略。王守强抓住唐山周边地区的一些炼钢厂进行技术改造的契机，眼睛盯在为提高转炉炉龄，降低炼钢成本，增加经济效益上。他选准围绕炼钢生产，节能降耗，开发生产为转炉服务的镁质喷补料、自流料、钢包浇注料系列产品。

星火耐火材料厂在“不图把蛋糕做大，而是把蛋糕做精做细”的思路指导下，靠诚信经营、生产用户信得过的物美价廉产品。为使用户放心，敲开市场的大门，王守强连施三招、严把三关。一是从抓材料入手，把住原料入厂关。他货比三家，亲自带领供销人员到辽宁大石桥采购高品位的电熔镁、优质化工原料，并建立长期稳定的合作关系。二是从抓配方入手，严把原料配比关。通过严细的检测手段，科学地进行原料配比，聘请大钢厂有丰富经验的技术人员指导原料配比，使原料配比更为合理，受到用户欢迎。三是从抓各生产环节入手，严把产品检验关。他们把抓产品质量贯彻到生产的全过程，各道工序相互制约监督，杜绝不合格产品的产生。

星火耐火材料厂高标准，严格苛求，同等产品比质量，同等质量比价格，同种价格比效益。据来自用户的统计结果，使用星火耐火材料厂生产的用于转炉的镁质喷补料可延长炉龄40～60炉。

“亮点”之二 诚信为用户提供满意的服务

星火耐火材料厂在激烈的市场竞争中，实行从产品、运输到技术一条龙诚信服务，增加用户的满意度。他们不仅为用户提供优质产品，及时把产品送到用户，还派出喷补技术服务组驻在用户单位跟踪服务。

星火耐火材料厂驻用户技术服务组长期驻在用户单位，只需要用户提供住处，一切费用自理，不给用户添麻烦。他们自带喷补机，使用本厂生产的喷补料，与用户单位炼钢工人一道跟踪作业，及时对炉内衬出现的窜钢、漏钢、部分炉衬因老化程度不均匀现象进行及时修补，保证炼钢生产正常进行。

星火耐火材料厂驻用户技术服务组被称之为维护转炉正常炼钢的“110”，他们只要接到炉衬抢补的“报警”，立即出动，迅速把故障排除。

记得有一年秋天，一家钢厂转炉出钢口周边出现窜钢现象，星火耐火材料厂驻厂技术服务组接到电话后，立刻赶到现场，冒着出钢口一千多摄氏度高温，争分夺秒，用喷补机对炉衬经过十多分钟抢补作业，使转炉正常生产，充分凸显出优质产品和优质服务的最佳结合。

王守强在众多耐火材料厂受外部电、油、运涨价的大环境影响下，顶住涨价压力，眼睛向内，手心向下，从内部挖潜，决定产品决不涨价，信守诚信服务，薄利多销的承诺，赢得用户的一致好评。

“亮点”之三　主动开拓新市场研发新产品

近年来，他认真分析钢铁市场产能过剩、市场低迷的走势后体会到，想在激烈的市场竞争中突围立住脚，必须开拓新市场，研发新产品，努力创造新的需求，做好转型升级、抓科技进步，避免和其他相类似的企业过度同质化竞争。

王守强危中寻机、另辟蹊径，放弃耐火行业，于2010年改行建起星火机械厂，为钢厂服务，加工炼钢设备，开拓市场不在规模上求大，而是求专；开发产品，不求全，而是求精。

王守强与科研单位联合，研制出具有10万~100万吨生产能力的清洁型煤生产设备和铸造型焦生产设备，并获得了国家专利，产品销往内蒙古、贵州、四川、河南、河北等地，营销之路越走越宽。

他的企业曾被“中国时代风采”评为“中国时代诚信示范单位”，他被“中华大地之星”评为“百佳新闻人物”，授予“中华优秀企业家”称号，2014年作为特约新闻人物，参加“二十一届中华大地之星”颁奖大会，受到国家领导人的亲切接见并留影。

（侯宪台　川　石）

为了“来自星星的你”

——写在“4·2”世界自闭症日到来之际

星星，看着彼此很近其实很远，独自在远方闪烁，就像患有自闭症（又称孤独症或孤独性障碍，是广泛性发育障碍）的孩子们，明明彼此身体的距离很近，心却如此遥远，只是活在自己的世界里……

面对生活在这个独特世界里的孩子，一家河北钢贸企业——唐山金实达科贸有限公司的董事长刘树刚，从资金上扶持、从精神上鼓励，支持爱人宋怀凤创办了一所自闭症儿童培训学校——唐山世纪星培训机构，帮助那些来自“星星”的孩子，并发动其他钢铁企业帮助患儿们。3 月中旬，《中国冶金报》记者来到这所学校，感受到这里点点滴滴的关爱。那些洒向人间的真情，伴着一群慢飞的天使快乐成长……

来自“星星”的孩子

在现实生活中，这些来自“星星”的孩子：

——不会用“点头”表示“要”，“摇头”表示“不要”；

——喜欢单独玩耍，跟其他儿童难以相处；

——不喜欢目光接触；

——喜爱转动物体，如自己转圈，或看转动的电风扇和轮子；

——不怕陌生人和陌生的环境，对真正的危险没有恐惧感；

——对周围的事或人漠不关心；

——听力没有问题，但对外来声音，如叫他名字、简单指令，没有反应；

——对玩具不感兴趣，极度迷恋自己的手；

——不正常地特别喜欢某一物件；

——不懂得回答简单的问题，只会重复别人的话语；

——不会好好地玩玩具，拿到玩具就放嘴里咬、嗅，或拿在手里不停地转动，排列所有的玩具；

——极度喜欢广告、天气预报，却对一般动画片不感兴趣；

……

有人说，一定有那么一扇门，只要打开它，就可以通向这些孩子的心里。

唐山世纪星培训机构创始人宋怀凤校长，希望自己成为推开这扇门的使者。

宋怀凤的想法缘于自己儿子患有自闭症。

“幼儿园不收这样的孩子，带去公共场合会遭人白眼，被人嘲笑。那些异样的眼神投射过来，我的心仿佛被几千根钢针扎一样痛……”多少眼泪也无法诉说她内心的痛苦，多少眼泪也无法帮她打开儿子的心门，多少眼泪也无法换来心爱的儿子快乐无忧的童年。她无助地一遍又一遍地发问：“担着苦难孤独地走路，什么时候才是尽头？”

怎么办？怎么办？怎么办？

不能放弃孩子，更不能遗弃孩子，不能让“星星”流泪，要托起心中的希望之星！

带给“星星”的希望

如何让社会接纳这些来自“星星”的孩子？如何让更多的人给患儿们更多的包容、更多的关爱，让星儿们回到人间？只靠一个人、一个家庭的力量是不够的。

宋怀凤想让更多的患儿们、更多和她一样的妈妈们坚强起来。抱着“做好自闭症康复事业，打造值得孩子和家长信赖和托付的培训机构”的美好愿景，肩负起“关怀、辅导孩子和家长，最大限度地让孩子们实现生活自理和社会自立，争取更多社会帮助”的使命，2008 年，宋怀凤创办了唐山世纪星培训机构（简称“世纪星”），她担任校长。

“我办‘世纪星’不是为了盈利，而是通过让自闭症患儿在平等享用社会资源的过程中，打造一个集正常儿童干预训练、学前教育融合、小学教育融合为一体的综合训练基地。”就这样，因为儿子，一个大家庭在这里凝聚；因为儿子，一个特殊教育的大门在这里开启；因为儿子，更多自闭症患儿有了希望——“世纪星”，带给“星星”们希望……

宋怀凤介绍，“世纪星”设有大型感觉综合教室、8 间集体课教室、9 间个训教室、1 间家长休息室，以及儿童休养、娱乐的大型游戏设施。另外，学校还有 1 间阅览室，专门为家长准备的关于自闭症康复训练方面的书籍和资料。现在，“世纪星”已成为河北省家庭教育协会会员单位、唐山市家庭教育示范基地、唐山师范学院实习基地、心盟自闭症网络成员单位、“星与心愿”自闭症康教联盟成员单位。学校目前拥有唐山总校、霸州分校、学前融合园三大校区，4000 余平方米的训练场地。学校采用应用行为分析法（ABA）、结构化法（TEACHH）、游戏与文化介入法（PCI）“三位一体”教学方法，以适应不同能力、不同需求的特殊儿童。

关爱让“星星”成长

自闭症儿童的康复训练工作任重道远，为了让自闭症儿童这一特殊群体不再游走于社会的边缘，来自四面八方的爱心支援，让“世纪星”学校得以让更多的患儿接受培训，与社会更好地融合。

“世纪星”成立以来，5 年间共培训了自闭症儿童 279 人次，向 8 万余人次介绍和发放了治疗和关爱自闭症患儿的宣传材料，感召爱心人士不计其数。为了让更多的人了解、接纳自闭症患者，更好地服务于自闭症群体，“世纪星”牵头成立了凤城志愿者团队，目前已经吸纳了社会各行业和在校大学生志愿者近 400 人，产生了良好的社会影响。

为了让更多的贫困自闭症儿童得到专业训练的机会，由河北省唐山市妇联、唐山广播电视报社、“世纪星”共同发起并组织成立了“自闭症儿童关爱基金”。该基金建立于 2010 年底，截至 2013 年 11

月底，共资助贫困自闭症儿童96人次，共计发放善款356981元。2013年“世界自闭症关爱日”前夕，“世纪星”发动报纸、电台、电视台、网络等新闻媒体，自闭症儿童关爱基金再伸援手，组织开展寻找20名贫困自闭症儿童康复训练的活动，弘扬爱心，让更多的普通人关注、关爱自闭症患者和他们的家庭，支持贫困家庭的自闭症儿童参加康复训练。此次活动发放关爱基金51000元，有17个贫困自闭症儿童家庭得到资助。

“世纪星”用爱擦干了“星星”的眼泪，用科学的教育托起了“星星”的希望，用不倦的努力承载了“星星”的成长。同时，“世纪星”深切的关爱在社会上产生了巨大的震撼力！在这个充满爱的世界里，这些自闭症患者如同从天宇飞到人间的天使，他们的特殊人生引发了更多人的关注。除了刘树刚外，唐山中宝汽车销售公司副总马春元、雷浩能源董事长雷晓平、阿诺达自动化设备公司总经理杜学强、唐山好利来食品有限公司总经理范斌、华夏古筝专修学校校长陈永东等爱心企业家纷纷慷慨解囊，帮助这些慢飞天使。此外，还有许许多多普通人献出了他们的爱心。

慢飞但并不孤单。给那些来自“星星”的孩子更多的支持和帮助，是每个社会人应有的责任——因为，一个社会对弱势群体的关爱度，直接体现了其文明程度。

“让我们的心也慢下来，手拉手陪他们一起飞。”“世纪星”资深教师张雅静如是说。

（原载于2014年3月29日《中国冶金报》，记　者　谢吉恒，通讯员　陈　聃）

激情燃烧颂夕阳

——记辽宁省铁岭市清河区金秋艺术团

“为圆老同志的音乐梦，为提高全区人民的精神文化生活水平，使退休老人的生活丰富多彩，老有所为、老有所乐”，这是李团长组建金秋艺术团的初衷。2011 年 2 月，铁岭市清河区金秋艺术团成立。艺术团由民乐队、管乐队、声乐队、舞蹈队、戏曲队组成，成员是有文艺特长和爱好的退休职工，以“自娱自乐身心健康，老有所乐自我展示”为宗旨，开展多种形式的文化娱乐活动，聚集发挥老同志的人才优势，丰富老年人的精神家园，提高老年人的身心健康水平。

音乐素质高的民乐队

民乐队是 2002 年春天成立的，应该算金秋艺术团的前身。当时清河电厂离退管理处领导为丰富离退休人员文化生活，提议组建几个老年活动队。最初由五六个会演奏二胡、中阮、扬琴、长笛、打击乐等民族乐器的退休人员组成，队长由电厂子弟中学退休的原党支部书记担任。他老当益壮、德高望重，不仅拉得一手好二胡，而且做起事来认真负责。导演是一位音乐素质高、对乐器精通、为人正直、艺德双佳的人。这些年为办好民乐队，队长和导演没少操心，付出了许多心血。民乐队一成立就有严格的组织性和纪律性。多年来在两位领导的带领下大家也都很自觉地遵守着各项规定。他们也关心爱护每一位队员，一次一位拉二胡的老队员春节前得了脑血栓，他俩马上到医院去探望。这个队友出院后，我们其他队员也买了礼品到家看望，让每一个队友都感受到大家庭的温暖。

为了加强乐队实力，领导引进了一位专业素质较高、演出经验比较丰富的导演。在日常的演奏训练上，导演严格要求大家每首曲子都要认真练习、仔细琢磨。有时为了演奏好一首乐曲，十遍、二十遍地让大家反复练习，直到满意为止。民乐队的老队员们深刻体会了那句“台上一分钟，台下十年功”的道理。

巾帼不让须眉的管乐队

大家习惯上认为管乐队应该都是由男士组成的，因为没有足够的肺活量是无法吹响这些大家伙的。但是我们这个管乐队偏偏都是女将。乐队成立于 2011 年秋天，最初由 6 人组成。乐器种类有圆号、长号、小号、萨克斯、黑管、长笛等。常言道：一人一把号，各吹各的调，建队初期的困难可想而知。首先面对的难题是多数人不识谱，接着就是腮帮子都吹肿了还是吹不响。嘴起泡、舌头破、嗓子哑、手指肿是我们最初学习时的经常事。这些困难都能克服，难的是没有场地进行练习。初学时大家吹出的都是噪声，只能选择远离居民的郊区。队里的两个队员想办法先后在渔场和一个单位里找了一个作为临时练习场地。再后来，小树林、水库门前乘凉棚、门市房、教堂……为找个活动地点，真是转战南北、几经周折。东北的冬天天寒地冻，面对寒冷简陋的练习室大家毫无怨言，还是那么劲头十足。学习过程中，有畏难情绪时，大家互相鼓励、互相帮助。虽然我们岁数大些，但是我们的学习精神决不能输给年轻人。我们这些人一个都不许掉队，我们这支老年女子管乐队就是在这样的精神动力下跌跌撞撞坚持走到了今天。在团领导、队长和指导老师的支持下，如今这支队伍已经壮大到 23 人，而且越吹越好，已经能吹出《运动员进行曲》《当兵的人》《走向复兴》《我们走在大路上》等二十多首大家耳熟能详的歌曲，并且作为清河区金秋艺术团的一个表演形式参加多次文艺演出。演出结束后，群众报以的热烈掌声是对管乐队全体队员的鼓励与肯定，让大家在欣慰之余更增加了前进的动力。

实力雄厚的声乐队

我们声乐队很有实力，在清河区都是小有名气的。

声乐队的队长是一位曾参加过国家正式声乐定级考试被定为八级的优秀歌手。她专业的美声演唱气势磅礴、高亢嘹亮，富于磁性宽厚的音色又不失亲切、优美，经常是博得台下观众的阵阵掌声。她作为队长非常尽职尽责，为了提高声乐队的整体素质，她经常会耐心细致、深入浅出地为大家讲解乐理知识，对学习领悟慢的队友还不厌其烦地反复讲解。现在队里成员对乐理知识的掌握，都有不同程度的提高。另外，对于每位歌手要演唱的歌曲，队长经常会从自己专业的角度给出不同歌曲不同处理方式的中肯建议，使大家所演唱的歌曲都能演绎得更加完美动听。

声乐队一曲清脆悦耳的《美丽家园》唱得婉转悠扬，还有旋律优美的男女声二重唱《毛主席派人来》《马铃儿响来玉鸟儿唱》把人带到那难忘的岁月。当你专注聆听时，感觉是那么的耐人寻味……

“美丽的草原我的家，风吹绿草遍地花……”这是我团很有名气的女中音歌手，用浑厚深沉的声音为大家带来的歌曲《美丽的草原我的家》。

演唱《小背篓》《天路》的是本团年龄最小的歌手。她的声音清澈纯净，优美动听。另外，其他演唱歌曲《亲吻祖国》《马儿慢些走》《妻子》《我们的祖国歌甜花香》《我爱桃花我爱家》的歌手也都是声音各有特色：优美、舒缓、高亢、洪亮，展现出自己不俗的唱功。

一专多能的舞蹈队

“飒爽英姿五尺枪，敢与须眉论短长。中华儿女多奇志，不爱红装爱武装”，看这群潇洒女兵，英姿勃勃。她们以意气风发、精神抖擞的舞姿向观众展示出她们退休后的生活是如何的多姿多彩、健康快乐！说起舞蹈队不能不说说队长。她精明强干，组织能力强，关心队员，深得队员的喜爱。她同时还是金秋艺术团的女高音演唱者。她所演唱的《我爱你，中国》《中国大舞台》等歌曲，气势磅礴，挥洒自如，总能获得雷鸣般的掌声。舞蹈队的编导更是一个一专多能的音乐爱好者。她能够编排出适合不同晚会主题、风格迥异的各种类型的舞蹈。既能编排出恢弘大气体现各个民族风情的舞蹈，也能编排出清新婉约体现现代人生活的现代舞蹈，尤其擅长编排各种晚会开幕式上气氛热烈、欢腾雀跃的大型歌舞。另外，舞蹈队的编导还担任管乐队的队长一职，在民乐队里兼任弹拨乐手，声乐队里偶尔也会听到她甜美雄浑的女中音。强将手下无弱兵，舞蹈队里还有好几个不仅舞跳得好，歌曲、戏曲也唱得好，同时二胡、中阮等乐器演奏很好的队员。一场演出中，刚跳完舞，又马上操起乐器为歌手伴奏，再不就是拿起麦克风开始演唱，真可谓艺不压身、一专多能。

最后要说说我们的戏曲队。虽然成立不久，队长就是清河区有名的京剧票友。她那字正腔圆、低回委婉的京剧唱腔给喜爱京剧的朋友们留下了深刻的印象。

艺术团能走到今天，与有一个过硬的领导班子是分不开的。他们不仅音乐专业素养高，而且为人正直，认真勤奋。为办好金秋艺术团他们团结协作，群策群力，不辞辛苦地贡献着自己的力量。

美丽清河我的家，青山绿水美如画。金秋艺术团在团领导的带领下将继续发挥余热，施展才华，用熟悉的歌声唱响难忘的岁月，用飞扬的旋律演绎时代的辉煌，唱响主旋律，传递正能量。我们追求的不是音乐表现力有多么的专业，我们追求的是对晚年生活积极向上、充实情趣的生活态度。这就是我们金秋艺术团的宗旨，也是每一个队员的心声。

“莫道桑榆晚，为霞尚满天。”不要说日落的黄昏就没有了色彩，其实满天的红霞依然瑰丽无比。无论是 60 岁还是 16 岁，只要我们永远带着乐观向上的积极心态去热爱生活中的每一天，我们就永远年轻。

（杨坤士）

甘做绿叶衬红花

——记荣获中华大地之星奉献者陈建军

榜书是书界公认的一种难于书写的书法艺术。步云大师的作品曾于2000年世界华人艺术展“榜书”作品评比中荣获金奖，他也被授予“世界华人杰出艺术家”的荣誉称号。如今他的榜书作品遍及全国，甚至远流到英、美、日本及东南亚等国家，受到国内外书法界的关注，被国内外越来越多的书法爱好者和知名人士收藏。

当他手拎足有2公斤重的抓笔，饱蘸浓墨，在宣纸上，凝神集气，挥毫泼墨，富有神采的一幅幅0.9米×0.9米大“福”字，一气呵成时，人们总能看到有一个人为他伺墨，为他收笔，为他高兴，为他欢欣，他就是中华大地之星奉献者陈建军。

8月7日下午5点多，经冶金报河北记者站谢吉恒站长介绍，我在北京经济技术开发区办公楼见到了身材魁梧的红脸大汉陈建军，握着他厚大的手，第一感觉就知道他是个厚道人。我和老谢在楼上发完邮件，已是晚上六点多了。在饭店吃饭时，我们聊了起来。

我说，讲讲你的奉献故事吧。

陈建军娓娓道来：他属鼠，1972年出生，是唐山大地震的幸存者。他一直为自己庆幸，也一直想着为建设小康社会做点力所能及的事情，为实现中国梦贡献自己的力量。

一个人最难谈的是感情，最难忘的是友情，最难寻的是真情，最难写的是心情。他与步云老师有缘，就是感情的融合，友情的汇合，真情的聚合，心情的默契。一次偶然的机会，他结识了步云老师，看到他的书法创造，我怦然心动。开始时，他只是醉心地看老师的创作，后来就自发地为步云老师铺纸、加墨，陈建军说。

一个人最难舍的是交情，最难懂的是表情，最难说的是激情，最难知的是动情，最难免的是日久生情。为榜书大师步云伺墨，也不是一个简单的过程。这和一位医学专家主刀做手术，你做助手一样，需要眼疾手快，高度默契，手术才能成功。榜书书法与一般书法有别，其笔势、结体、布白、章法要烂熟于心，成竹在胸，要将自己的学识性情、生活情调、人格气质、文化品位、生活气息、学术涵养，通过笔意、结字、走势、布局等技巧体现出来，达到形神兼备，自由和谐之境，才能形成自己独特的气贯全局的书法之美。这点是步云大师的特殊功能。陈建军说："为了配合步云大师的书法创作，我经常揣摩大师的一言一行、一举一动，从他的言行中了解他的所思、所想，力争把我的服务意识融合于他的凝思创作的思路之中。这样，才能做到配合有度、合二为一，从而，形成无言的默契，一种高度的心灵感应。比如，有一次我们去游麻山寺，回来时他就知道我要求他写一幅字。果然，他凝思一想，提笔写下了'细雨无声'四个大字。写完后，我说：'想有声'。大师不假思索，欣然命笔写了'香远益清'，寓意荷花'出淤泥而不染'，这是他为我创作的独一幅榜书作品。我和他这种默契的交情、动情、激情的过程，大师至今津津乐道。"

步云大师经常对陈建军说："做人要豁达大度，笑口常开。遇到爱你的人，学会感恩。遇到你爱的人，学会付出；遇到你恨的人，学会原谅。遇到恨你的人，学会道歉；遇到你欣赏的人，学会赞美；遇到嫉妒你的人，学会忍让；遇到不懂你的人，学会沟通。遇到你不懂的人，学会宽容。"陈建军说，步云大师每天要写几十幅字，大部分都送出去了。关系好的，不收分文。关系不好的，给多少钱也不写，充分体现了他对中华文化的一种传承和奉献。只要步云大师有兴致，要写字。他随叫随到。他每天为步云大师倒墨、展纸、镇纸、收作、洗笔，忙得不亦乐乎，但他心中高兴，没有怨言。

陈建军动情地说，他现在正在操办步云老师的书法展，他有个心愿，把步云大师的书法宣传出去。为此，他先后跑了凤凰古城、上海、深圳。有人说，你趁着年轻，抓紧干点自己的事业吧。陈建军说，等步云大师的书法誉满天下后，再谈自己的事业。

有人不解地问过陈建军，你甘心情愿为步云老师书法做奉献，为的是什么？

陈建军回答："我跟步云大师学到了很多道理，很多人生的经验，这是花多少钱也买不到的。我还有很多没有学到的东西，我和步云大师是缘分。每当我看到他创作出苍劲有力的榜书大字时，就好像受到中华文化的震撼，能够做一个传承中华文化的使者，我感到无上荣光。”

采访到最后，我问陈建军：“陈老弟，你每天为追梦人圆梦，你有什么梦想？”

陈建军嘿嘿一笑说：“奉献社会，服务于民，这是我的天职，也是我的追梦人生。为步云大师服务，我心甘情愿。我愿做一位中华文化的铺路石，愿做步云大师的马前卒。我是唐山大地震的幸存者，是共产党给了我新的生命，我的人生目标是为实现中华民族的中国梦贡献我的力量。”

这就是站在我面前的陈建军，一位真正的唐山爷们儿。

这就是一位奉献者的传承中华文化的无私情怀。

红花还需绿叶衬。回顾一下我们的周围，又何尝不是呢？当今社会，演员、歌星、运动员……他们就像是一朵朵争奇斗艳的“红花”，可知成功的背后，一些默默无闻的“绿叶”正在默契地工作着，善尽自己应尽的职责，可知没有他们这些默默无闻的“绿叶”们，如何来的这些“红花”们的辉煌成就呢？就拿各种文艺晚会来说吧，当我们为歌表演鼓掌叫好时，当我们看小品相声捧腹大笑时，当我们观看杂技表演拍案叫绝时……你可想到这成功的背后有多少默默无闻的“绿叶”——那些作词、作曲、灯光场地舞台设计等默默无闻的工作者呢？

因此，我们不可忽视“绿叶”们的存在，在敬仰“红花”的同时也要赞美“绿叶”们任劳任怨、心甘情愿地当着陪衬“红花”的“绿叶”。

（侯宪台）

曹妃甸工业区雏形跃上“纸面”

——采访“河北一号工程”札记

元月下旬，在河北省、唐山市分别召开的“两会”上，相继将曹妃甸工业区项目定为河北省的“一号工程”和唐山市的“四大兴市”工程之一；接着，包括曹妃甸港区项目在内的《渤海湾地区港口建设规划》经国务院审计并原则通过。国内多家媒体对曹妃甸工业区项目进行了报道，一时间，曹妃甸工业区项目成为人们关注的焦点，也成为国内投资者的一片热土。

曹妃甸缘何这样受人瞩目？曹妃甸工业区的规划及目前工业区的进展状况如何？同时，曹妃甸工业区建设大项目包括建矿石码头、钢铁厂等，这自然引发了记者对曹妃甸信息要了解早些、多些的动力，加之曹妃甸工业区项目雏形已跃上“纸面”，更加引发了记者前去看看的兴趣。

二月初的一天，早晨九点，记者从唐山长途汽车总站乘公共汽车，经丰南行80余公里约两小时就到了唐海县城汽车终点站。这里距曹妃甸还有40公里，没通公共汽车，又到了农历年根，出租车很少。记者跟一位出租车司机再三商量，来回包车，才终于成行。刚出唐海县汽车站不远就路过曹妃甸工业区公路、钢铁围海造地指挥部，记者与司机围绕曹妃甸这个项目边行边聊天，从唐海县到曹妃甸这段约40公里的渣子路刚建成还不到一年，北京市、河北省的领导曾多次来这里考察，来自全国各地的投资者络绎不绝……汽车在这条路上行驶了约一个半小时，中午12时30分到了曹妃甸。只见上海、天津、秦皇岛等港务局的多家施工单位在此安营扎寨。耳闻目睹，记者开始对曹妃甸有了一个全新的了解及深刻的印象。

曹妃甸是位于唐山市唐海县南部的一个带状小沙岛，甸即为沙坨之意。海水涨潮时小岛面积为4平方千米，低潮时面积为20平方千米，与大陆岸线之间为大片浅水海滩。就是这样的一个小荒岛，今日为什么格外引人喜爱呢?

一是曹妃甸具有建港无可比拟的优越条件。该岛“面向大海有深槽，背靠陆地有浅滩”的地质条件使其成为天造地设的建港良址。据地质资料显示，曹妃甸岛前500米水深即达25米，距甸头约600米，是渤海湾内仅有的天然深水区域，海槽深达36米，为渤海的最深点。建设30万吨大型深水泊位不需开挖人工航道。这样优越的建港条件，在渤海湾里是独一无二的。曹妃甸滩涂广阔，大型矿石储备基地、石油化工、煤化工、盐化工、钢铁项目及其他高科技和机械项目都可以在这里找到发展空间。

二是曹妃甸具有区位优势。曹妃甸西距天津港70千米，东距京唐港60千米、秦皇岛170千米，北距唐山市80千米、北京市220千米，与唐山境内四通八达的公路交通运输网络相连，沟通了与我国“三北”地区的联系。

目前，曹妃甸工业区雏形已跃上“纸面”。大码头、大钢铁、大电力、大化工是曹妃甸工业区的主要建设项目。工业区依托曹妃甸的优势，将建起25万吨级的矿石码头、30万吨级的原油码头、10万吨级的煤码头、1500万吨钢铁厂、460万千瓦大电厂，使曹妃甸成为重要的能源、原材料基地。曹妃甸工业区将成为以矿石、原油码头为依托，充分利用国内、国外两种资源和两个市场，实施以钢铁工业、石化工业为主体，相关工业成布局的战略。

虽近春节，曹妃甸工业区的工地却是一派繁忙景象，从岛上往北望去，这条新建成的18.5千米公路上，一辆辆运输车辆往来穿梭、奔流不停，一台台大型打夯机傲然挺立；施工人员不畏严寒，为“三通一平”加紧施工……

唐山市于1992年便开始了曹妃甸项目的前期工作，至今已有12年了。2001年，河北省“十五”规划纲要提出加快曹妃甸深水泊位前期工作，争取早日开工。据统计，在这12年间，参加设计规划的国内甲级设计院有30多家，参加论证的专家达3600人，形成50多项科研成果，曹妃甸项目前期工作共投入6000多万元。

2003年3月，河北省领导议事会议提出要把曹妃甸项目作为河北省“头号工程”来抓；2004年，曹妃甸工业配套工程建设进展顺利，特别是在曹妃甸原油、矿石码头被国家列入《环渤海港口布局规划》、国家海洋局批准曹妃甸 15 平方公里的海域使用权、首钢将搬迁至曹妃甸这三个方面取得了突破性进展。2004 年，曹妃甸工业区已签约、开工、建成的项目有：首钢、唐钢签订合作协议，就建设曹妃甸 1500 万吨精品钢基地开展前期工作；香港华润公司与唐山市签约在曹妃甸建设 460 万千瓦的大电厂；沿海高速公路秦皇岛—冀津界段开工，曹妃甸港区与秦皇岛港、京唐港、天津港、黄骅港串在一条线上；中海油与美国科麦奇公司、中美能源资源公司共同开发的曹妃甸油田投产，通港公路全线贯通；矿石码头、围海造地以及供水、供电、通信等项目建设步伐加快，大型精品钢材基地、大秦线扩能分流、大型电厂、原油接卸码头等重大项目的前期工作取得重要进展。

记者在返回唐海县的路上，又一次翻开有关介绍曹妃甸的规划：按初步规划，曹妃甸系统工程的项目总投资共计约 314 亿元。记者眼前展现出一连串的“最”字：全国最大的多种泊位并存的港口、全国单机容量最大的电厂、装备国内最先进技术的精品钢基地……

（原载于 2005 年 3 月 19 日《中国冶金报》，记　者　谢吉恒）

奏响服务曹妃甸建设的“协奏曲”

——来自“河北一号工程”的报道

编者按

曹妃甸建设是社会关注的热点。当前，曹妃甸主要开工建设的项目是矿石码头、围海造地两大项，其他则是供水、供电、筑路、通讯及其服务设施等。今日本版刊发的通讯，侧重于从“服务”这个角度，报道了曹妃甸所在地及周边地区如何积极参与、支持曹妃甸建设。我们在充分肯定这些地区对曹妃甸工程建设做出的积极贡献的同时发现，有的地方还在筹划从事钢铁生产、深加工业务。这一点需要引起有关部门的关注——在积极做好曹妃甸工程建设规划的同时，周边地区如何在科学发展观的指导下规划好发展道路，是一个需要解决的问题。

6月中旬，记者来到曹妃甸建设工地采访，从矿石码头到首钢围海造地施工现场，给人留下最深刻的印象是这里如火如荼的建设场面，处处可见邻近曹妃甸建设的逸闻逸事。被称之为“河北一号工程”的曹妃甸港区，今年春天进入全面大开发阶段，邻近曹妃甸的唐海、滦南、玉田等县，以“曹妃甸发展我发展，我为曹妃甸争做贡献”的思路，紧紧抓住曹妃甸开发建设带来的发展机遇，以满足曹妃甸建设“码头是重点，造地是关键”的需求为突破口，积极参与、大力支援，奏响了服务曹妃甸建设的“协奏曲”。

协奏曲之一：顾全大局，全力以赴

地处曹妃甸腹地的唐海县，以“支援曹妃甸港区建设就是发展唐海”的意识，在全县人民心中架起理解之桥，使全力确保“一号工程”普遍深入人心。急曹妃甸所急，帮曹妃甸建设之需。该县县政府协助唐山市有关部门围绕服务于“一号工程”，把工作做深做细，对村民晓之以理、动之以情，顺利征用永久性建设用地5000多亩，临时性占地3000多亩，协调拆迁建筑物3570平方米，解决合同纠纷300多起，圆满完成了土地征用、补偿兑现、协助勘察等各项工作。唐海县政府还腾出两栋办公面积为1600平方米的楼房，无偿地提供给曹妃甸建设指挥部和围海造地公司使用。

曹妃甸工程建设规划长远，规模庞大，建设周期长。今年为曹妃甸建设配套的高速公路、输港铁路、供水、供电等8项工程相继在唐海县开工建设，涉及全县100多个村队、4000多个农户，尽管县乡两级170多公里公路受损，几千农户承包地块受到影响，但由于工作到位，至今没有发生一起拦截工程车辆阻挠施工的事件。唐海县为“一号工程”做出的贡献，既体现出高尚的风格，也带来双赢发展的局面，目前全县在建和洽谈储备项目71项，总投资额达34.3亿元。

协奏曲之二：捷足先登，排疑解难

曹妃甸地处滦南县。随着曹妃甸港区开发建设的正式展开，滦南县率先成立了服务曹妃甸港区建设的协调领导小组，在港区设立了办事处，主动配合有关部门做好通港公路和铁路的建设协调工作，积极解决施工单位所遇到的生产、生活难题。现在，该县已经在曹妃甸成立了水运管理站和客运班车站，加强了对运输船只和公交车辆的管理。他们还以启动嘴东渔港码头的建设为契机，进一步扩建完善曹妃甸建设服务分硬件设施，建商店、医院、饭店，满足曹妃甸建设者的需求。

该县依托曹妃甸得天独厚的优势，正打算对位于县内的华瑞、鹏程、合利等民营钢铁企业进行技术改造，延伸钢铁产业链条，准备对来自曹妃甸矿石码头进口高品位的铁矿石进行精深加工，生产精品钢材。他们还对通向曹妃甸的青林公路和通港铁路沿线进行重新规划，重点发展沿线的餐饮、运输、货物配送等服务业，力争把嘴东商埠区、青坨营工业区培育成临港经济的“卫星城”。

协奏曲之三：专题调研，产业对接

曹妃甸建设正式展开之后，玉田县组织县、乡镇领导多次到曹妃甸矿石码头、围海造地等施工现场参观，召开专题调研分析会，将曹妃甸建设需求作为本县经济发展的方向，抓抢机遇。为此，他们在曹妃甸建立办事处，与曹妃甸建设指挥部和各承建单位开展紧密接触，与有关规划部门取得联系，把本县能够用于曹妃甸建设的产品介绍印成册，为介入曹妃甸建设打下基础。

他们为了与曹妃甸实现更好的产业对接，依托玉田“一园三区（即河北高新技术产业园区、现代工业区、玉秦工业区、鑫兴电子工业区）”，积极打造曹妃甸的“三大工业基地（即钢铁深加工基地、电子信息产品生产基地、机械加工和轻工产品制造基地）”。早前，这3个工业区已吸引30家企业入驻，完成投资24亿元。其中，已进驻现代工业区的河北中钢钢铁有限公司正在抓紧建设冷轧二期、彩涂板二期、热镀锌板三期扩建工程，项目完成后，可大量承接钢铁深加工业务。

该县还积极为曹妃甸建设后勤基地，依托种植蔬菜的优势，正在着手建一个占地近306亩的果菜配送中心，力争两年内建成曹妃甸的“绿色食品供应基地”。

（原载于2005年7月2日《中国冶金报》，记　者　谢吉恒）

创新：树品牌铸精品

——中冶东北工业炉公司承建首钢京唐公司一号高炉热风炉工程纪实

由中冶集团中冶东北建设有限公司工业炉公司承建的首钢京唐公司1号5500立方米高炉的4座热风炉工程，是俄罗斯卡鲁金顶燃热风炉技术首次运用于5500立方米高炉，技术要求高，施工难度大，耐材砌筑量巨大。面对这新技术、新工艺、新的施工措施挑战，该公司创新观念、管理、技术，只用6个月的时间就安全、优质、高效地建成了这4座热风炉。其中，1号、3号热风炉透孔率达到100%，2号、4号热风炉透孔率达到99.5%，受到外国专家和业主的好评。

他们是如何做到的呢？记者于今年3月上旬来到曹妃甸首钢京唐公司建设工地采访，探寻其中的奥秘。

创新观念，结出创新硕果

机遇是一种资源，更是一种挑战，抓住一次机遇，就可能赢得一次跨越。该公司珍惜机遇，更重在抓住机遇不放。

据中冶东北工业炉公司首钢项目经理吴纯生介绍，中冶东北工业炉公司坚守首钢17年间，抓住4次难得的机遇，勇敢迎接挑战：1990年，承建首钢公司0号大容积焦炉，3号、4号高炉工程和3号焦炉工程，一干就是5年；2001年，承建首钢2号高炉改扩建工程及石灰套筒窑工程；2003年，承建首钢首秦公司1号高炉工程；2004年承建首钢迁钢两座套筒窑工程。他们之所以能在首钢站稳脚跟，最基本的一点就是创新观念，用质量铸造品牌，用诚信赢得信誉。干一项工程，又招来一项工程。

创新的观念，结出创新的硕果。他们在首钢炉窑工程项目中留下一串闪光的业绩，受到首钢高度赞誉。金杯银杯不如用户的口碑。2006年，该公司首钢项目部又赢得了第5次机遇。这一年，首钢京唐公司成立，在首钢京唐公司第一个招标的高炉工程项目上，全国各冶建公司都想借助这个平台，展现本企业的实力。经多个回合竞标，中冶东北凭借自己赫赫威名的筑炉品牌声誉，一举拿下首钢京唐公司1号高炉热风炉工程项目。

中冶东北工业炉公司能承揽到此项工程，既感到光荣，又深知项目的重要性和施工的艰巨性。为在此项目中树立丰碑，他们精心组织、精心指挥，组成强有力的工程指挥部，派遣精兵强将，调集优良设备全力以赴，千方百计确保热风炉工程圆满完成。

2007年8月，当时的曹妃甸港填海造地还在繁忙进行当中，岛上水、电、路、通讯及生活各方面都非常困难。中冶东北工业炉公司的参战人员和兄弟专业公司一道带着中冶东北领导及广大职工的信任与重托，在一片沙土上搭起帐篷，开始艰苦的施工准备工作。

当年，曹妃甸港上风沙肆虐，任凭你戴上大口罩、防尘帽，穿上厚厚的衣服，还是把你弄得浑身是沙尘，满口是沙子。在这种环境中，大家不灰心、不气馁，一切从头再来；运输材料的车总是陷在软软的海沙里，大家就把物件卸下车，人抬肩扛运到场地里。在这种顽强的奋斗中，经过3个月的努力，该公司在大沙滩上建起了面积为3000平方米的大型耐火材料库和面积为2000平方米的生活设施，为热风炉主体砌筑的顺利开工打下了坚实基础。

为了确保2008年3月初主体砌筑按时开工，他们顶着呼啸的北风给炉壳穿上厚厚的棉毡。这一年的大年初一，首钢京唐公司总经理王天义、常务副总经理王毅赶到热风炉工地，看望新春佳节仍在曹妃甸热风炉工地上忘我工作的筑炉人，同施工人员亲切握手，对他们为了首钢京唐公司建设而舍弃同家人团聚机会的精神表示敬意和感谢。首钢京唐公司领导的亲切慰问更加激发了斗志，中冶东北工业炉公司经理张兴无在开工动员大会上深情地说，首钢信任我们，这么重要的工程项目交给我们干，我们一定要克服各种困难，要尽心尽责，以最好的质量、最快的速度完成任务，回报首钢，全面展现中冶东北“干一项工程、树一座丰碑”的施工理念。

管理创新树企业品牌

中冶东北工业炉公司项目部对施工实行精细管理，精益求精，一流的管理成为自己的鲜明特点。首钢京唐公司高炉热风炉工程的4座热风炉，每座砌筑量达5100吨，总计需用耐火材料29400吨，如果用火车装运，会装满490节车厢，将是一列长7.5公里的“长龙”。他们每天把从全国四面八方、川流不息运来的几十类、几百种规格、复杂的耐火材料，进行检查验收，再分类、分型、定位；再按工程需要分送到现场，并且要保证供应及时、不错乱。该公司新上任的供应部长张文龙每天对着图纸计算再计算，忙到深夜，眼睛都熬红了，硬是带领着供应部的几十名员工，克服了施工现场窄小、道路拥挤、泥泞等难以想象的困难，圆满地完成了近3万吨耐火材料管理和供应的艰巨任务。

由于首钢京唐公司热风炉所需钢材的材质、规格的特殊性难以采购，影响了炉壳制作安装的30天工期，指挥部决定由中冶东北工业炉公司将拖延的工期在耐材砌筑过程中补救回来。筑炉人不负众望，圆满地完成了领导托付。在工程后期的热风管道系统施工中，指挥部再次要求该公司做出努力，将热风管道系统的45天砌筑工期缩短为30天。为此，该公司施工人员发挥了聪明才智，创新管理，科学组织施工，将热风总管下半部耐材砌筑集中先行完成后，同时分10个部位对管道上半部分段进行砌筑，比原方案管道上半部按5个部位分段砌筑的方法扩大了作业面，并可双层作业。在中冶东北工业炉公司全体施工人员的积极努力下，仅用28天就完成了热风管道系统的砌筑任务，为保证热风炉按计划烘炉创造了条件。

技术创新筑精品工程

首钢京唐公司1号高炉热风炉工程体现了国际、国内最先进的技术和把首钢多年技术融进去的多项自主创新技术，热风炉采用目前最先进的顶燃式热风炉，对施工技术、质量要求非常严格。一流的设备，需一流的员工，以一流的技术进行施工，才能打造出一流的精品工程。

首钢京唐公司在这座高炉热风炉系统上，采用了大量的高科技成果：热风总管的轻、重质耐材砖型设计，采用多层多环的连环锁砖，以保证管道耐材的密闭性和不同层耐材的自由滑动，满足热风炉的高压、高风温的需要。

该热风管道系统的施工技术要求高、施工难度大，为此中冶东北工业炉公司组织了优秀的工人技师参加会战，采用将管道组合砖逐块预组装后再进行精心砌筑的方法，收到奇效。该热风总管的施工质量得到了外国专家、业主、监理工程师的一致好评。

筑炉人对工程质量严格苛求、一丝不苟。他们在对格子砖透孔时，发现有一个孔有杂物，质量部长谢荣启带领十几名工人经过一天的努力，掏出十八层格子砖，最后终于将孔通开。他们在3号热风炉预混室依据常规施工方法砌筑到第23层大墙时，发现周边的纤维毡厚度不够均匀，经过复核后，确认炉顶入孔中心并不是预混室炉壳的中心线。由于这座热风炉预混室直径太大，因其结构规范允许椭圆度偏差值与筑炉专业规范要求有所不同而超出了允许值。为了实现预混室圆墙及环型通道不加工一块组合砖的设计意图，且保证预混室的严密性，他们决定对23层大墙全部拆除，以炉壳为导面重新确立预混室正确中心线，并为此总结了预混室砌筑的新工法。按照新工法重新砌筑的该工程预混室圆墙和环形通道得到了外方专家和监理工程师的一致赞誉。

中冶东北工业炉公司以严格高效管理、优良质量、精诚服务铸造的筑炉品牌感动了用户，首钢京唐公司很干脆地将2号高炉热风炉工程又交给他们。目前，该工程已进入紧张施工阶段，中冶东北工业炉公司将再创佳绩，回报首钢京唐公司。

（原载于2009年3月14日《中国冶金报》，记　者　谢吉恒）

渤海湾上升起的“明珠”

——记建设中的曹妃甸工业区

随着今年2月18日国家发展和改革委员会对首钢搬迁曹妃甸的正式批复，曹妃甸，这个美丽的名字，迅速响遍环渤海地区并走向全国。随后，来自全国各地的数千名建设大军汇集于此，沉寂了多年的小岛沸腾了！

（一）

近日，记者一行驱车跨过18.47千米长的海陆通路，迎着习习海风登上仰慕已久的小岛——曹妃甸，来到了一派繁忙景象的建设工地，见证了曹妃甸发展变化的历史瞬间。

曹妃甸是一座带状沙岛，距离大陆岸线约20千米。岛前500米的地方，水深达25米，而深槽水深达36米，是渤海最深点。由曹妃甸向渤海延伸，有一条水深达27米的天然水道，通向黄海。水道与深槽的天然结合，构成了曹妃甸建设大型深水港得天独厚的优势。

在岛上，记者看到，数艘绞吸船正在海面上通过管道喷射出数米高的沙柱，运料车往来繁忙，推土机振臂轰鸣，“吹沙造地”工程正紧张地进行着。

据了解，这艘绞吸式挖泥船“新海豹”由荷兰生产，造价2亿元人民币，全长97米，宽17米，总装功率16000马力，装备1台水下泵、2台舱内泵和3台泥泵机，挖深27米，每小时吹沙量为3500立方米。挖泥船上安装了国家“十五”重点科技攻关项目——绞吸船计算机辅助决策系统，辅以GPS定位系统实施定位，使挖泥船能够按预定路线施工，操作全部自动化。参与曹妃甸钢铁围海造地的挖泥船中，这艘绞吸式挖泥船吹填量最大。

很难想象，无论是由陆地通往曹妃甸岛的18.47千米长的通岛公路，还是正在建设的码头和施工工地，都是吹沙“吹”出来的。

将来首钢新址、石化基地、电厂设施等都将在这个“吹”出来的地基上落户安家。

按照总体规划，一期“吹沙造地”面积就达11.95平方千米，是目前世界上最大的单体填海工程，这充分显示了曹妃甸建设者的气魄和雄心。

所谓“吹沙造地”，就是施工人员用沙袋、石头等在浅海中打起围场，然后通过绞沙船，将海底的沙子绞起，再用大型沙泵和管道将沙泥抽到围场内，最后将海水排走，筑起陆地。由于曹妃甸涨潮时岛上的面积是310平方千米，所以大部分的建筑用地需要通过围海造地。

曹妃甸钢铁精品基地一期用地约11.95平方千米，吹填量5468万立方米，总投资13.87亿元。2006年3月5日，工程正式开工，进展顺利，7月29日前将完成一期11.95平方千米的吹填。

据介绍，曹妃甸钢铁精品基地一期工程所采用的技术装备、工艺流程均属世界先进水平。炼铁设备中，两座容积为5500立方米的高炉，在世界一流钢厂中屈指可数；炼钢及连铸设备中有300吨脱磷转炉1座、300吨脱碳转炉3座、LF炉2座、多功能RH炉2座、2×2流板坯连铸机2套；轧钢设备包括2250毫米、1780毫米热带轧机各1套，冷轧硅钢轧机2套。一期工程竣工投产后，每年可生产汽车、石油、家电、建筑、机械制造等行业需要的热轧、冷轧、镀锌、彩涂及各种各样牌号的硅钢860多万吨。产品可弥补我国市场空缺，代替进口，满足市场要求。

通岛公路、围海造地、矿石码头三大基础设施建设，是曹妃甸工程起步的关键。完成曹妃甸这样巨大的工程，面临着许多困难和挑战。在施工过程中，建设者克服了超出想象的艰难困苦，也展现了非比寻常的聪明才智。

在港区25万吨矿石码头，记者看见4台高80米的橙红色卸船机巍然矗立。负责建设矿石码头一期工程的中港一航局一分公司第五项目部书记王洋介绍说，曹妃甸矿石码头一期工程包括两个25万吨级泊位、栈桥、引堤、系缆墩和抗冰设施。码头岸线长735米；栈桥为跨钢管拱桥，总长200米；引堤长185米，有效宽度16米，顶面标高4.5~10.5米。码头通过栈桥和引堤与陆域连接。该工程自去年10月开工以来，经过建设者13个月的艰苦奋战，这个我国北方最大的矿石码头——曹妃甸25万吨矿石码头一期工程，于2005年11月10日全面竣工并通过专家组的验收。

据介绍，在施工的过程中，中港一航局一公司第五项目部广大干部职工发扬“安全规范，挑战极限”的精神，克服外海无遮蔽、安全风险大，新工艺多、施工难度大，工程最大、工期紧，施工条件艰苦等困难，运用其在上海东海大桥、杭州湾跨海大桥施工的成功经验，创下了单日单船沉桩21根的全国纪录，并在国内首次安装并应用抗冰墩技术，用短短13个月的时间建成了两座外海深水码头，比合同工期提前了40天，创造了中国筑港史上的奇迹。

码头上，王洋指着海里一个黑色的巨大物体介绍说，这就是我国第一个抗冰墩套箱。由于曹妃甸海域每年都会出现海流冰，有的年份冰清特别严重，为了有效降低东西向流冰对码头的影响，施工人员在矿石码头两侧各增设一组抗冰墩；对近岸引桥中间支墩的东、西两侧也各设置了一组抗冰墩。这样，曹妃甸矿石码头及其附属设施共设计安放了4个抗冰墩。

这是国内码头首次使用抗冰墩，为此，中港一航局一公司在施工前组织课题组专门对抗冰墩的制造和施工工艺进行了攻关，在船机、人员、技术等各方面也进行了充分准备，再加上掌握了详尽的曹妃甸水文资料，终于陆续把抗冰墩安装到位，实现了我国码头建设的又一创举。

曹妃甸25万吨矿石码头堆场目前已进入单机空载试车阶段，开始为下步整个系统的空载试车做准备。

放眼四顾，宽敞的通岛公路，来往穿梭的车辆，热火朝天的施工人群，铁塔耸立的高压线路……在亲眼目睹那气势磅礴的吹沙造地场景，深深地感受到人类改造自然的伟大力量的同时，记者似乎也看到几年以后北方深水大港——曹妃甸港建成后的恢弘。

（二）

曹妃甸工程从开始谋划到国家正式批准，走过了十余载的风雨历程，每一步都充满着艰辛与坎坷，留下了勇往直前、负重跋涉的足迹。

早在 20 世纪 70 年代初，曹妃甸就被国家港口专家列为深水港备选港址，但由于种种原因，这片亟待开发的处女地始终半遮秀脸。

最先进入曹妃甸选深水港址的当属首钢。早在 1992 年，他们为解决秘鲁矿石的接卸问题，就曾选派工程技术人员到曹妃甸勘查建港条件。随后，在河北省政府的大力支持下，唐山市政府多次与首钢公司就曹妃甸建港事宜进行协商。

1996 年 9 月，唐山市政府与首钢签订了联合开展矿石深水码头前期工作的协议。同年 11 月，时任中石化总经理的盛华仁也专程到曹妃甸，就寻求大型深水泊位接卸港，解决华北地区石化企业原油进口问题，与地方政府进行了协商，并于 1997 年 3 月完成了《曹妃甸进口 25 万吨级原油码头预可行性研究报告》。

按照国家钢铁工业中长期发展规划，到 21 世纪，华北地区的首钢、唐钢、天钢、包钢、宣钢、承钢六大钢铁企业进口矿石总量将达到 1000 万吨，如此庞大的进口量仅仅依靠现在多港点、小泊位的分散接卸方式非常不经济。以首钢为例，1997 年首钢进口矿石 400 万吨。按国际航运的市场价格计算，从巴西、秘鲁运输矿石到我国，20 万吨级船比 5 万吨级船每吨费用平均低 5 美元左右，进口 400 万吨矿石仅运费差价就是 2000 万美元。因此，兴建深水矿石业主码头，尽快开发曹妃甸港已成为首钢、唐钢、包钢、宣钢等钢铁企业降低原材料成本、改善经营状况的共同愿望和呼声。

1997 年 6 月，当时的国家计委、冶金部和交通部有关领导及北方六省（市、区）的 12 家主要钢铁企业代表再度汇聚唐山，研究曹妃甸建港问题。会议得出的结论令人振奋，大家一致认为曹妃甸是深水海域，建造配套条件好，在华北、东北一带具有建设深水大港的优势。

1998 年 8 月，全国人大常委会副委员长、农工民主党主席蒋正华到曹妃甸视察，他希望加快港区的比选、论证，做好前期准备，并给党中央、国务院提交了《关于河北省京唐港曹妃甸 20 万吨级进口矿石码头建设项目尽早立项的建议》。

2000年，受国家计委委托，中国国际工程咨询公司对曹妃甸20万吨级进口矿石码头进行了立项评估论证，最后结论是：尽早建设曹妃甸20万~25万吨级铁矿石码头是必要的。

2002年，尽管兴建曹妃甸深水大港立项尚未通过，但是首钢、唐钢、河北省建投、唐山港投四大巨头已迈出实质性的一步，以股份制形式组建曹妃甸实业开发有限公司，出资两亿元首先启动码头通路工程。

2003年3月，迎着凛冽的海风，通岛公路开工兴建，从此打破了曹妃甸昔日的沉寂。随后，秦皇岛港务局也加入进来，形成五家携手联合开发港口的格局。

2004年12月，国务院审计并原则通过了《渤海湾区域沿海港口建设规划》。

2003年9月15日、10月22日和2004年5月8日，北京市3次向国家发展和改革委员会报送关于首钢总公司实施压产、结构调整和环境治理方案。期间，国家发展和改革委员会委托中国国际工程咨询公司对首钢涉钢系统搬迁方案进行了评估，并在有关方面意见基本一致的基础上，正式上报国务院。

2005年2月18日，国家发展和改革委员会经报请国务院领导批准，正式作出批复，原则同意首钢实施压产、搬迁、结构调整和环境治理的方案，并同意在河北省唐山地区曹妃甸建设一个具有国际先进水平的钢铁联合企业，作为首钢搬迁的载体。

这是曹妃甸命运历史性转折的开始！

（三）

中港一航局一公司第五项目部会议室墙上高挂的曹妃甸工业区规划蓝图显示：这里将依托深水港口，以兴建大码头、大电力、大钢铁、大石化四大主导产业为核心，最大限度发挥腹地工业生产能力雄厚，深水港口运输便捷、低成本的优势，实行工业城组布局。

为什么曹妃甸这个昔日沉睡的荒凉小岛，能承载众多仁人志士的美好憧憬？

——优越的地理条件。曹妃甸“面向大海有深槽”，甸头前伸

500 米，水深即达 25 米，甸前深槽水深 36 米，是渤海最深点，30 米水深岸线长达 6 千米之多，且不淤不冻，是渤海湾内唯一不需要开挖航道和港池、不需要疏浚维护即可建设 30 万吨级大型深水泊位的天然港址；曹妃甸"背靠陆地有浅滩"，甸后滩涂广阔且与陆域相连，低潮面积达 30 平方千米，零米等深线面积达 150 平方千米，可利用的浅海和滩涂面积达 310 平方千米，为临港产业布局和城市开发建设提供了充足的用地。

——独特的区位优势。曹妃甸毗邻京津冀城市群，凭借已有的高密度铁路、公路网络，可将广阔的华北、西北、东北地区纳入自己的腹地；曹妃甸距韩国仁川 400 海里，距日本长崎 680 海里、神户 935 海里，与矿石出口国澳大利亚、巴西、秘鲁、南非、印度等国之间的海运航线也十分顺畅。

——雄厚的经济后盾。曹妃甸所在的唐山市，自古就是神京之肘腹、冀东之重镇、首都之屏障，这里资源富集，蕴藏着 50 亿吨煤炭、45 亿吨铁矿石、3 亿吨白云石……被誉为"京东宝地"；这里重工业历史悠久，是"中国近代工业的摇篮"，经过多年的发展，形成了煤炭、钢铁、电力、建材、机械、化工等庞大业群。

这些得天独厚的条件，使曹妃甸非常适合建造大型深水港口，具有无比广阔的发展空间。依托港口，立足国内外两种资源和两个市场，充分发挥腹地的产业、技术和资源优势，一个以"大码头、大钢铁、大化工、大电能"四大主导产业为核心的新兴工业区将在曹妃甸崛起，向世人展现一幅气势恢弘的壮丽画卷。

——"大码头"。先期开工的矿石码头，规划 4 座 25 万吨级，同时可以兼靠 30 万吨级的大型运输船。一期投资 27 亿元，石码头东侧是两个 30 万吨级的原油码头，投资约 15 亿元。与之相邻的是一个 10 万吨级的散杂货码头。在深水岸线，设计了一个挖入式港池，建设一批 5 万～10 万吨级的运煤码头，使运输功能完备。

——"大钢铁"。结合首钢搬迁，规划了一个年产 1500 万吨的精品板材生产基地，一期工程生产 800 万吨，投资规模 635 亿元，其产品主要定位于我国目前需大量进口的高档汽车板材、家电板材、造船板材、高端硅钢板材等。

——“大电力”。由香港华润电力控股公司建设一个装机容量460万千瓦的电厂，其规模为亚洲第一。同时将配套建设两个30万吨级的热电机组，以保证港区供热，两者投资超过200亿元。

——“大石化”。主要依托进口原油码头，建设一个炼化一体的大型现代化石化基地，主要包括年加工能力为1000万吨原油的炼油厂和100万吨的乙烯化工厂，前期投资273亿元。为了保护本地区的生态和海洋环境，围绕以上四大主导产业谋划了一大批资源综合利用和废物利用性加工生产项目。

目前，曹妃甸正在加紧建设与四大工程配套的专用铁路、高速公路、输水管道、供电和通讯五大基础设施工程，其中两条直径1.4米的输水管道淡水年供应能力达8000万吨。

如今在曹妃甸这片充满希望的蔚蓝色海域，来自全国各地的建设者们正在以自己的智慧和汗水，与阵阵波涛合奏一曲动人的战天斗地之歌……

哗、哗、哗……一刻不停地涌动着的大海，见证了建设者们的心血和汗水，深情的大海也收留了建设者们的欢笑和眼泪……

（四）

以“大码头、大钢铁、大化工、大电能”为主导产业的曹妃甸工业区，会不会影响渤海湾的生态？首钢搬迁至曹妃甸会不会产生新污染？

记得有一次采访首钢总公司党委书记、董事长朱继民，与他谈起此问题时，他告诉记者，在曹妃甸新建的大型钢铁企业将采用新装备、新工艺、短流程、高效型、节约型、清洁型、可循环型的方式来建设。建成后的新首钢将是一座生态型现代化钢铁厂，基本实现污染及固体废弃物零排放。新钢厂3/4丰润水资源将来源于淡化后的海水，另外还将利用一部分中水、矿井疏干水（采矿时外排的矿坑涌水），新钢厂所消耗的水资源将是目前全国钢铁企业平均消耗水平的1/3；能源消耗也将比首钢现有平均水平下降30%。钢厂排出的废弃物可以得到循环使用，用炼钢余热淡化海水，而淡化海水的副产品将用来发展盐化工产业……新首钢只会对唐山、河北的经济发展带来贡献，绝不会带来环境负担。

据介绍，按照总体规划，曹妃甸工业区将形成310平方千米的重化工产业聚集区，人口规模40万~50万。目前，港区道路、电力、通讯已经畅通，通水工程正在紧张施工，连接秦皇岛港、京唐港、曹妃甸港、天津港、黄骅港的沿海高速公路秦皇岛至冀津界段以及迁安至曹妃甸铁路都已开工。

曹妃甸“大纲”的建设，牵动着多少人的心！曹妃甸，这块神奇的热土，承载着多少人的关怀和期望！

自2005年2月18日国家发展和改革委员会原则同意首钢实施压产、搬迁、结构调整和环境治理的方案并予以批复，到10月22日首钢京唐钢铁联合有限责任公司成立揭牌，在这8个多月的时间里，各级党政领导对工程倾注了大量的心血，也给建设者们带来了极大的鞭策和鼓舞。

经过曹妃甸建设者们夜以继日的辛勤工作，昔日一片沉寂的曹妃甸荒岛，正在一天天地改变模样。

——首钢京唐钢铁联合有限责任公司钢铁围海造地施工工地，亚洲最大的绞吸式挖泥船尽显神威，平均每天能完成吹填量5万多立方米。

——2005年10月26日下午2时，随着最后一块栅栏板的安放，历时8个多月的首钢京唐钢铁联合有限责任公司钢铁围海造地的基础工程——全长19971米的围堤建设全面完成。

——11月29日14时18分，曹妃甸25万吨矿石码头鞭炮齐鸣。在“曹港1号”和“曹港2号”拖轮的牵引下，承载着6万吨铁粉的“大罗山”号巨型货轮成功靠岸。这是曹妃甸矿石码头首次靠泊巨型货轮。

……

站在曹妃甸岛上，极目远望，海面上一艘艘绞吸船吹起的股股黄色沙浪，衬托出了工业区火热的建设场面。面对奔忙的车队、林立的塔架、建设者忙碌的身影，记者深深地为曹妃甸工程灿烂的前景而振奋，更为建设者们那愚公移山、精卫填海的豪情与干劲所感动。

站在曹妃甸南端远望，码头栈桥如彩虹飞架，深水良港正在紧张施工。导航登塔作为岛上唯一的历史遗留物，已在此默默地伫立了多年，阅尽了渤海的风风雨雨。如今，灯塔将成为曹妃甸历史的见证。

（原载于2005年12月20日《中国冶金报》，记　者　陶　琳　谢吉恒）

厂　歌

1. 津西颂歌

在诗意画境的栗乡，
你作为中流砥柱，
撑起了立县经济；
在放飞理想的冀东，
你奋起蟾宫折桂，
领跑于全省民企；
在英才辈出的燕赵，
你连续十二个春秋，
攀升全国五百强企；
在巨龙腾飞的华夏，
你建成了全国最大、
世界一流型钢基地！
你，就是——
秀美的景忠山引为骄傲，
巍峨的古长城引为自豪，
奔腾的滦河水引为光彩，
勤劳的迁西人引为荣耀的
津西！

二十八年前
你沐浴着改革开放的春风，
伴随着引滦入津的壮举，
应运而生，呱呱坠地。

你那石破天惊的呐喊，
承载着三十多万人民的希望，
在荆棘丛生、崎岖坎坷的征程上，
留下了踏石有痕的闪光足迹。

二十八年来，
你凭着坚定执着、为民造福的信念，
靠着艰苦奋斗、团结进取的精神，
经受了资金短缺、市场疲软的重重考验，
经历了宏观调控、金融海啸的屡屡冲击。
在各级党委政府和栗乡人民的倾力支持下，
富有远见的舵手高屋建瓴、顺时应势，
走出了化险为夷的招招妙棋：
实施改制上市，
焕发了企业的勃勃生机；
引进一流设备，
增强了自身的核心实力；
成立津西集团，
实现了产业链延伸、优势互补；
推进绿色钢构，
促进了集团二次创业、转型升级。

二十八年来，
津西物质与精神文明并重，
科学发展与文化建设齐驱。
用先进理念取代落伍观念，
用文化精髓鼓舞员工士气；
用传统美德催生三观转变，
用绿色环保重塑天蓝水碧；
用“静远基金”助推迁西教育，

用慈善捐款援手弱势群体；
用“五险二金”抵御生活风险，
用递增薪酬改善员工待遇；
用多彩活动丰富员工生活，
用各种培训给员工最大福利。
从而，
爱企如家蔚然成风，
廉洁勤政永铭心底，
安全生产已成常态，
敬业实干见贤思齐。

如今，津西集团的各大板块，
犹如雨后春笋般茁壮成长，
就像璀璨的银河，星光熠熠；
钢铁炼轧，新品迭出，红红火火；
装备制造，科技领先，如虎添翼；
节能环保，市场广阔，前程似锦；
金融租赁，广聚财源，筑牢根基；
博远地产，多点开花，誉满姑苏；
微电科技，稳步推进，风生水起；
国际贸易，信拓五洲，云集客户；
龙翔文化，瞄准精品，助力升级！

啊，津西——
你就像一棵以人为本的梧桐，
将五湖四海的英才汇集。
播爱洒汗，共建我们的美好家园，
凝心聚力，同创持续跨越发展的传奇！

啊，津西——
你就像一艘动力强劲的航母，
带我们在浊浪滔天的商海中搏击。
优秀的产品质量，完美的售后服务，
让津西品牌在国内外享有盛誉。

啊，津西——
你就像一位多才多艺的巨匠，
用澎湃涌流的青春热血，
描绘着“百年津西”的迷人画卷，
演奏着“滦河时代”和民族崛起的黄钟大吕！

（庞文泽）

2. 龙凤山之歌

龙凤，龙凤，是我们企业的英名，
龙凤，龙凤，是吉祥美好的象征。
聚集着龙的传人，锤炼成龙凤精英。
我们是龙凤员工，打造出团队精神。
用户为天，质量为命，齐心熔铸龙凤精品。
科技为翼，创新为魂，勇立潮头市场驰骋。
龙凤，龙凤，是我们企业的英名，
龙凤，龙凤，是吉祥美好的象征。
聚集着龙的传人，锤炼成龙凤精英。
我们是龙凤员工，打造出团队精神。
凝聚力量，各展奇能，共创伟业信心如虹。
自强不息，高歌奋进，振兴龙凤　再铸辉煌。
（第二遍）
龙凤，龙凤，是我们企业的英名，

龙凤，龙凤，是吉祥美好的象征。
聚集着龙的传人，锤炼成龙凤精英。
我们是龙凤员工，打造出团队精神。
用户为天，质量为命，齐心熔铸龙凤精品。
科技为翼，创新为魂，勇立潮头市场驰骋。
龙凤，龙凤，是我们企业的英名，
龙凤，龙凤，是吉祥美好的象征。
聚集着龙的传人，锤炼成龙凤精英。
我们是龙凤员工，打造出团队精神。
凝聚力量，各展奇能，共创伟业信心如虹。
自强不息，高歌奋进，振兴龙凤　再铸辉煌，再铸辉煌。

（刘武成）

3. 华冶赞歌

轻轻地，冬天即将远去
饱含激情与希望的春天
正向我们款款而来

当日历掀开崭新的一页
我们的心再次怦然而动
又是一年
又是一个新的起点

当岁月的痕迹
再次铭刻在生命的年轮上
回首那三百六十五个日日夜夜
我们怎能
不思绪万千　心潮激荡

今夜我们聚首在这里
回忆峥嵘岁月
展望春风万里

还记得，那年的春天
我们华冶儿女，一呼百应，走出家门
将华冶的大旗第一次飘扬在天津上空
从此去开辟新的天地，谱写新的篇章

呕心沥血，孜孜不倦
几经变迁　华冶三建在天津成立
更将我们自己的办公楼屹立在大港新区
从此打下华冶在津城的坚实根基

斗转星移　沧海桑田
我们创造了一个又一个的奇迹
由最初的四个直属项目部，到如今的十四个项目指挥部
就像一颗颗璀璨明星
点缀在津冀大地

伴着渤海岸的春风
我们一路走来
收获的不只是荣誉与功绩
更多的是将我们华冶的实力
深深烙进每个人的心里

我想约你走进公司办公楼里
那里的华冶人正在聚精会神　运筹帷幄
为我们筹划下一个工程的目的地

勇于追求　创新　探索的华冶人
披星戴月中忙碌的各科室智囊团
正绘制华冶美好明天的巨幅蓝图

我想带你走进华冶现代化的施工现场
永不停歇的塔吊
不知疲倦的搅拌机
正奏响华冶春天的序曲

穿梭不息的劳作身影
如火如荼的施工场景
铸就成一幅流动的画面
正续写华冶新时代的传奇

高悬的烈日下
是我们
用一粒粒沙石，一根根钢筋
将一排排高楼，巍峨耸立

凛冽的寒风中
是我们
用一颗颗螺栓，一张张铁板
将一座座厂房，雄伟筑就

繁忙的工地上
激荡的，是华冶人
荣辱与共的承诺

高耸的大厦上

跳动的，是华冶人
风雨同舟的心脏

丰硕的二零一一
悄悄地画上了句号
带给我们太多的回忆，太多的收获，太多的感恩

感谢我们的家人
长夜里
为我们留一份温馨的守候
那缕缕的饭香和永不熄灭的灯光
永远在我们心头荡漾

感谢我们的同事
风雨中
我们齐头并进，和衷共济
将一座又一座，精品工程
屹立在，华夏大地

感谢我们的领导
工作中
您更像一位师者，领袖
在谆谆教诲中
带我们到中流击水，看浪遏飞舟

祥和静谧的夜晚
我们共举不熄的灯火

风雨急骤的时刻
我们坚守神圣的职责

诚信社会
是我们不变的性格

客户满意
是我们永恒的本色

作别厚重的二零一一
迎接希望的二零一二

机遇与挑战并存
期待与梦想齐飞

我们依然坚守着磐石般的信念
挥洒满腔的热情

激发前行的力量
向着新的征程

合：高歌猛进
合：乘风破浪
合：华冶明天更辉煌

（张忠浩）

4. 今实达之歌

因为梦想，我们在茫茫人海中欢聚一堂，
因为期盼，我们在奋进中谱写辉煌篇章。
诚信是我们的本色，品质是我们的能量，
实在合作，实达双赢，前进的步伐永远铿锵，啊，今实达，团结一心我们共创梦想！

因为信念，我们在拼搏中携手迎接朝阳，
因为自强，我们在挑战中共铸人生辉煌。
高效是我们的动力，创新是我们的方向，
技术创新，品德至上，我们的潜能无可限量。
啊，今实达，实现理想我们一路领航，一路领航！

（员工集体创作）

苏南采风诗歌六首

癸巳年初夏，应常州市黑山烧结点火炉制造有限公司董事长孙小平邀请，中华大地之星苏南采风团一行八人，从全国天南海北汇聚江苏常州采风。期间采访团一行受到盛情而简朴的款待，先后到常州黑山烧结公司、无锡太湖鼋头渚、苏州拙政园、金鸡湖和江苏华西村等地学习考察、游览观光。天堂❶美景秀色可餐，笔者随采访团成员观后眼界开阔，感慨万千，情不自已，挥毫泼墨，于是采风诗歌六则跃然纸上。

（一）

天堂美景赏不尽

初夏苏南❷披锦绣，群英采风聚常州。
华西❸天下第一村，巨钟高楼藏金牛。
苏州园林甲天下，金鸡❹太湖景一流。
天堂美景赏不尽，流连忘返醉文友。

---

❶天堂：曾流传“天上有天堂，地上有苏杭”之美谈。
❷苏南：中华大地之星苏南采访团。
❸华西：中国第一富村华西村，位于江苏省江阴市。
❹金鸡：金鸡湖位于江苏省苏州市。

（二）

赞黑山烧结点火公司

永城常州一日程❶，专题采访孙小平❷。
治厂管理有方略，黑山❸团队皆精英。
烧结点火❹高科技，节能环保惠民生。
冶炼领域一枝秀❺，名扬华夏溢美声。

（三）

赞采风团团长阮观荣

辛勤笔耕添华发，年逾古稀体质佳。
采风团长阮观荣❻，德高望重人品佳。
学富五车才八斗，书法绝伦文才佳。
虔诚亲和人钦佩，垂范师表口碑佳。

---

❶日程：河南省永城市至江苏省常州市有一天的行程。
❷孙小平：常州市黑山烧结点火炉制造有限公司董事长。
❸黑山：常州市黑山烧结点火炉制造有限公司。
❹烧结点火：是金属冶炼的一项重要工艺。
❺一枝秀：黑山烧结点火炉制造有限公司研制的烧结点火技术，在国内居一流水平。
❻阮观荣：原中华新闻工作者协会国内部主任。

（四）

祝愿孙总事业昌

孙总❶亲和人气旺，慕名采风聚一堂。
科技创新有活力，员工文明有素养。
企业管理创一流，黑山❷精神当弘扬。
感慨万千化祝福，财源广进事业昌。

（五）

感谢站长谢吉恒

为促采风早成行，河北苏南穿梭行。
全国联络众精英，常州拜会孙小平。
天上无云不下雨，地上无人事不成。
黑山采风广受益，感谢站长谢吉恒❸。

---

❶孙总：常州市黑山烧结点火炉制造有限公司董事长孙小平。
❷黑山：常州市黑山烧结点火炉制造有限公司。
❸谢吉恒：中国冶金报河北记者站站长。

（六）

一路青青返永城

行尽江南数十程，南京一瞥放豪情。
无锡苏州华西村，和谐发达人文明。
黑山烧结技一流，国内冶炼领先行。
放眼碧绿翠欲留，一路青青返永城❶。

（陈学海，共青团河南省委，豫青网编辑）

❶返永城：苏南采风结束后作者直接返回家乡河南省永城市。

祈　　福

一场春雨被风搅扰的迷惘
发芽的所有不恐惧现时的状态
发芽——它们唯一的出路也是信念

简单的理念源自简单的欲望
岁月磨砺了石板的纹理
踏过去的脚印一层层地覆盖
苦的也都吞下　甜的也都吞下

许多错误发生于不该发生的瞬间
它们并非无序　还有几分辩才
怀念　便夹杂进去郁闷的枯叶

那些为了黑夜而点亮的灯盏
声音总被拉去倾听流水的响动
打算在这个春天为繁花祈福
已嗅到果实的香味　踏云而来

（徐　彪）

随　　感

红颜带队不畏难，苦乐只当家常饭。
众口难调先正己，自苦先知他人寒。
耕耘播种众生饱，采花酿蜜累也甜。
善行不为说功过，无私脚下路就宽。

（孙丽华）

二、深度报道　典型引路

深度报道贵在“深”

2013年12月中旬，《中国冶金报》记者部约我为《新闻研究》写一篇新闻研究稿件，题材选之为新闻业务交流方面的。我仔细盘点全年报道工作，还数深度报道有看点，在报社编辑部鼎力助推下，从量和质都较近几年有明显增加和提高，2013年仅刊发在《中国冶金报》头版头条“记者调查”栏目和二版“新闻关注”栏目就有《河北省“三查”钢铁环保》《河北省环境治理动真格》《环保正能量倒逼钢铁绿色转型》《河北吹响普及高强钢筋“冲锋号”》《环保治乱何处入手?》《河北民营小钢厂环境污染状况调查》《初探唐山民营小钢厂退出路径》8篇深度报道稿件，每篇字数2000~4000字之间，有部分文章编辑部配发了评论，国内10余家知名网站转发，其中《河北省“三查”钢铁环保》一稿为国务院网站选用，引起行业的关注，受到中国冶金报社和河北有关部门领导的好评，在冶金行业产生较大的影响。回顾过去一年，我缘何要采写深度报道？围绕此主题，结合自己采写体会，与大家一起交流、研究、分享。本篇文章的题目是——深度报道贵在“深”。

采写深度报道缘由与定位

何谓深度报道？甘惜分主编的《新闻学大词典》写道：“运用解释、分析预测的方法，从历史渊源、因果关系、矛盾演变、影响作用、发展趋势等方面报道新闻的形式。”深度报道不是一种新闻文体，而是一种报道追求深刻性的理念，思想方法和立体的思维方式与旨趣。深度报道的内容包括事件、新闻背景、新闻过程、新闻分析、新闻预测、对策建议等。深度报道从调查走向研究，从知性走向理性。

现在全国各类媒体都在青睐深度报道，想方设法，求新、求变、求实，争相练硬功，“八仙过海各显神通”，打出自己特色深度报道

“拳头”品牌，力求做足做大做精做深。深度报道的魅力在哪里？结合自己近几年采写现身体会，觉得深度报道受热捧主要有三个方面的卖点：

一是深度报道已成为新闻发展的一大趋势。有资料显示，在英国、法国、日本等一些发达国家的媒体上，深度报道已占半个以上的新闻版面，美国一些媒体深度报道甚至占到七成以上的版面。我国的深度报道起步较晚，但发展迅速，尤其自20世纪90年代以来，中央和地方各大媒体的深度报道栏目和作品大量涌现。《中国冶金报》在行业报改革中跨入快车道，步入领军者行列，多年来开辟培育了许多醒目的深度报道栏目，如记者调查、新闻关注……把深度报道写深写活，博得广大读者的喜爱和欢迎。

二是深度报道成为报纸保持活力影响力的有效途径。当今已进入互联网时代，网络的特点是信息传播高效、量大，给传统报业带来极大冲击，纸媒较广播、电视、网络的时效性滞后，有“先天不足”，是个“短板”。怎样在媒体“同质化”竞争日趋激烈的大环境下，增强《中国冶金报》的吸引力和影响力？我每天打开《中国冶金报》时，欣喜从众多深度报道栏目，看到每个版面充分发挥深度报道的“长板”优势，将从信息高度浓缩集中以及内容深度强化方面着力，通过深度报道不断提高新闻的宣传高度、深度和力度，以内容深刻性、思想的科学性提升《中国冶金报》的品位，每个版面都在不断探索，全方位多角度加大深度报道的比重，扩大《中国冶金报》独特影响力。

三是深度报道成为读者产生浓厚兴趣的需要。2013年8月，我在河北部分民营钢企做了个读者群调查。调查的题目是“你最喜欢《中国冶金报》哪个栏目？说出其中主要原因。”调查前结果表明，九成以上民营钢企分厂、车间以上干部喜欢看《中国冶金报》一、二版的深度报道栏目，他们不仅想知道“是什么”，而且渴望知道“为什么”，了解“新闻背后的新闻”。民营钢企员工文化水平不断提高，调查读者约七成为青年职工，他们最爱看的栏目是副刊中的“钢城地理”“钢城故事”“人生五味”“游记”等，这些栏目为读者喜闻乐见，文章生动活泼，贴近性、知识性、趣味性浓郁，深受职工喜爱。

2013 年，我将自己七成精力用于采写深度报道，定位以深度报道为抓手，全力抓好深度报道。我之所以这样做，主要出于四个方面的考虑：首先，去年钢铁行业面临困难经营形势，钢市异常寒冷，产能严重过剩，环保风暴席卷，节能降耗压肩，效益全面滑坡，钢铁大省河北，如何渡过难关，首当其冲，河北钢铁业成为深度报道重要的诞生地。其次，河北记者站担负全省钢铁行业的宏观报道工作，尤其是环保治理，民营钢厂成为治理的重点和难点，唐山、邯郸两个钢铁重镇，民营钢企扎堆，环保问题多，更是深度报道的聚焦地。再次，《中国冶金报》一、二版负责深度报道栏目的编辑，助推河北记者站全力应对挑战，同心协力，精心策划，河北钢铁业成为深度报道的挖掘地。最后，我作为河北记者站负责人，一方面，多年来一直在跑民营钢企，民营钢企分布面广线长，对这些情况较为熟悉，也曾采写过多方面深度报道稿件，积累不少经验；另一方面，我这些年苦练内功，早已将记者报道工作实行转型，由信息报道兼深度报道型为主，转型为调查研究型为主，河北记者站其他几位记者在深度报道上都有长足进步，河北钢铁业成为拉练深度报道的大高地。

浅议深度报道怎样写得“深”

深度报道是一种介于客观报道新闻事实的“新闻”和阐发作者主观见解的评论之间的报道方式。要在写作中处理好深与新、深与活、深与浅、深与近等方面的关系，只有这样才能将深度报道写得生动活泼。采写深度报道贵在“深”字，应从哪些方面切入？我认为能体现深度报道的“深”是多方面的，最主要的是深在“选题、采访、写作”三个环节。

1. 深在精心选题与策划

深度报道的选题非常重要，谁有高质量的新闻选题，谁的报道可能优先获得受众的注意力，选题选好了，报道就成功了一半。我们判断和选择是否作为深度报道的题材的主要标准是，在新闻导向正确的前提下，选题必须具有独特性、受到广泛关注、影响力深远的特点。

为选准选题，过去一年里，记者编辑发挥团队精神，共同努力完成。中国冶金报新闻中心的段冶、周利勇、刘航、孙宁等常在电话中沟通，对我申报的选题提出建议，使选题更加准确。新闻中心要求我多提供深度报道选题，确定什么时候报、怎么报，编辑探讨如何把深度报道编好，在版面突出处理，记者编辑互动，形成最佳运作配置。

我报送的深度报道选题，主要来自两个方面，其一，大多数深度报道选题都是从消息中发现线索并加以深度挖掘的。如《河北省“三查”钢铁环保》的深度报道源于环保部华北督查中心对河北钢铁业的全面调查一篇消息，这篇消息既是报道的新闻源，也是一个报道时机。我抓住了这个报道契机，对问题的现状、原因、趋向进行深入挖掘，从中引发人们对钢铁环保的思考。其二，找准视觉选题。新媒体时代，信息渠道渐趋公开透明，新闻进入同题时代，如今深度报道的竞争是如何打造独家视觉。如《“退意”渐浓》这篇深度报道，选取独家视觉。该报道的背景是钢铁行业化解产能严重过剩矛盾工作已经展开，河北省开展的“周日行动”反映出的一些现象值得思考。实际上，本次“周日行动”涉及的唐山几家钢铁冶炼企业，早已在“环保风暴”中被确定为要关闭的企业。关闭小钢铁，淘汰落后产能势在必行，但事件背后牵涉较多的群众利益以及它们的出路问题。经过深度思考，在策划选题时就形成独家视觉，将报道核心定位在小钢厂关停背后的问题上，并选取唐山众业不锈钢厂等作为报道的采访基点。《“退意”渐浓》阐述了这些小钢厂的过去、现状、趋势以及探析历史成因和关停引发的一系列民生问题等，较好全面深刻地反映新闻事件，并配发了评论。《“退意”渐浓》刊发后，受到唐山市政府的重视，舆论几经迅速扭转，变为强调注意引导解决群众出路问题。深度报道的独家视觉，达到占领舆论风向标的效果。

2. 深在深入采访调查与布局

深度报道代表一份报纸和一位记者的品位和实力。采访是新闻写作的前提，新闻界曾流传着“三分想六分采一份写”之说。可见采访的肤浅与深入，决定深度报道的成败。

深度报道的基础是采访。深度报道的采访，较一般更为复杂、艰难，要求采访更为主动、深入、全面。我听一些媒体记者介绍，到河北民营钢企采访，可谓“门难进，脸难看，话难听”，门卫保安看到记者来采访环保方面更紧张了，说上面有交代，采访需要出示当地县区宣传部介绍信，要经过钢厂领导同意，钢厂办公室电话联系……道道门槛受阻，“防火防盗防记者”，绝大多数记者空手而归，其原因就是怕记者“曝光”。

深度报道的采访，采用多层次、多侧面、多角度、多种类的全面系统的采访，采访对象有政府官员、钢企、钢贸商、业内人士、村民……更要讲究采访技巧和基本功，往往采取避开门卫、暗访、迂回、侧面等方法进行采访，获得真情实况。深度报道的种类大体分为调查性和评述性两大类，采访与调查是关键。深度采访的切入点选在哪里？其一，采访要有提纲。采访前确定写作框架，包括设置细节，有目的有意识地采访；采访之中随时发现素材可选作为文章开头、重点和结尾部分，有意识深化采访。如《环保“治乱”何处入手?》一文中写道：“采访时发现……小钢厂污染难治……一重要原因就是守法成本太高，从安装设备到开启运行，一年数百万元就没有了；违法排放，一年至多罚款几十万元。违法合算，大家宁愿选择后者。”我深挖这个细节背后，将揭示环保难治的本质作为全篇文章的重点。其二，在信息化今天，要求采访不仅要了解事件，而且更要了解事件背后的东西，用故事方式解读事件，深度挖掘事件背后的东西，重视发现细节，深化采访细节。其三，有目的地注重现场和背景材料的采访。深度报道需灵活广泛利用背景材料，对新闻事实要入情入理地分析、评价，必须有现场因素和背后材料的合理运用，做到有理有据，使感染力和深刻性兼顾。

3. 深在注意写作技巧与语言

深度报道的深度来源于对社会问题的透视力，既要看得透，还要反应快。对于深度报道的事件是什么，突出新闻性；深挖事件背后的为什么，让人们更加重视和关注。一篇写得好的深度报道，成功的诀窍是什么?

在我看来，成功最主要的原因，一个是注重创新，讲究新闻写作技巧。高质量的深度报道，应是通过大量、丰富的材料进行深度加工，挖掘新闻背后的新闻，揭示事件深层内涵和本质，在叙述矛盾冲突，严重问题时，让读者产生一种情绪，进而引发思考。如《环保“治乱”何处入手?》一文，记者到唐山丰润区小钢厂就钢铁环保现状进行采访调查，采用对比方式，文中这样写道：“在记者的记忆中，10 多年前，这里还是千亩、数百亩联成片的‘素有冀东粮仓’美称的良田，生长着玉米、花生、蔬菜和有特色的果品。如今，这里已经大变样了，星罗棋布地聚集着四五十家民营小钢厂，烟囱林立……一路上，记者不时见到重型卡车载着各种型钢在坑坑洼洼的乡间路上呼啸而过，荡起一片漫天飞扬的尘土，路边树叶、庄稼原有的颜色被彻底覆盖，断断续续闻到刺鼻气味。”通过鲜明对比，唤起读者的关注和思考。

另一个就是语言运用效果。深度报道的语言应做到准确、朴实、生动、形象，真实感人的细节可以启迪读者的情感，调动读者关注和思考的积极性。如《河北省“三查”钢铁环保》文中写道：“记者来到迁安市……实地调研中发现，周边有几十家小钢厂，雾霾天气使得能见度不足百米，吸进鼻孔里的空气明显有颗粒的感觉。当地一位出租车司机告诉记者，他家就住在附近，周边有的钢厂晚上将除尘设备关掉，甚至白天也有时候不开除尘设备，刚洗过的出租车，放在院子里，一晚上工夫，就披上一层厚厚的粉末灰尘。他说，这次环保彻查后，钢企能够更注重环保，居住在钢厂周围的老百姓建设美丽家园的‘中国梦’就有望了”。通过真实感的粉尘细节和出租司机朴实语言的描写，调动人们对钢铁环保关注和思考的积极性。

（谢吉恒）

河北省环境治理“动真格”

近日，河北省廊坊市文安县新钢钢铁公司违法违规新建的600立方米高炉被查封，安次区洸远金属制品公司违规建设的两座1080立方米高炉被拆除。同时，河北省对两个违规项目负有领导责任的9名责任人进行了处理，其中文安县县长被免职，河北钢铁界为之震动。

时间回溯到3月中旬，环境保护部华北环境保护督查中心对河北省近300家钢铁企业进行了全面督查，对涉及不符合国家产业政策的高炉、烧结机、电炉等钢铁生产设备，以及除尘设施运行不正常、无组织排放严重、企业废水排放等环保问题，提出了处理建议。如今，河北地区环保治理和淘汰落后工作究竟落实到什么程度？河北省的环境治理“攻坚战”有何新动向？日前，《中国冶金报》记者带着这些问题来到河北省唐山、邯郸、石家庄进行了实地跟踪采访。

各地纷纷加强淘汰落后和环境治理工作

《中国冶金报》记者了解到，目前，河北省对钢铁行业存在的环境违法问题的清理整顿工作已全面展开。河北省政府责成有关部门对照环保部华北环境保护督查中心发现的问题，对钢铁企业逐一进行核查，深入开展清理整顿。对不符合国家产业政策的落后钢铁生产装备，严格按有关规定淘汰到位；对存在环境问题的钢铁企业责令限期整改，对规定期限内未完成整改或整改不达标的一律关停取缔；对存在违法行为和污染物超标排放的钢铁企业，予以立案处罚。

唐山对不符合国家产业政策的企业落后装备实行强制淘汰，强制取缔工艺装备简陋、无环保手续、无污染防治设施的非法小企业。5月10日，唐山市政府下发通知，决定关停取缔首批199家严重污染企业及落后设备，截止时间为5月31日。通知中提到的不符合国家产业政策的落后装备，涉及钢铁、水泥、焦化企业共计31家，其中钢铁企业23家。最新资料显示，唐山地区现拥有156座高炉，高炉总容积量超过15万立方米。此次被强制淘汰的高炉共计16座，总容积为2325立方米，多属于小型钢厂的闲置设备，高炉容积均小于450立方米，其中容积不超过100立方米的高炉4座，容积最小的仅为30立方米。

邯郸的环境治理工作业已铺开。5月份，邯郸市公开通报10起大气污染违法和20起建筑扬尘污染典型案件，对所涉及的18家建设单位、16家施工企业、12家监理企业分别予以罚款、责令限期整改、全市通报等处理。在工业企业污染治理方面，邯郸加快建设609项重点减排项目，突出抓好41项大气减排项目，特别是烟气脱硝工程和烧结机脱硫工程，保证按期完成。今年列入淘汰计划的12家钢铁企业的38座高炉或烧结机，年底之前必须完成淘汰任务；未安装脱硫设施的烧结机，年底之前必须安装到位。

目前，邯郸的大气综合治理已列出任务完成时间表，并对所有列入整治计划的项目倒排工期，明确到人，限期整治。对钢铁、焦化、水泥等易出现大气污染问题的企业，邯郸今年将投资32亿元，全面治理这些区域的烟气、粉尘、二氧化硫，以及料（渣）场、运输扬尘等大气污染。此外，彻底清除废渣、废料、废弃物，所有企业的料（渣）场要全部覆盖到位，大型企业要全部棚化、仓化，8月底前完成任务量的60%以上，今年年底前全部完成。

河北省环境治理力度将进一步加大

在走访中，《中国冶金报》记者看到，在环保“风暴”的重压之下，一场环境治理之风正在河北悄然兴起。邯郸、唐山、石家庄的一些民营钢企一改往日的做法，积极探讨与科研院校、烧结设备厂家的合作方式，对落后的设备和产能开展有效整治。

不过，《中国冶金报》记者在调查中也发现了一些尚待解决的问题：一是淘汰落后政策被民营钢企利用，成了间接扩大产能的推手。例如，政策规定淘汰400立方米以下高炉，但绝大多数企业选择了改造高炉，提高产能继续生产。环保整治，淘汰产能是一道难过的关。二是环保执法和监管宽松，对企业无法形成震慑。目前，我国《环保法》对企业罚款最高限额的规定是50万元，而环保设备一旦运转起来，一年就需要投入几百万元或者几千万元，存在着违法成本低、守法成本高的问题。看来，要震慑企业的违法行为，还需执法和监管部门加大惩罚力度，堵住体制、机制的“漏洞”。

目前，河北省的环境治理方案正在紧锣密鼓地推进。《中国冶金报》记者从河北省环保厅获悉，目前，河北省已经颁布实施了严于国家标准的《钢铁工业大气污染物排放标准》和《钢铁企业主工序单位产品能源消耗限额》，强制提高钢铁企业的节能减排水平。同时，《河北省环境治理攻坚行动方案》正在抓紧制订，《河北省大气污染防治行动计划实施方案》初稿已经基本完成，《河北省水污染防治实施方案》将于6月底出台。此外，围绕企业整合重组、产能退出奖励、异地转移、产业升级引导、职工分流安置等方面问题，河北省已启动了相关配套政策的制定工作。

据了解，下一步，河北省将继续严肃查处整改钢铁项目违规和环境违法问题，对此次环保部华北环境保护督查中心发现的问题，按要求逐一彻底整改，依法依规对相关责任人实施问责，坚决杜绝类似问题发生；举一反三、全面排查，严格落实钢铁行业能耗和污染排放标准。同时，配合国家有关部门，抓紧对《河北省钢铁产业结构调整方案》进行修改完善，尽快报批，加快推进钢铁产业结构调整，力争用5~8年的时间，把全省钢铁产能由目前的2.86亿吨压减到2亿吨左右。

（原载于2013年6月22日《中国冶金报》，记　者　谢吉恒）

环保“治乱”，何处入手？

——河北唐山小钢厂环保乱象调查

9月17日，环保部公布8月份全国74个城市的空气质量情况，空气质量相对较差的前10个城市分别是邢台、唐山、石家庄、济南、邯郸、天津、衡水、西安、保定和廊坊，其中河北省占7席。近期，《中国冶金报》记者专程来到河北省钢铁重镇唐山市丰润区小钢厂最密集的韩城、新军屯、欢喜庄、小屯一带，就这一带的钢铁环保现状进行深入采访调查。

在记者的记忆中，10多年前，这里还是千亩、数百亩联成片的素有“冀东粮仓”美称的良田，生长着玉米、花生、蔬菜和有特色的果品。如今，这里已经大变样了，星罗棋布地聚集着四五十家民营小钢厂，烟囱林立。这些小钢厂年产量大都为几十万吨，生产带钢、管材、型材等产品。

一路上，《中国冶金报》记者不时见到重型卡车载着各种型钢在坑坑洼洼的乡间路上呼啸而过，荡起一片漫天飞扬的尘土，路边树叶、庄稼原有的颜色被彻底覆盖，断断续续闻到刺鼻气味。据一家小钢厂的企业管理人员介绍，20世纪90年代末期，在快速工业化进程中，民营小钢企呈粗放式增长，这些技术落后、环境污染严重的小钢厂遍地开花。由于规模小，这些小钢厂很多没有被纳入官方统计数据；由于扎根于偏僻乡村，也不易于被监管，其数量和征地面积一再扩张。

但是，现在国家对环保的重视度日益提升，频出“重拳”加以整治，众多小钢厂在市场、环保双重压力的冲击下，面临“生死坎”。

环保“重拳”施压小钢厂

一家中型民营钢厂环保处李处长告诉《中国冶金报》记者，河北省是钢铁大省，其中唐山市是钢铁大市，唐山小钢厂产量占全市

“半壁江山”，是地方的支柱产业、利税大户，受到地方政府的“厚爱”。以往地方政府对小钢厂的环保监管底线要求并不高，当环保风暴袭来时，“雷声大雨点小”，睁一只眼睛、闭一只眼睛，坚持检查能过关就了事。可今年就不一样了，国家对钢铁业的环保要求太严格了。

2013 年全国“两会”期间，京津冀地区连续出现的长期雾霾天气，引起国家高层的重视，把环绕京津的河北省推到了节能减排、改善生态环境的最前沿。

今年 3 月，环保部华北督察中心对河北省钢铁企业进行联合调查，发现全省 60% 的运行企业存在环保问题，70% 的除尘设施运行不正常，八成企业废水违规排放。河北省从今年 5 月开始，在全省范围内开展大气和水污染普查，摸清底数，实施有计划的监管。近期，大气污染防治“国十条”、《京津冀及周边地区落实大气污染防治行动计划实施细则》《关于化解产能严重过剩矛盾的指导意见》相继出台，很多环境综合治理政策更是“剑指”钢铁。

“今年环境保护力度步步加大，媒体对大气污染事件频频曝光，出台政策密集且严厉。为防止再次出现大面积雾霾天气，‘死磕’高能耗、高排放的钢铁企业，这也在情理之中。”唐山市钢铁协会一位工作人员对《中国冶金报》记者说。

“我连续 3 年跟唐山多家生产型材的小钢厂做生意，见到不少厂家不上除尘设备，厂里粉尘飞扬，废水没有处理就排放、污染地下水。”一位来自山东日照的钢贸商向《中国冶金报》记者说。

一家热轧带钢生产企业的销售部刘经理指着周围 10 余家小钢厂对记者表示：“小钢厂盈利空间大，是因为这些厂都没有安装污水处理设备。如果添置环保设备，每吨钢材至少增加成本 20 元。相比大中型钢企，小钢厂污染的行为，需要有责任的监管和有力度的追责。环保‘重拳’出击，紧逼小钢厂迈‘生死坎’。”

监管不力滋生环保乱象

唐山小钢厂数丰润区最多，全区有几十家小钢厂和 200 余家钢铁延压加工企业。

一家来自江苏经营烧结机脱硫设施、除尘设施的环保经销商向《中国冶金报》记者表示："钢铁业效益不佳，环保生意很难做，市场上五花八门的监测设备从几万元至几十万元都有。监测设备出了故障本来是一件非常着急的事，但我发现这里的企业还偷着乐，这真难理解。这些小钢厂订购的环保监测设备往往是买价格最便宜的、爱坏的、参数可调的。这样的监测设备常出故障，无法监测企业排放污染物，是否偷排也无人了解。"

小钢厂污染难治理，一个重要原因是成本较高。一家小钢厂的员工向记者透露："我们厂是轧制钢坯企业，安装了除尘设备，但不常用。环保部门来检查时就开启，检查人员走了就关闭，有时白天生产开启，晚上生产关闭。我们厂这种情况还算好的，有的厂安装了除尘设备，干脆不用，当摆设。原因很简单，就是守法成本太高，从安装设备到开启运行，一年数百万元就没有了；违法排放，一年至多罚款几十万元。守法吃亏，违法合算，大家宁愿选择后者。"据记者了解，我国大中型钢企吨钢环保成本为 100～107 元，小钢厂吨钢成本为 36～44 元，有些甚至为零。

一些村民告诉《中国冶金报》记者，地方政府以牺牲环境为代价，片面追求经济发展，个别环境执法部门行政不作为等，也是小钢厂污染严重的原因之一。同样，一位乡镇领导在接受记者采访时表示，地方政府片面追求 GDP，在项目引进时不重视甚至忽视环境污染的危害性，纵容甚至掩饰、维护企业的高污染状况，从而导致了污染难以被发现、难以被治理。

记者在采访中了解到，唐山市有不足两成资金流稍好的小钢厂正在准备安装环保设备；有两三成的小钢厂持观望态度，等出台政策、市场好转再说；有近一半小钢厂硬扛着，认为国家出台环保政策，不能"一刀切"，总得给一条活路；也有个别小钢厂，资金链快断裂，准备收官改行。

如何迈过环保"生死坎"？

唐山市丰润区一家年产 200 万吨小型钢厂的经济分析师对《中

国冶金报》记者分析，小钢厂一直是高速粗放式发展，以生产建筑钢筋为主，技术含量低，凭借船小好调头、灵活经营、生产成本低的优势，在激烈的市场竞争中存活下来。但在环保重压下，小钢厂面临环保成本、环保技术、资金等多重挑战。

在环保“重拳”下，小钢厂是自动退局？还是加大环保投入？迈过“环保坎”的路在何方？记者在与政府官员、企业、公众等的交流中，概括出以下四点：

一是政府部门必须下定决心治理污染。一方面，地方政府片面追求有“毒”的GDP，任由企业乱排乱放；另一方面，空气、水污染严重侵害了公众生活。治理环境依然是一道难题，如何在生态保护和经济增长之间找到平衡点，就要考验政府部门的决心。

二是政府在对技术、资金较弱的小钢厂提供技术支持的同时，还应进行相应的政策扶持，保证环保资金支持到位，尽量减轻钢厂因环保整顿而带来的成本压力甚至破产风险。

三是小钢厂要应对环保压力，必须积极面对现实，合理地运用国家相关环保政策服务，从资金、减免税、会计制度、金融服务等方面加强自身的调节能力，积极参加配合国家在环保方面的动作。

四是小钢厂之间可以“抱团取暖”，通过重组加强合作，发挥协同效应，优势互补，或投入大中型钢厂旗下，增强抗风险能力。

河北小钢厂面对系列环保“重拳”，要想迈过“生死坎”，必须不超标排污、不恶意排污、不违法排污，监测到位、整改到位、修复到位。相关政府部门应充分运用法律、市场等手段，加强市场协调、整合调配，营造公平的市场竞争环境。

（原载于2013年10月22日《中国冶金报》，记　者　谢吉恒）

野蛮生长的钢铁“丛林”

——河北民营小钢厂环境污染状况调查

阴霾的天空一片灰黄，一眼望不到头的烟囱林立，向天空“吐着”白色、黑色、黄色的烟气，犹如曾经客居伦敦的老舍先生所描绘过的“乌黑的、浑黄的、绛紫的，以致辛辣的、呛人的”伦敦雾。这是《中国冶金报》记者日前在民营小钢厂最为集中的地区——河北唐山丰润区、迁安县所看到的画面。在与出租车司机的闲聊中，记者得知，他家就住在钢厂旁边，灰尘很大。司机的一番话透出了他的无奈：“迁安的小钢厂非常多，粉尘很大，尤其是晚上除尘设施关闭后。”

9月份出台的《河北省大气污染防治行动计划实施方案》明确提出，到2017年，全省钢铁产能削减6000万吨。为了确保目标实现，河北省接连采取了一系列措施，包括要求各设区市、省直管县（市）签订减煤压钢的目标责任状，加大对环境污染企业的排查和整改力度等。但是，河北省的钢铁产能布局分散，环保设施欠缺的小钢厂数量众多，整顿起来任务重、难度大。业内人士透露，此次压钢减排的指标主要落到了国有大中型钢铁企业的“头上”，地方政府对小钢厂多是“睁一只眼闭一只眼”。《中国冶金报》记者调查发现，在近期的环保重压下，虽然有些民营钢铁企业已经开始安装环保设备，但小钢厂长期粗放式发展的局面短期内很难扭转，环保现状更是乱象丛生。

“野蛮生长”的小钢厂不计其数

在实地调查中，《中国冶金报》记者发现，唐山及其周边地区的小钢厂数量达到几百家。这些钢厂规模小，扎根于偏僻的乡村，大多没有被纳入政府统计，也不容易被监管。此外，这些小钢厂对环境监管的“嗅觉”极为灵敏，一有风吹草动就关门，以至于没有人知道唐山地区究竟有多少家钢企存在。

可以说，这些密集的小钢厂正是当地乃至周边地区大气污染、水污染的源头之一。在人口约2000人的丰润区小屯村，一位村民告诉《中国冶金报》记者，在这样的一个小村庄，小钢厂、小锻造厂就有70多家，地下水污染十分严重，工厂外排的粉尘含砷、硫等重金属，不仅落在庄稼上，还进入土壤里，其生长出来的农作物重金属超标。污染加重导致当地的人居环境越来越恶劣。据村民反映：小屯村这两年患癌症的村民越来越多了！同时，污水排放已经严重影响了居民的生活用水，村里的人大部分都是买桶装水喝。过去打井100米就能涌出干净的地下水的情形已经不复存在，现在打到130米深还是污染水。当地人估计，打井深度达到300米，也许水质才能够“勉强”饮用。

在去往唐山市迁安县杨店子镇的路上，《中国冶金报》记者往车外望去，远处的燕山被一层灰雾笼罩，各类钢厂的大烟囱不断冒着烟。混杂着烟尘的空气扑面而至，呛得人咳嗽不止。当天恰好是星期天，知情人士透露，执法人员休息日都不上班，没人检查，工厂都开始肆无忌惮地排污。

当地一位业内人士告诉记者，20世纪90年代末期，河北地区的钢铁工业快速发展，未批先建的小钢厂比比皆是，数量激增。再加上环环相扣、盘根错节的利益关系，最终导致了小钢厂对环境的严重污染。

环保设备坏掉却应声欢呼

《中国冶金报》记者了解到，有些小钢厂只选最廉价的环保设备，原因在于：一是为走走形式，蒙混检查；二是廉价环保设备在运行时很容易出问题，他们也乐见环保设备早些坏掉，这样就没有运行成本。据当地人说，某钢厂高管发现环保设备坏掉后，竟然拍手欢呼。

对于小钢厂来说，高昂的环保成本让其有足够的“动力”拒绝上环保设备。不过，也有一些民营钢企的负责人表示，自己的企业已经“有意识”地开始上马脱硫、脱硝、污水处理等环保设备。一位民营钢企负责人介绍，他的企业目前已上了两套烧结脱硫设备，还在上料口和出料口加装了静电除尘和微动力等除尘设施，并新建了污水处理厂，每天可处理8000立方米污水，改变了大量耗用新水的状况。“烟气脱硫、水污染治理……仅仅环保投入就需要一两个亿，技改就花了六七百万元。”该负责人说。

正因为成本难以承受，一些小钢铁企业几乎没有环保投入，更无需承担环保成本。而大中型钢铁企业因为环保成本高企，利润空间被挤压。这也是市场竞争环境不公平的一个体现。

不过，部分民营钢厂负责人表示，通过上马节能减排项目，企业能够大幅降低成本。唐山新宝泰钢铁公司总工程师杨文忠介绍，他们通过大力发展环保项目，“三废”排放大幅减少，企业利润也有所增加。例如，引进钢渣复合粉生产线以后，该厂将废钢渣变成水泥掺和剂卖给搅拌站，既解决了污染问题，又创造了可观的效益；新建成的污水处理厂日处理能力达到1.2万吨，厂区所有废水都实现了回收处理，实现了“零排放”；高炉煤气全部回收利用，预计到2014年年底，这部分发电量将达到企业用电量的60%，可大幅降低生产成本。“这些环保项目从2007年开始陆续上马，每项投入大概在10亿元左右。”杨文忠说。

虽然一些企业的环保水平已明显提升，但有能力和实力进行环保改造的企业仍屈指可数。在相当长的时期内，小钢厂的排污乱局恐怕仍然难解。

地方政府“睁一只眼闭一只眼”

在今年初以来的“环保风暴”下，地方政府已加大了环保检查的力度。知情人士透露，面对政府环保督查的压力，小屯村的钢企也在进行排污整改，但经常是检查的时候改一下、不检查的时候不改，或者是白天改、晚上不改。村民王明（化名）告诉《中国冶金报》记者：“唐山有很多小钢厂，员工都是临时招聘的，没有正式的劳动合同，没有上保险，可以随时解散。风声紧了，白天就将厂门用庄稼秆掩住，晚上开工。一些员工都是乡里乡亲，大家都不举报，有的员工还是政府官员的亲戚。”

据透露，对于污染情况，当地政府其实心知肚明，但考虑到税收、就业、维稳等因素，以及钢厂和政府之间错综复杂的利益关系，地方政府整治污染的积极性并不高，很多时候是“睁一只眼闭一只眼”。并且，环保设备的上马和后期运营维护需要投入大量资金，钢铁行业利润下滑使得企业做环保面临很大的成本压力。这也是整治环境污染过程中待解的一道难题。

尽管小屯村的污染已经非常严重，当地居民对此也感到很无奈，但仍然愿意去钢厂工作，因为很多小钢厂不给员工上“五险一金”，村民拿到手的薪酬相对较高，而这些也是当地很多家庭的主要收入来源。如果大批关停这些污染严重的企业，不仅当地政府不情愿，当地百姓可能更不情愿。

结束几天的调研采访，记者带着沉重的心情踏上归程。环境污染最终以牺牲可持续发展为代价，环保不达标的钢铁企业必须退出市场，这一点应该旗帜鲜明。然而，小钢厂的环保乱象为何成为难以消除的“顽疾”？其背后隐藏的就业、税收、稳定利益等一系列因素才是问题的根源。并且，一味地将减产减排指标压向大中型钢铁企业，可能给小钢厂进一步腾出了市场空间，令其粗放式生产和污染排放变本加厉。在利用经济、法律手段整治环境污染企业的同时，政府应该如何扮演好自己的角色？这恐怕才是更加值得我们深思的问题。

（原载于2013年10月31日《中国冶金报》，实习记者　夏新宏，
记　者　谢吉恒）

“退意”渐浓

——初探唐山民营小钢厂退出路径

刚刚入冬，晚上 7 点多，灯火通明的半壁店文化中心前人流涌动，马路上的车辆川流不息。这座位于河北省唐山市开平区的村子，曾在 1993 年被河北省委省政府誉为“河北第一村”，成为改革开放后河北农村发展的标杆。只是那座镌刻着这一荣誉的石碑，早已在村子一轮轮的扩建中不见踪影。

然而，不远处，曾给这座村子带来巨额财富与荣耀的唐山众业不锈钢有限公司，也就是原来的半壁店钢铁厂，却告别了以往的喧嚣，往日灯火通明的高炉如今沉默地站在原地。11 月 24 日，河北省政府组织开展了“周日行动”，8 家企业的 10 座高炉、16 座转炉被拆除，这家与改革开放同龄的村办企业也正式关闭。

环保的压力

实际上，此次“周日行动”涉及的钢铁冶炼设备已经在最近几个月先后停产。停产的最大压力来自环保。

今年初以来，环保部开始向社会公告全国 74 个主要城市的空气质量排名。作为全国钢铁重镇，唐山市在这个排行榜中的名次并不光彩。1～10 月份，每个月的“十差”排行榜中都有唐山市。其中，4～9 月份，唐山连续 6 个月高居“三甲”，6 月份和 7 月份则登上了“榜首”。居住在这里的人们似乎都已经忘记，同样的一座城市，曾在 1990 年获得了联合国颁发的“人居荣誉奖”。

在全国对大气污染的重点关注中，河北省和唐山市都感到了巨大的压力。3 月份，环保部华北督查组到河北调查钢铁企业；5 月份，唐山市关停取缔了 199 家严重污染企业及落后装备，8 月底又对第二批污染企业进行关停取缔。实际上，本次“周日行动”涉及的唐山市几家钢铁冶炼企业，都是在上述“环保风暴”中已经确定为要被关闭的企业。

“河北省政府给出的最后期限是今年年底。这些高炉5月份就停下来了，后来又租给其他企业继续生产了几个月。到9月底，租赁这些设备的企业也不再生产，算是真正停产。”唐山众业不锈钢公司的一位前高管告诉《中国冶金报》记者。

在途经开平区的两条主要干道——唐津高速和205国道之间，有一片上百亩的土地，这里就是“周日行动”的主战场——唐山兴业工贸集团有限公司。昔日的傍晚，炫目的灯光伴随着冶炼设备生产发出的声响，还有三三两两结伴走过的工人，让这里成为开平区最热闹的一个路口。但12月4日，当《中国冶金报》记者再次踏上这片土地时，看到的只有一片沉寂。偌大的厂区中仅有10余名员工留守，高炉仍然立在那里，上面的灯光早已熄火。原本繁忙的高炉区入口处如今只剩下一座小平房，微弱的烛光根本照不亮屋外的土地。“炉子5月份就停下来了，现在这里已经断了水电，就留下十几个人看着。”老李告诉《中国冶金报》记者，“上个月炸烟囱那天可热闹了一次，省领导、市领导都来了，从那之后，我们就再也没见过公司领导了。”

5月底，唐山市召开常务会议，讨论了《关于市区9家企业搬迁的实施意见》，其中兴业工贸和众业不锈钢都在这9家企业之列。唐山市政府要求这9家企业严格按时按规实施关闭、搬迁。在此之后，这两家企业都先后停止了高炉和转炉设备生产。“环保风暴”给钢铁冶炼企业带来的压力由此可见一斑。

对此，符合各项环保要求的钢铁企业表示欢迎。正达钢铁是津西钢铁集团旗下一家年产能120万吨的钢铁联合生产企业。该公司的负责人表示：“这次行动显示了省政府通过环保手段化解产能过剩矛盾的坚定信心。我们虽然规模不大，但是早就补齐了环保欠账，先后建设了除尘、脱硫、水处理和自发电设备。这不仅让我们免于被淘汰，今年还创造了几千万元的经济效益。”

不能拆的高炉

除了环保压力，激烈的市场竞争导致经营不善也是这些企业停产的重要原因。

实际上，“周日行动”涉及的唐山市5家钢铁冶炼企业的总资产为43.34亿元，总负债达45.34亿元，其中兴业工贸的资产负债率达到190%，众业不锈钢的资产负债率达到80%以上。高昂的资产负债率显示出这两家企业的日子并不好过。

在“周日行动”之后，不少业内人士质疑此次行动只拆除了部分烧结设备相关的烟囱，对于高炉却没有动作。实际上，这也是高负债引发的问题之一。众业不锈钢的前高管告诉《中国冶金报》记者：“高炉不能拆，前几年已经抵押给银行了，贷款五六亿元。现在，这些高炉只拆除了一些辅助系统，将来怎么处置还得等着政府和银行说了算。”

前些年，由于自有资金难以支持规模扩张的速度，很多钢铁企业都将生产设备抵押给银行，换取资金投入新一轮的建设。“如今，当初抵押的设备已经进入了地方政府的拆除序列，大概率将变成银行的不良资产，最终将由政府和金融系统来买单。”一位钢铁行业咨询专家表示，“换一个角度来看，资产的处置属于退出机制的范畴。目前，钢铁行业还没有完善的退出机制，即便有，这部分损失和代价恐怕也只能由各级政府来承担。”

在政府和银行承担资产损失的同时，部分企业的所有者却早已找好了出路。众业不锈钢的母公司——唐山宝业集团将眼光投向了唐山之外的地区和钢铁以外的行业。他们于2002年买断了陕西汉中钢铁集团，又和首钢合作在乐亭组建了合资钢铁厂和焦化厂。此外，该集团旗下的房地产公司已在唐山市开发了诸多楼盘，并在其他城市也拥有房地产项目。

“这次听说省政府要化解过剩产能，拆掉一批设备，有些已经停产的企业就赶紧报名，指望从政府那儿再拿到一笔拆迁的费用。”众业不锈钢前高管告诉《中国冶金报》记者。

但是，很多此次没有关闭的不合规的企业仍在观望。最终要让这部分产能退出，还是要靠环保和市场两个因素发挥作用。

再就业的员工

数家钢铁企业退出，对社会影响最大的是员工安置问题。《中国冶金报》记者了解到，仅兴业工贸和众业不锈钢两家企业就涉及员工数千名。

老郭在唐山市的一家民营机械制造企业上班，他所在的开平区越河镇税后村正是兴业工贸的所在地。“村里一共有2000多人，大概有1/5在外面打工。”老郭说，“这次兴业工贸关停对我们的影响不是太大，只有几十人回到村里，村委会每个月发给他们几百元补助，但是比在钢厂打工的时候要少得多。很多人回来没待两天就换了个厂子继续打工去了。”而村委会只是一个群众性自治组织。

据知情人士透露，兴业工贸在解散时为工人结清了剩余工资，并许诺未来如果开工，将按照半数工资补偿停产期间的收入。现在看来，企业重新复产已经不太现实，很多员工只能自谋出路。现在，很多到唐山来打工的外来人员已经返回原籍或“换一个地方去闯闯”。而从附近村子里来的员工，一些年富力强、有技术的已经找到了新工作，一些年纪略大、临近退休的员工则成了就业“困难户”。这部分员工大多数由村委会补贴一部分收入。

“现在厂子里每个月发给我1000多元，村委会补给我1000多元，凑在一块能有3000多元。”曾经担任众业不锈钢副总经理、现已80多岁的老赵告诉《中国冶金报》记者，“对于其他员工，村子里大概也就补给几百元。”

对于职工安置问题，河北省相关官员表示，《河北省钢铁产业结构调整方案》中提出，希望国家在就业专项资金和养老保险转移支付资金方面给予支持。该方案目前正在征求相关部门意见。

“目前来看，由于此次退出的企业数量不多，尚未对社会稳定造成较大影响。一般来说，职工安置工作的原则应该是‘先安置、后退出’，在安置政策还未落实的情况下，企业退出后产生的职工就业问题还须引起关注。”一位业内咨询专家表示。

河北省 6000 万吨过剩产能全部淘汰，将产生几十万名失业人员，到时候就没有这么容易消化了。所以，当务之急是建立退出机制。

被遗忘的丰润

从唐山南部的丰润区沿着丰杨线一路向西，会途经十几个村子，每隔几百米就会在一片庄稼地里出现一个建着围墙的院落。透过铁门，可以看到里面的龙门吊和堆在门口的钢材。这些就是丰润区最有名的“小轧钢”。

人们常常用“唐山市有几百家钢铁企业”来形容当地钢铁行业的混乱和分散。实际上，按照河北省政府的统计数据，唐山市拥有生铁或粗钢冶炼能力的钢铁企业一共 58 家，高炉 178 座、设备能力 1.42 亿吨，转炉 178 座、设备能力 1.53 亿吨。其中，同时具备生铁和粗钢生产能力的联合企业只有 48 家。而上面提到的几百家钢铁企业中，大多数都是“小轧钢”。粗略估计，仅在丰润区，这样的轧钢企业就有近 300 家。

但是，这 300 家“小轧钢”却不在此次化解产能过剩的范围之内，仿佛被遗忘了一般，原因是他们没有冶炼能力，不涉及生铁、粗钢的产能压减，同时轧钢工序的污染物排放与冶炼工序相比也是“小巫见大巫”。

“目前的化解产能政策和我们关系不大，此前的‘环保风暴’中，我们感受到的压力也不大。”当地一家主打型钢的龙头企业负责人对《中国冶金报》记者表示，“即便如此，我们也给加热炉配备了脱硫塔，并且保证 24 小时运行，一旦发现设备没有开，就要对这一班的负责人进行处罚。”

虽然政府并没有将化解产能过剩的目标指向“小轧钢”，但仍有一些“小轧钢”已经处于停产状态，厂区里一片安静，门口堆着的钢材已经消失，龙门吊也停止了行动。这些企业停产主要是受到市场不好的影响。一方面，从“环保风暴”之后，唐山本地的钢坯生产受到一定的影响，使这些“小轧钢”的原料供应受到限制，部分企业生产断断续续，难以稳定下来，索性关停了设备；另一方面，部分企业由于经营不善，出现亏损或资不抵债的现象，早已萌生退意。“我们曾经接手过一家这样的‘小轧钢’，表面上看设备不错，管理也比较规范，但深究进去，企业的家底早就被老板的亲戚们掏空了，只剩下个空壳。”上述企业负责人表示。

钢材深加工产业作为唐山市将重点发展的耗钢产业，必将经历一次残酷的调整。只是，在对这些企业的调整中，市场发挥的作用或将更大。

短　评

化解产能过剩亟须配套退出机制

当前，钢铁行业化解产能严重过剩矛盾的工作已经展开。首当其冲的河北省开展的“周日行动”反映出的一些现象值得我们思考。

从整体上看，河北省此次行动遇到的困难和阻力并不是很大，这其中有两个主要原因：

一是所选企业大多数是由于环保问题或经营不善已经停产的企业，自身也有转型的愿望，因此主观意愿上接受了退出。这表明，环保的约束和市场机制发挥作用，是钢铁行业化解产能过剩必不可少的前提。

二是目前小规模的退出还没有积累大量的矛盾，很多深层次的问题并未显现出来，其中最主要的两个问题就是资产如何处置和人员如何安置。解决这两个问题，我们需要建立并完善一套相应的退出机制。

从河北省实际遇到的问题来看，退出机制一方面要解决资产处置和承担损失的问题，比如退出企业的债务如何承担，抵押给银行的资产如何处置，拆除资产的补偿如何发放等；另一方面要解决企业员工的就业安置问题，比如企业和员工之间如何结算，富余劳动力如何转移，失业员工的社保如何转移和接收等。

河北钢铁产业结构调整的成败关系到全国钢铁行业化解产能过剩矛盾能否成功，希望国家有关部门尽快出台建立钢铁行业的退出机制，为化解产能严重过剩矛盾做好社会“托底”工作。

（原载于2013年12月14日《中国冶金报》，记 者 刘 航 谢吉恒，通讯员 张海山）

河北省周日再行动

——压减炼铁产能671万吨，企业呼唤配套政策

2月23日上午，在河北省化解钢铁过剩产能第二次“周日行动”（邯郸）现场——邯郸武安市烘熔钢铁有限公司厂区，几位员工正严阵以待。他们头戴深灰色头盔，身着统一的绿色服装，脚边是工具箱，随时准备应付可能出现的突发状况。在他们的身后，“痛下决心、化解过剩、做强做精、浴火重生”的大红标语十分醒目。切割机已经准备就绪，处于待命状态。

10时，随着武安市委常委、常务副市长杨万春的一声号令，一座420立方米高炉在切割机的轰鸣声中开始被拆除……

据了解，此次武安市要拆除的8座高炉装备，涉及6家企业，都属于正常生产的高炉。为了认真贯彻国务院《关于化解产能严重过剩矛盾的指导意见》和国家、河北省关于大气污染防治工作的重要部署，促进节能减排和产业转型升级，它们提前结束了生产使命。

同一时间的唐山现场，河北省副省长张杰辉正在指挥拆除工作。唐山贝氏体钢铁有限公司35吨转炉被切断电源，切割机将炉体分割拆卸，用吊车和平板车运走。据介绍，今天的主要任务是炉体主体设备和工业机组拆除到位，预计3月5日这座转炉将全部拆除完毕。这座转炉始建于2003年，炼钢产能为52万吨。

在河北省化解钢铁过剩产能第二次“周日行动”中，唐山、邯郸、秦皇岛、邢台、张家口5个设区市要集中拆除15家钢铁企业的16座高炉、3座转炉，压减炼铁产能671万吨、炼钢产能149万吨。此次集中拆除后，河北省年可减少煤炭消耗406万吨，减少二氧化硫排放9700吨、烟粉尘排放7000吨。其中，武安市这8座高炉拆除后，邯郸市共计压减炼铁产能330万吨，年可减少煤炭消耗200万吨，减少二氧化硫排放4752吨、烟粉尘排放3432吨。

这些设备拆除后，相关的补偿政策成为企业最关心的问题。唐

山贝氏体钢铁有限公司负责人表示，债务问题已经成为钢铁产能压减的“拦路虎”，希望政府能帮助企业妥善处理银行债务和民间借贷问题，让职工的就业和社会保险等有着落；呼吁国家尽早出台相应的补偿政策，“压减产能后，企业损失太大了，再加上债务，企业的负担过重”。

邯郸市政府表示，为了调动企业的积极性，在落实好国家、河北省奖励政策的同时，邯郸市也计划安排配套奖励资金，结合钢铁产业的整合重组，支持涉钢县（市、区）调整产业结构，引导钢铁企业向钢材深加工、现代物流、融资贸易、设计研发等生产性服务业和其他非钢产业转型发展，不断推进由钢铁大市向钢铁强市的转型。“谁积极、谁主动，我们就支持谁。”邯郸市市长回建表示。

“通过这两次‘周日行动’，过剩产能重新开工的可能性彻底消除，但也预示着压减产能工作进入‘深水区’，越往后越难。”唐山市相关负责人对《中国冶金报》记者表示。

河北省的钢铁产能最高曾达到 2 亿吨，钢铁业是河北化解过剩产能和污染治理的重点。下一步，河北省将进一步细化方案，严格执行能耗限额、污染物特别排放限值和差别电价水价政策，统筹研究制定配套措施，做好结构调整、职工安置、债务化解等各项工作，确保按期完成国家下达的目标任务，加快推进钢铁产业转型升级和环境质量改善。

邯郸市发展改革委的相关负责人向《中国冶金报》记者表示，目前该市暂时还未对第三批拟拆除的企业设备进行具体的规划。不过，邯郸市政府将以第二次“周日行动”为契机，进一步完善《钢铁产业整合重组及减量调整实施方案》，确保到 2017 年完成压减炼铁产能 1614 万吨、粗钢产能 1204 万吨的任务。

（原载于 2014 年 2 月 25 日《中国冶金报》，
记　者　谢吉恒　郭小燕）

逆境求生路径

——探寻河北民营钢企度“严冬”的自我救赎

7月中旬，《中国冶金报》记者来到河北钢铁重镇唐山、邯郸地区的民营钢企采访。河北钢产量连续12年居全国之首，其中粗钢产量三分之二来自民营钢企。钢铁业进入“寒冬”极寒期，记者与钢企老总、业内人士交流，以其所见所闻，探寻民营钢企在当前产能严重过剩的困难形势下，逆境中求生存的路径。

现正值高温雨季行业淡季，记者一路所见，钢厂并未就需求萎靡做出反应。给记者留下三点深刻印象是：一是钢产量一直居高不下，两地高炉开工率依然保持在95%以上，未见丝毫减产迹象；二是民营钢企盈利空间比国有钢企好得多，自4月份起盈利渐好，河北第一民营钢企津西钢铁、武安新金钢铁等一批中型民营钢企上半年盈利超亿元，有九成以上的小钢企盈利；三是民营钢企运营渐趋正常，资金紧张有所缓和，少见钢厂裁员、放假、欠薪。

在钢铁业漫长“寒冬期”缘何能出现这一波暖流呢？据唐山业内分析师介绍，目前钢厂生产1吨螺纹钢的利润在50～100元、热轧卷板100～200元，有一定盈利空间，民营钢企盈利更高些。其原因，一方面，民营钢企没有历史负担，前期财务费用低，负债率低，80%的民营钢企负债率一般维持在50%～60%，运营成本也相对要低；另一方面，在产能严重过剩和国内经济增速放缓的大背景下，钢企得以扭亏，与近期铁矿石遭遇“滑铁卢”，铁矿石价格持续下跌，成本下移，铁矿石市场由卖方市场转向买方市场息息相关。有数据显示，以铁矿石、螺纹钢为例，铁矿石价格下跌近三成，螺纹钢价格下跌一成，铁矿石价格跌幅大于钢材跌幅近三倍，这是钢厂盈利加大的主因。新金钢铁公司办公室武主任说，武安地区民营钢企普遍将低、高品位矿石合理搭配使用，并强化管理，使盈利空间大幅增加，催生中小钢企的复产。

分析师指出，近两周钢价出现反弹，或因前期钢价跌幅过大所致，缺乏需求基本面支撑，面临库存、产量双高，后市钢价仍承受较大压力，难改弱势调整的格局。再说，铁矿石价格走势不会一直向下，近来有所上调，钢企盈利利空逐渐显现，钢厂产量、库存增加，催生价格下滑。

采访中，专家向记者坦言，我国钢铁业已迈入大国行列，快速发展中存在产能过剩、行业利润率低下、资源对外依存度高、核心竞争力不强等问题，加之，过度竞争，需求疲软，盈利能力大幅下降，钢铁企业生产经营遇到很大困难，促使钢铁行业必须适应新形势，加快产业调整步伐，探寻在逆境中求生存谋发展的路径。

国家已出台压减过剩产能的组合拳，严控新产能，加强环保监管、促进兼并重组，提高行业集中度等，河北民营钢企如何走出逆境谋发展？业内人士普遍认为，应采取多措并举，多方面发力，才能实现全行业的回暖，实现全行业的真正扭亏。

路径一，多元经营，发展非钢产业。专家认为，在钢铁业产能严重过剩的情况下，民营钢企转型，多元发展是缓解钢企经营压力的一条捷径。“拓展非钢业务，谁选对了时机和市场，走在前面，谁就拥有市场和未来。”津西钢铁销售公司副经理赵一臣如是说。记者来到唐山津西钢铁集团采访，看到津西人以钢为基，多元发展，钢铁、装备制造、节能环保、金融租赁、国际贸易、文化产业等八大板块齐头并进，实现从一元走向多元的快速转型。到“十二五”末津西集团销售收入将达到1000亿元，非钢收入占50%，目标挺进中国企业500强前100位，发展成为多元化、多领域的特大型跨国公司。近年来，津西钢铁实力不断壮大，拥有境内外控股公司30余家，总资产超350亿元，年产钢能力1100万吨，连续11年跻身中国企业500强特大型企业集团和香港上市公司。

河北南有武安、北有迁安，民营钢企扎堆。钢铁业陷入产能严重过剩困境，他们如何求生呢？“消解产能过剩的压力，还得靠企业和市场自身解决”成为钢企老板共同的心声。记者在迁安看到思文科德集团靓丽转型，它的前身是一家年产40万吨窄带钢、20万吨焊管“大路货”的小钢厂。2010年投资42亿元，从国外引进最先进技术，建设镀锡板和八色印铁项目，通过与外国专家和宝钢等合作，完成技术和产品的研发。他们不仅满足原材料加工，还在产品深加工上下工夫，国内镀锡板厚度很少有0.15毫米，他们生产轧制的镀锡板最薄达0.12毫米，通过在冷轧薄板上印刷图文，获得饮料罐、奶粉罐等食品级印铁上的技术优势，满负荷生产，成为全国唯一的八色印铁生产基地。

同是在迁安的金丰钢铁厂有128立方米和450立方米两座高炉，2008年金融危机到来，钢铁行业的形势急转直下，产能过剩，环保形势严峻，当时迁安拆除的第一座128立方米高炉就是金丰钢厂的，老板觉得高能耗、高污染的资源型发展之路行不通。与其坐以待毙，不如另辟蹊径，改行！把产业转向生物制药。投资近5亿元，跨界新行业，靠定力、更靠懂行的"智慧"，苦心打造出跨界生物制药的核心产品，采用自主研发生产的基因重组抗原，填补省内空白。思义科德集团成为省内体外诊断行业的领军企业，实现了由钢铁初级产品到高新技术产业的成功转型。

记者在河北另一个钢铁重镇武安看到不少民营钢企老板放弃钢铁业"转行"，立足得天独厚的资源优势，突出特色，资本大挪移"老兵新传"，进军发展朝阳产业——旅游业……

路径二，兼并重组，探索实用模式。为了控制钢企规模扩张和产能释放，化解钢铁行业长期严重产能过剩的矛盾，河北各级政府多年来一直鼓励钢铁企业间兼并重组，提高钢铁产业的集中度。曾被钢铁行业寄予厚望，盼其为跨所有制重组探索出一条新路的"渐进式股权融合"模式，12家民营钢企退出河钢，"触礁搁浅"。记者来到武安采访，所谈话题最多的是普阳钢铁、新金钢铁和兴华钢铁三家武安中型民营钢企经协商决定，共同成立普金华集团（燕赵集团），欲形成河北南部最大的钢铁集团。

业内人士介绍，在钢铁业危机之下，不甘于被淘汰的中小型民营钢企纷纷寻求出路，兼并重组成为选择之一。近年来河北民营钢企并购步履维艰，民营钢企重组合并，没有停止过，只是每次重组的兼并方式和主角不同。早在三家民营钢企重组之前，武安另两家民营钢企就已经尝试主动整合，河北文丰集团和金鼎重工股份有限公司，签署整合重组协议，共同组建“冀南钢铁有限公司”，其中文丰占股 51%，金鼎占股 49%。

这三家民营钢企重组的背景是，按《武安市钢铁产业减量调整方案》在 2017 年前，武安 18 家钢铁企业将整合重组为 3～5 家钢铁集团；此前工信部公布的钢铁行业规范条件名单中，武安入围的只有 4 家；面对不断加大的政策压力，在困境中民营钢企之间自主整合带来一丝暖意。

新金钢铁副总经理贾金生告诉记者，三家民营钢企重组后是摒弃“拉郎配”，自主抱团求生，重组将形成规模优势，减少相互间的竞争，取长补短，银行贷款获得更大支持。三家民营钢企重组只是起步阶段，还没有注册，有信心探索成功重组新模式，取得实质性进展，一切在努力探索中……

路径三，优势钢企转移国外建厂。记者在唐山采访与民营钢企老板交流时，谈到唐山作为河北钢铁重镇，钢铁产能占到河北钢铁总产能的半壁江山，民营钢企有技术、设备两大优势，近几年经过改造和发展有了显著进步，与国际先进水平的差距不断缩小，全省重点民营钢企吨钢综合能耗、吨钢可比能耗指标接近国内先进水平，转炉实现负能炼钢，唐山已有数家民营钢企到国外开矿、到发展中国家建炼铁厂。据了解，唐山钢铁业矿石原料 50% 以上来自国外进口，如果将钢铁业转移到产矿国，将会使原料成本至少下降 20%，大大提高钢铁业在国际市场的竞争力，使唐山民营钢铁业向国外转移成为可能。

根据河北省压钢方案，唐山 2017 年要完成净压炼铁产能 2800 万吨，粗钢铁产能 4000 万吨，压下产能涉及的设备、技术及人员向国外转移是最佳出路。业内人士呼吁对具有产能过剩优势的民营钢企向国外转移工作给予重点关注和大力支持。研究制定向国外转移的财政、金融、税收等扶持政策和加强对走出去人才的培训工作。

路径四，用户导向，提升服务质量。唐山丰润区宏润实业有限公司是一家生产型材的厂家。该公司张经理说：“过去钢企经营工作大多是以市场为导向或以品种为导向，以我厂为例，其核心是抓住市场需求量较大、缺货的小规格角钢，占领市场份额，本质是没有离开强调‘量’的概念。最近两年，我厂以用户为导向，为用户研发系列小规格 H 型钢，我们从产品阶段开始介入，且在产品研发、生产、使用过程中，始终对用户进行跟踪服务，提供完整解决方案。在产销中，与国内知名生产大规格 H 型钢厂家建立常态的产业联盟。品种结构和资源供给具有明显优势，在行业站稳了脚跟，产品不仅畅销国内，还出口到东南亚一些国家，截至 6 月底统计，外贸效益成倍增长，总体形势产销两旺，在市场拥有较高的占有率，在给用户创造价值的同时，实现自己的价值。”

路径五，对标挖潜，降成本增效益。为增加抵御钢铁“寒冬”的能力，河北民营钢企普遍开展降本增效活动。小钢企到大钢企、民营钢企到河北钢铁国有钢企、到跨省区同类钢企取经学习，记者在津西钢铁见到武安明芳钢铁前来对标，又听说津西钢铁集团由总经理带队到山东莱钢、日钢等钢企学习，企业间穿梭来往，相互对标，逼迫钢企下大力气降本增效。以对标挖潜为重点强化企业内部管理，在生产经营各个环节向管理要效益。

路径六，门槛提高，准入退出机制。河北民营钢企背负产能过剩的包袱，来自政策层面的硬性举措已发力。记者了解到，河北进一步发挥价格、财税、金融、土地、贸易、生产许可的政策和规范准入的联动作用，促使不符合准入要求的企业退出市场。通过执行对钢铁行业公平税负政策，支持差别化电价、惩罚性电价、水价。推动能耗水耗电耗达不到标准的产能退出市场。如邢台市政府近日下发通知，对钢铁等五大行业污染企业亮红牌，9 月底不达标一律关停。鼓励治理进度快的企业早建成，早达标，早验收；督促进度慢的企业加快进度，确保按期完成治理任务；对迟迟不动的企业采取最严格措施，公开曝光，直至关停。民营钢企普遍反映，银行加大了对过剩行业的贷款控制，收紧对钢企的贷款，有的减少到 10% 以上；地方政府对钢企从扶持转为限制。由于市场、环保、化解过剩产能等方面的压力，已有不具备竞争力的钢企考虑关停、退出。

（谢吉恒）

唐山钢铁物流业发展驶入快车道

2014 年，作为《全国物流园区发展规划》中确定的全国一级布局城市，河北省唐山市将进一步发展物流产业，加快物流园建设。日前，《中国冶金报》记者来到唐山市天明、和平、佳源等钢铁物流园区采访，探访唐山市钢铁物流业如何立足竞争优势，加快发展变革，弥补存在差距，增强发展后劲。

唐山发展钢铁物流业有优势

唐山市发展钢铁物流业有三大优势：一是区域优势。唐山市位于沿海地区，又是钢铁重镇，矿产资源品种多、储量大、质地优良，被评为全国三大铁矿区之一。二是产业优势。唐山市钢铁产能占河北省钢铁产能的 50% 左右，约占全国钢铁产能的 1/10，在唐山市，不仅有河北钢铁集团唐钢这样的大型国有钢企，还有国丰、津西、建龙等一批民营钢企，巨大的钢铁产能为唐山钢铁物流业迅猛发展提供了得天独厚的优势。三是交通区位优势。唐山市交通四通八达，唐山港京唐港区已与国内外 130 多个港口实现通航，跻身全国港口 10 强。唐山港曹妃甸港区年吞吐量已达到 3 亿吨。在唐山地区，已初步形成以海港、空港和城区为中心，以铁路、公路干线为骨干，与京津和周边省、市交通全面对接的海陆空现代化立体交通体系，交通优势明显。

钢铁物流业将成为产业结构调整的抓手

唐山市把物流行业作为战略主导产业去推动和培育。据唐山市工信局有关工作人员介绍，2011 年唐山市物流行业已成为该市仅次于钢铁制造业的第二大产业。全市物流增加值占河北省物流增加值的三成多，占全市服务业的比重接近四成。

钢铁物流在大宗物流中占核心地位，物流产业对钢铁行业有非常大的拉动和推升作用。钢铁物流业也被看做是唐山地区调整优化产业结构、促进生产方式转换的重要抓手和推手。据了解，钢铁物流园区是唐山市占地面积最大、投资最多的行业。近几年唐山市钢铁物流产业发展迅速，重点建设了10家省级物流产业聚集区，占河北省的1/3强。截至2013年底，唐山市10个省级物流聚集区已有入园企业819家，浙江物产、中铁润驰等重大项目255个，累计完成投资127.24亿元，实现营业收入294.25亿元。

用信息化提升物流水平

唐山市还把物流信息化建设作为实现物流业现代化的重要抓手，积极推广应用立体数字仓库、物品托盘、GPS定位等先进物流技术手段，推进传统物流业加快向现代化物流业转型。如佳源钢铁电子交易平台被列为国家信息化试点；开滦国际物流曹妃甸动力煤储配基地填补了国家煤炭产业链空白；迁安北方钢铁物流产业聚集区2010年被河北省认定为首批省级物流产业聚集区，2012年被评为中国物流实验基地，2013年被中国物流采购联合会命名为中国物流示范基地。目前，唐山市拥有A级以上物流企业7家，其中有5A级物流企业两家。

《中国冶金报》记者在走访唐山北方钢铁物流园聚集区时，看到许多传统的钢材市场正在向现代化钢铁物流企业转型，为客户提供仓储销售、运输配送、货单融资、对外贸易和行情信息等专业物流服务，企业信息化建设初具规模，许多物流企业开设网上交易平台，正在向电子商务迈进。

物流业发展水平仍待提高

虽然唐山钢铁物流业取得了较快的发展，但与浙江、广东等先进地区的钢铁物流业相比，在系统规划、经营规模、功能服务与管理水平等方面仍相对滞后。

一是缺乏整体规划。目前唐山市钢铁物流产业处于较低层次的运作阶段，各物流园区和物流公司彼此分散经营，各自为政，无序竞争，没有发挥专业分工的优势，在部分钢铁物流园区，企业经营存在着较大盲目性，缺乏明确的战略与定位，不利于钢铁物流业的持续发展。

二是经营规模偏小。唐山市钢铁物流业近年来得到快速发展，但经营规模普遍偏小，呈现出散、小、杂的产业格局，行业集中度较低，缺乏集约化经营优势，使得物流管理成本加大，规模效益较差。

三是服务功能较弱。目前大部分钢铁物流企业以提供仓储、运输、配送、计重、配载等低端服务为主，经营模式单调，物流综合功能较弱，致使装卸搬运作业增加，物流速度降低，物流成本上升。同时，大多数物流公司采取低价竞争模式，相互压价，通过低价竞争获取低端市场。许多物流企业几乎千篇一律，对各类用户提供雷同的服务，无法满足不同客户的个性化需求，企业的增值服务水平较低，盈利模式较为简单。

四是技术装备水平不高。现代物流企业要求具备先进的技术设备与强大的信息化功能。目前，许多钢铁物流企业配备了 GPS、条形码等基础技术设备，但电子自动订货系统（EOS）、射频自动货位处理等先进设备的应用率较低，物流作业各环节自动化、智能化程度有限。

多措并举推进钢铁物流发展

钢铁物流业的发展，对唐山市经济增长起着巨大的支持和带动作用，如何强力推进钢铁物流业的发展进程？该市钢铁物流企业的负责人提出了如下建议：

一是制定规划，合理布局。建议政府部门与行业协会发挥组织、协调与规划职能，制定该市钢铁物流产业发展规划，做到产业合理布局，建立系统化、规范化的钢铁物流产业体系，各物流园区进行战略定位与功能化分，分工协作，实现园区发展的规模化、规范化与集约化，提高专业化分工与协作水平，增强物流园区与物流企业规避风险的能力，避免各自为战，出现重复建设和资源浪费现象，促使钢铁物流业健康快速发展。

二是培育“龙头”企业，壮大经营规模。积极培育和壮大一批经营规模大、竞争力强的大型钢铁物流企业集团，加大对钢铁物流企业的兼并重组力度，扩大规模，减少散、小企业的重复建设。注重发挥龙头企业的示范和带头作用，强化钢铁物流企业的品牌建设，提升品牌的知名度。利用规模经济优势与市场信用优势，引导社会资源向龙头企业汇聚，增强辐射带动力和引领作用。

三是努力向下延伸，提供增值服务。钢铁物流企业要积极努力把服务功能向下游延伸，与终端用户企业建立战略伙伴关系，加强客户关系管理，建立有针对性的加工配送中心，根据下游用户的不同需求提供剪切、冲孔、校平、抛光、铆焊、精细仓储、实时跟踪、技术培训、信息分析、物流方案咨询、融资担保等增值物流服务，拓展和完善钢铁物流的服务功能，降低物流成本，满足不同层次用户的个性化需求，提高企业的盈利能力。

（原载于2014年1月28日《中国冶金报》，记　者　谢吉恒）

严细求精出效益

——中国华冶马万水矿山工程分公司精细化管理纪实

精细化管理就是将管理的关键对象逐一分解、量化为具体的数字、程序、责任，并用制度、标准规范下来，努力实现管理结果的科学高效。

近年来，中国华冶集团马万水矿山工程分公司在通钢板石铁矿工程项目建设中，强力推进标准化、精细化管理模式，通过完善管理制度、优化运行流程、夯实管理基础、强化标准执行和持续提高企业执行力，企业发展质量快速提升，促进了项目健康、快速、良性发展，得到了业主和社会各界的高度好评，收到了较好效果。近日，该公司在东北的两家矿山企业中，又拿到两项工程合同，合同额达4.8亿元。

完善各项管理机制，从基础上夯实“精细化”

马万水矿山工程分公司经理刘东申认为，精细化是一种意识，是一种观念，是一种认真的工作态度，是一种精益求精的文化。为此，该公司加大了各项管理制度建设，先后制定完善和规范了工程技术、工程施工安全质量、合同分包、物资管理、财务会计、人力资源、审计监督等多方面的管理制度，并进一步明确各单位的管理职责及职工岗位职责，形成了一个较为完善、规范的经营责任管理体系，并指导各项目全面制定本项目的特色管理制度。该公司板石项目部完善了《安全质量事故责任追究办法》《项目工作人员管理办法》《施工现场临时用电安全管理细则》《项目部成本管理工作标准》等主要制度，使各项管理工作有据可依，项目管理体系和制度日趋完善，精细化管理基础逐渐夯实。

该公司板石项目部班子成员各司其职，带头执行井下带班等各项规章制度，项目经理主抓全面工作，侧重点在市场开发、经营管理、业主公关和催要工程款，项目总工和副经理除项目分管业务外，分片包点。他们的工作抓得实抓得细，保持和发扬了马万水艰苦奋斗、严细求精的优良传统，促进了项目部持续稳定发展。

强化管理标准化，实现“精细化”管理的过程控制

近年来，该公司板石项目部拿到的后续工程，大都是工期紧、单价低、质量要求高的工程，稍有不慎，就有完不成任务、合同违约和成本亏损的危险。在这种情况下，你不干就会失去业主的信任，丢掉一方市场；干，就必须精打细算，才能保本运营。刘东申认为，要想真正做到管理精细化，主要精力应放在项目微观层面上，实现精细化管理的过程控制，强化责任的落实。为此，该公司板石项目部制订了详细的精细化管理计划，编写了项目部的精细化管理文件，并在各分队和班组强力推行，使制度深入人心。

一是实现项目人员配备标准化，保证重要岗位的人资力量，避免岗位重叠，实现人员管理优质高效。板石项目部主要施工的有18号矿组、上青扩能工程和东风井探矿工程，3个工地相距10多公里，线长，点多面广，管理难度较大，按照项目部组建规定，至少需要两个项目部的人员编制，而板石项目部管理人员仅用了22人，一人多职。二是各管理科室都按精细化管理的职责要求，细化指标分解，做好现场管理标准化。该项目部按照要求，大到井巷巷道掘进施工方案的规划布置，再到各类物资供应、材料消耗等工作，都一一进行了测算；重点突出在巷道掘进、火工品、爆破、出渣、提升等重要环节的标准化管理工作上，并制定具体验收标准，严格考核，奖罚兑现。三是做好过程控制。该项目部重点抓技术管理的基础工作，如测量、技术交底、施工日志等，施工现场严格执行自检、互检和专检的“三检制度”，突出作业工序指导及安全操作规程的检查监

控，并通过凿岩爆破等专项培训加强施工技术培训，以老带新，狠抓技术管理，实现了安全质量管理有序可控目标，工程质量达到质量规范要求。四是做好项目成本管理。在成本管理工作方面，管理制度逐步完善，过程控制得到加强，并推行项目成本预算管理、成本倒推机制，初步形成了成本测算指标科学合理、管理过程监控有序高效，确保了项目收入稳步增长。

加强协作队伍管理，拓展“精细化”管理

矿山施工涵盖竖井、平巷、溜井、天井、斜井、大硐室等方面的专业化作业队伍。为此，该项目部在管理上、技术上由项目部统一负责，项目部在作业层始终保持了70~80人的掘进力量和10多人的维修电、钳工。遇到急、难、险、重工程时，项目部拉上队伍就能顶上去，减少了对协作队伍的依赖性和制约性，实现了精益求精的管理效果。

在协作队伍管理上，该项目部克服以包代管的管理方式，一方面加强分包合同管理，强化监督检查，按合同约定督促，采取措施使协作队伍严格按合同计划实施，积极为协作队伍完善施工方案，加强技术指导和服务；另一方面对协作队伍加强管理，采取施工环节控制，对于其施工进度，每周上报一次工程进度及工程量完成情况，若有与计划出入的地方，立即查找原因，进行整改。对于连续完不成施工计划的，该项目部制定了罚款直至清场的处罚措施，确保协作队伍的施工一直按计划进行，其施工质量与进度也都得到了业主的认可。

修旧利废和小改小革，勤俭节约过紧日子

在中国华冶马万水矿山工程分公司板石项目部，精细化管理还体现在修旧利废和小改小革、勤俭节约过紧日子上。每一项修旧利废和小改小革所带来的效益不一定很大，但若日积月累，其产生的效益也不可低估。

该项目部新进的电机车，起初基本每月得维修一次，后经维修班仔细观察，找出了原因所在，是电机和减速箱部分结构不合理，强度不够，经过加固后，每次维修周期延长到6~7个月，大大提高了设备的使用效率，减少了维修工作量及维修费用。

耙斗式装碴机是项目部主要的生产设备，其耙牙为消耗材料，以前从厂家购买，一副耙牙1900元，正常出碴只能用10天就被磨完需要更换，项目部有6台耙岩机，仅此一项，每年得消耗耙牙费用40万元，能不能用其他材料代替呢？该项目部在这点上开动脑筋，经过几次试验，最后采用购买40毫米锰钢板，用氧气切割成规定尺寸后安装在耙斗上，经试用，使用效果比原厂件还好，每副耙牙成本仅800元，能用30多天，这样一年下来，就能节省30多万元。

耙斗式装岩机的滑轮属易损件，每台每月得更换一个，该项目部以前都从厂家购买，每个需800~900元，且不能重复利用，一年6台装岩机仅滑轮一项就得花费6万元。后来，该项目部就尝试利用边角余料自己加工，每个成本仅需200多元，而且部分滑轮边磨损的还可以重新贴焊上钢板，又相当于一个新滑轮，这样一年就能省4万余元。

随工程进展，支护量逐渐增多，模板需求量加大，主井、副井、回风井、破碎电梯井、采区电梯井等，各井规格都不一样，都得需要模板，总计得需模板约30吨，该项目部原想外委加工，后选择了好多家厂家，最便宜的也得8500元/吨。于是，该项目部专门组织了一个模板加工组，由维修钳工及相关技术人员组成，经综合核算，每吨成本大大下降，保证了工程需要。

（原载于2011年11月5日《中国冶金报》，记　者　侯宪台）

“微利时代”如何生存？

钢贸企业暴利的时代已经终结，在“夹缝”中生存的钢贸商，面对钢价跌宕起伏，利润一再滑坡，如何谋求转型升级，拓展盈利空间？日前，记者就这一与钢贸商生死攸关的命题，与唐山市的多家民营钢贸企业家和业内人士进行深入、广泛的探讨和交流。

抓机遇迎挑战

伴随着我国经济的高速发展和钢产量的快速增长，唐山市成为全国钢铁工业发展最集中的地区和最大的钢铁集散地。借助物流业的发展机遇，一大批中小型钢贸商发展壮大，逐渐成为行业发展的领军者。但随着钢贸业“微利时代”的来临，钢贸商过去那种“稳坐钓鱼台”的日子已经一去不复返了。

那么，“微利时代”到来的原因何在？在座谈交流中，钢贸商感悟到，当前钢铁市场的供需格局和所处的环境发生了根本性的转变。一方面表现为钢铁产能严重过剩，钢材产品由稀缺产品变为过剩资源，由供不应求变为供大于求；另一方面表现为钢铁市场的信息环境发生根本性变化，钢材市场信息传播更为迅速，钢材价格更加透明，使得钢贸商利用时间差和地域差赚取利润越来越困难。除此以外，钢铁市场的流通资本环境也发生了变化，金融资本通过钢材期货介入钢铁流通领域，增加了钢贸商分析和判断市场走势的难度。在日趋激烈的竞争中，钢贸行业已成为风险行业。钢贸业“微利时代”的开启，机遇与挑战并存，意味着深度定制、个性服务时代的到来。在这种环境下，钢贸商要紧紧把握住机遇，及时调整经营思路，增强服务意识，才能在日益激烈的竞争环境中发展壮大。

降低物流成本

钢铁物流成本居高不下，成为钢贸商经营的一大困扰。降低钢铁物流成本，成为时下钢贸企业关注的一个热点。

据专家测算，唐山粗钢产量每年已达5000万~6000万吨，而与之相对应的物流总量要超过3亿吨。造成这么大的物流量，有着诸多方面的原因，其中之一就是钢材产品的跨地区不合理流动。在国内市场上，众多钢材成品经过钢贸商流通到终端用户手中，这中间会出现商家盲目组织资源跨地区流动的现象，直接导致成本增加。还有，同一钢材资源在同一区域市场内，会出现反复倒手后才送到终端用户手中的情况，中间增加了数次物流成本。导致产生这一状况的主要原因，在于我国钢铁行业的现代物流业仍处于小、散、低的落后状态。唐山地区有八成以上的钢贸商年销售钢材量在几万吨到十几万吨，钢铁物流业的集中度低，钢贸企业处于供应链的弱势地位，受钢厂行情波动的影响大，在价格上没有话语权。

业内人士指出，钢贸企业必须锻造自身的钢铁供应链，实现销售订单化、加工配送化、营销技术化。改变钢贸行业的弱势地位，增强话语权，从而实现成功转型。

那么，钢贸业怎样通过转型来降低物流成本呢？在座谈中，记者了解到，首先要在物流体制机制上下工夫，确立差异化服务的发展战略。钢贸企业自发整合，发挥各自的资源、资金、渠道优势，实现差异化竞争和抱团发展的战略。其次，推动钢贸业的并购与重组。通过钢贸企业横向的并购重组扩大市场占有率，通过钢贸企业纵向与钢厂建立资本关系，增强抵御市场风险的能力。再次，钢材贸易商的定位要从贸易商向服务商转变，抓住终端，在供应链上做文章，为客户提供增值服务。特别是在降低成本方面提供服务，向终端用户直供，向深加工领域延伸方向转化，为终端用户提供全方位的服务，在服务中拓展市场，在服务中赢得发展空间。

调整营销方式

随着"微利时代"到来，钢贸企业的盈利越来越微薄。业内人士认为，钢贸企业必须及时调整自身的经营策略，尽快建立新的营销方式。在这方面，唐山的钢贸企业进行了多方面的有益尝试：

第一，改变钢材资源的组织方式。不把眼光完全聚焦在钢厂，采取多元化、多种形式、多渠道落实钢材资源，多向市场收货，从组织钢材资源的源头上防范市场风险。第二，把现货市场、期货市场和电子交易市场紧密结合起来，利用每个市场的优势，最大限度地规避风险，拓展企业的盈利空间。第三，根据终端用户对钢材的需求，开辟新的销售渠道，着力开发新的钢材经营品种，向品种钢要效益。第四，有不到两成的钢贸商把钢材现货贸易作为主业，又兼顾其他业务的开发，搞多元化经营，主业亏损副业补，保证整体盈利。第五，面对动荡起伏的钢材市场，钢贸商把学习和研究宏观经济作为一门必修课，学习相关的经济走势，有助于制定出正确的决策。总之，钢贸商把先进的经营模式与传统的贸易方式相结合，不断增强抗风险能力和持续稳定的盈利能力。通过营销方式的调整，在去年不太乐观的经济环境下，一些钢贸商依然取得了较好的业绩。

（原载于2011年1月29日《中国冶金报》，记　者　谢吉恒）

钢贸商转型要因地制宜

转型是当今钢材流通领域里的一个热门、时尚的话题。记者1月上旬来到河北省唐山和邯郸等地区，与十多家业内资深的钢贸商老总进行深层次的沟通与探讨。贸易商总体感到钢贸企业通过转型谋求发展和新生似乎是一种趋势。不转型，难发展。

转型动力来自信心和政策

据了解，河北省拥有钢贸商6000余家，各种钢材交易市场有数百家，小、散、弱是其基本特征。面对复杂多变的钢市，大多数钢贸商抗风险能力较差，要做大做强钢材生意就必须转型。一方面，转型需要坚定的信心。信心来自市场的基本面。在钢贸商看来，我国的工业化和城市化仍处于发展中期，对钢材产品的需求将保持30年以上，钢贸产业是国家大力支持和着力发展的流通性服务业。此外，发达国家的经济发展表明，在工业化和城市化进程中，人均钢铁消费量应在600～700公斤/年，而目前河北省仅有400公斤/年，因而钢贸业仍有巨大的发展空间。另一方面，政策是支持转型的保证。由于钢贸企业转型升级涉及国家的产业政策布局，因此企业在转型过程中，必须和国家的产业政策保持一致，这是钢贸商实现顺利转型和升级的保证。钢贸商呼吁政府加大对钢贸企业相关政策的扶持力度，制定规范钢贸企业发展的相关规定，使得钢贸商在转型过程中能够得到更有力的支持。

转型必须遵循的原则

河北省十分重视钢铁物流的发展，依托钢铁工业的坚实基础，做好钢铁服务业是转变钢铁工业由大变强的关键。回顾河北省钢铁物流业十多年来的发展，钢贸商靠拼搏的精神，走过苦乐参半之路。

面对市场多样化、信息化、金融化、资本化的发展趋势，首先应实现钢铁贸易资源的联合。各地钢贸商以钢材市场、钢材物流中心为基础做到了产业聚集，开始自发地调整与转型。其次，在服务创新、提质升级方面已迈出了扩大加工、电子商务和钢贸金融的可喜步伐，但在规模、水平和服务质量上的差距还很大，在创新经营模式方面仍处于起步阶段。此外，在钢材贸易资本运作、金融化等方面的深入研究还在进行当中。那么，钢贸商应该如何转型？从钢贸商在转型模式的思考中，概括起来有两条原则：其一，时下钢贸商都觉得钢材生意难做，这表明转型刻不容缓，但不能急于求成，要结合企业的自身特点，切忌贸然盲动或一哄而上，都去搞钢材市场、上剪切加工线等简单的复制和重复建设。其二，转型不仅要量力而行，更要顺势而为，要找准企业转型的定位和方向，并在转型之后努力提高经营管理水平。

转型模式要因地制宜

在转型的模式选择上，“产业链延伸”“跨界投资”“资本运作”这三条转型之路，是钢贸商需要严肃认真面对的选择。谈起这三条转型之路，可谓条条不轻松，尤其是后两条，更是充满凶险。“跨界投资”是钢贸企业利用自己资金的优势，走多元化道路，实现跨界经营。就河北省而言，钢贸企业跨界投资的主要方向是房地产、餐饮娱乐业和制造业等。俗话说“隔行如隔山”，跨界投资相当于在一个新的领域里另起炉灶，可谓十分艰难。而“资本运作”本身意味着高知识含量、高风险，许多钢贸商面对资本市场一知半解，投身其中的风险不言而喻。相比较来说，大多数钢贸商认为“产业链延伸”这条转型之路是最稳健、最可靠的。不少钢贸商从事钢材贸易十多年，与钢贸业结了缘，在转型模式的选择上，更愿意去选择自己熟悉的行业。

在与钢贸商的探讨中，大家一致认为，在“十二五”开局之年，转型模式的选择要因地制宜。具体来说，要牢牢把握住四个方面：

第一，把转型压力变为动力。钢贸业转型因地制宜最基本的一条就是建立全新的经营模式，实现营销模式的转型和提升，向终端用户直供、深加工领域延伸方向转化，为终端用户提供全方位的服务，在服务中拓展市场，在服务中赢得生存和发展空间。

第二，在产业聚集的基础上，根据品种互补、渠道互补、资源互补的原则，或相互参股入股，或实行连锁经营，走集团化、规模化、专业化经营道路。钢贸商有信心联合起来，向温州学习，用1～2年的时间打造出年销量1000万吨的龙头企业。

第三，钢材生意虽难做，但办法总比困难多。有八成以上的钢贸商认为，核心还是要把钢材生意做深、做精、做透。

第四，钢贸商信息化、金融化是业务创新的主题。钢贸商一致认为要认真学习相关期货贸易、物流、金融等方面的知识，并将其引入服务内容。

（原载于2011年1月15日《中国冶金报》，记 者 谢古恒）

唐山钢贸商创新服务四大看点

目前，钢贸行业已逐渐进入成熟期发展过程中，其间，钢贸企业同质化竞争日益严重，盈利从暴利转向微利，服务形式从传统的单一贸易型向服务型转变。近日，记者来到唐山钢材市场采访，就钢贸商经营模式面临着市场竞争加剧、在大钢厂和大户的夹缝中求生存等多种挑战和考验、经营模式为何要向服务型转变及如何转变的话题，与10多名业内人士和专家进行了深层次的交流与探讨，并达成共识。

河北省目前有钢贸商6000余家，其中，年销售量超过100万吨的寥寥无几，绝大多数都是中小钢贸商，经营规模在几万吨到几十万吨。规模小、产业集中度低、经营模式单一、抗风险能力弱，是目前钢贸企业的通病，许多钢贸商在钢厂和下游客户的夹缝中苦苦挣扎，利润空间越来越小。

“十二五”开局之年，对钢贸商而言，最热门的话题就是转型升级，唐山的钢贸商为什么要向服务型企业转变？记者从调查采访中了解到钢贸商的心声，在他们看来，传统的钢贸企业盈利模式以价格为向导，利用低进高出赚取价差。这种盈利模式在钢价涨跌交替的市场条件下，钢贸商尚可生存。大多数钢贸商以这种简单的贸易形式为主，但上下游企业没有给其留下多大的利润空间。近年来，钢厂出厂价格与交易价格经常“倒挂”，钢贸商的利润空间受到挤压，当钢材市场供过于求时，价格大幅波动，钢贸商便失去了生产的环境，陷入困境。因此钢贸商亟须从原来的以价格为导向转型为以服务为导向，由传统的钢贸企业向现代化生产型服务转型，将自己整合到钢铁产品的供应链中，为用户提供增值服务，以适应中国服务经济的发展。在采访中给记者留下最深刻印象的是，钢贸商在创新服务中，都追求效益最大化，实施灵活、务实的做法，在服务上下工夫，继承传统营销模式，强化服务意识。在创新服务上已出现四大看点。

看点一 看准产品，放心服务

优化钢材种类，钢贸商一方面特别重视首选大型国有企业生产的著名品牌产品，或者是受到下游终端用户青睐的钢材；另一方面，根据用户的要求提供适销对路的钢材，拓展市场占有率。比如，国家重点工程曹妃甸工业区建设、唐山市重大市政建设工程对螺纹钢和线材提出更高的要求，钢贸商在采购钢材时，对钢材的产地、品牌、质量等十分重视，普遍从大型钢厂采购著名品牌产品，增加用户的认知度，坚决杜绝销售伪劣、假冒产品，为用户提供放心使用、货真价实的产品服务。

看点二 选准定位，分类服务

钢贸商根据自身特点，转变营销思路，他们坚持一个理念，只有适合自己的才是最好的，选准定位，不盲目跟风。钢贸企业是资金密集型企业，绝大多数都是中小型企业，众多钢贸商结合自己的资金、人力等因素，从实际出发，找准自己的服务位置。小型钢贸商资金困难，就选择以贸易为主，学会拼缝，拾遗补缺。经营1吨钢材，利润只有30～40元/吨，他们便千方百计扩大销量，以量取胜，加快资金周转率，一般是3～5天一次。对于大多数中型钢贸商来说，遵循自己能做的、自己善做的、自己能做好的原则，为用户提供特色服务，有的搞直销、做库存销售、做工地、做批发、做出口等。大户钢贸商则加快渠道建设，唐山佳源集团做精密加工业务，斥巨资引进瑞士、德国、美国等国的尖端设备，全面实现精密的全数控智能操作，与国内国际500余家优秀企业结成供应链，形成战略合作关系，2010年，佳源集团实现销售收入55亿元。

看点三 瞄准成本，增值服务

钢贸商对客户的服务外延辐射到增值服务上，在为终端用户提升价值服务过程中，也提高自身的盈利水平。例如，一些钢贸公司建立钢材加工、配送中心和物流基地，通过钢材的加工、配送和仓储运输等，千方百计地降低客户的采购成本和运输成本。一些中型钢贸商通过钢材的初加工、配送和仓储，提高了钢材的利用率，让客户得到实实在在的效益，从而与钢贸商建立更加牢固、稳定的合作关系，巩固了老用户，发展了新用户。钢贸商在增值服务中，也提高了自身经济效益，树立了自己的品牌效应。

看点四　瞅准市场，综合服务

把现货市场、期货市场和电子交易市场紧密结合起来，利用每个市场的优势，套保增值，最大限度地规避风险，提高企业的经济效应。至今已有众多钢贸商在面对动荡起伏的钢材市场时，自觉地把学习和研究宏观经济作为一门必修课，学习相关的经济政策，了解国内外经济走势，有助于制定正确的决策，提高为客户提供差异化服务的综合能力；为终端用户提供全方位的服务，有助于推动钢贸业的并购与重组。唐山市通过钢贸企业的横向并购重组，扩大了市场占有率，通过钢贸企业纵向与钢厂建立资本关系，增强了抵御市场风险的能力。钢贸商通过创新服务，今年前 4 个月一大批钢贸商在不太乐观的经济环境下，取得比去年同期较好的业绩。

（原载于 2011 年 6 月 4 日《中国冶金报》，记　者　谢吉恒）

钢贸企业须进一步重视品牌营销

当今社会，市场竞争的实质就是品牌竞争。然而在钢贸行业，始终普遍存在着钢厂产品的品牌作用远大于钢贸商的品牌作用这一问题。3 月下旬，记者就钢贸企业在营销模式上如何打造自身品牌的话题，与唐山、邯郸等地区的 10 多位知名钢贸商进行了广泛的交流探讨。

正确认识品牌营销的作用

唐山是华北地区最大的钢材市场集散地，成熟的钢材市场多达几十家，主要都是通过赚取产品的经销差价这一模式发展起来的。受这种模式的制约，钢贸商在营销上更多的是“靠关系”，而广告宣传在他们眼中则成为了一种多余的开销。这是因为，一方面，在钢贸商看来，“客户关系” 在营销中起到了主导作用，几个固定的大客户就可以支撑起钢贸商的运营，这是产品广告所不能达到的；另一方面，在客户的关系位列第一，其次才是看销售的产品出自哪个厂家、钢贸商的规模实力如何等。

但在交谈中，一些贸易商也清醒地认识到，当钢贸企业需要扩张并达到一定规模时，关系在营销中的作用将逐渐淡化，品牌营销的作用在开发新客户时则会凸显出更多的优势。

为打造品牌铺路的两大缘由

如今，钢贸企业进入“微创时代”，钢材生意的利润空间越来越小。很多钢贸商认为，解决这个问题的关键是要向全方位综合性服务商转型，创新营销模式，为品牌营销铺路。要做到这一点，首先要对钢材市场的发展趋势有深刻的认识，转变思维方式，认清市场变化发展的规律，以理性的眼光调整营销模式。其次，随着市场经济发展的日益完善，钢厂和终端用户的要求都在发生着变化。作为钢材市场上游的钢厂，积极扩大自销和直销比例，自然不会对一些缺乏品牌和信誉的钢贸商产生合作的兴趣。同时，下游终端用户对钢贸商的要求标准也在提高，更多地倾向于选择一些知名度高、有品牌效应、有保障的钢贸商作为合作伙伴，宁可花高价，也要购买优质钢材；加之现代物流业的快速崛起，这些都迫使钢贸商必须调整固有的观念，精心打造自身的品牌，以更好地适应市场需求的变化。

为品牌营销铺路有“三招”

钢贸商们在探讨中指出，钢贸企业要发展到独立品牌阶段还有一段很长的路要走，目前的首要任务是要为打造品牌铺好道路，总体归纳起来有“三招”：

第一，诚信铸就品牌。在钢贸商看来，诚信经营不但可以巩固老客户，还可以留下良好的信誉，为发展新用户打好基础，进而打开市场的一片新天地。2010 年，河北钢贸行业有 5 家企业在全国 100 强钢贸企业榜上占有了一席之位，这全靠“立诚行天下，守信强天下”的理念在背后鼎力支撑。因为他们深知，品牌就是效益。用诚信理念打造品牌，把钢材营销过程作为经营自身品牌的过程。这样不但壮大了实力，还得到了下游终端用户的认可，让他们成为自己的忠诚用户。

第二，牢记在钢贸业流行的一条硬道理：选对产品撑死，选错产品亏死，不选产品等死。对于钢贸商来说，产品的质量如同企业的生命一样重要，所以要选择知名品牌的优质产品进行经营。

第三，为用户提供增值服务。有很多钢贸企业依托电子商务平台，改进企业经营模式，组建集采购、配送、分装、储存、调运、加工和信息服务于一体的钢铁物流配送中心，为下游终端用户提供“一站式”的整体服务，通过提高服务水平和降低成本的方法，与客户实现双赢，并在终端用户心中留下深刻的印象。

最后，钢贸商们一致认为，钢贸行业整体目前尚处于品牌的空白时期，正是为打造品牌铺路的大好时机。早动手就可以早一步抢占商机，在通向创立品牌的道路上更近一步，何乐而不为呢？

（原载于2011年4月9日《中国冶金报》，记　者　谢吉恒）

创新营销策略　寻效益增长点

——唐山钢贸商转型升级开拓市场之路侧记

距年底还有近一周时间，辞旧迎新。《中国冶金报》记者于12月24日下午，来到唐山一些钢材市场采访。以“钢贸商应对钢材市场持续疲软态势，如何调整经营策略和营销模式”为话题与钢贸商进行交流沟通。

记者到丰润钢材大市场已快下午四点钟了，这里聚集着成百家大小钢贸商店铺，市场行情好时，车水马龙，热闹非凡，大户日出货量突破两三百吨，生意很火。眼下买卖颇为冷清，见到不少店铺的门早就上锁了，拉钢材大货车明显减少，员工收拾现场准备下班。一家以经营螺纹钢为主的商家刘经理告诉记者，年前天气转冷，钢材市场淡季效应已经较为明显，需求开始锐减，大户日出货量降到不足四五十吨，当前又到了一年中最后几天，本是钢铁业习惯的最佳“冬储时节”，即使目前钢材价格继续小幅走低，钢材社会库存偏低，也很少听到“冬储”声音。据了解，有七成以上钢贸商干脆不冬储，只有两成左右商家准备冬储。究其原因，记者在与钢贸商交谈中，看到钢贸商心态十分纠结，有难言之苦。

2013年是钢贸商经营很困难的一年。在钢贸商看来，一方面，各大钢厂逐渐扩大钢材直供销售比例，现已达到六至七成，使钢贸商生存空间越来越小，传统的经营模式受到挤压。另一方面，今年钢材价格跌破到20年前的价格，生产成本却是20年前的五至六倍，两年前卖一吨钢材可赚近百元，现在运气好点，能赚几块钱，运气不好的，只能赔本赚吆喝，多数钢贸商感觉到钢材生意越来越难做。唐山路北区钢材市场的一位张经理总结今年钢贸商经营面临的环境有三大突出特点：钢市寒冬比预期要长，格外寒冷；高供给，低需求的局面没有根本改变；对钢市前景看不懂，也看不透，商家即使手中有钱，也不轻易进货，有七成商家保持零库存，观望心态较浓，只能走一步，看一步。

面对钢材市场不温不火的低迷形势，张经理深有感触地说："仅仅局限于老渠道、旧渠道，是行不通的，靠同质化的简单竞争是没有出路的。"时下，钢贸商进入微利时代，钢贸商的盈利空间越来越小，甚至亏本经营。为改变这种困难局面，唐山众多钢贸商选择转型升级，创新营销策略和战术，遏制亏损源，挖掘效益增长点，在降低经营成本上动脑筋，想办法，拓宽营销渠道，从销售困境中突围。

有思路才有出路。对于钢贸商脱困之策，中国冶金报记者走访唐山多位钢贸商和业内人士，概括归纳以下看点：

看点之一：就近设库、快进快出。唐山一些钢贸商采取钢厂内提货、就近设库，优化库存结构的措施，降低物流成本。一方面，这样提货，钢材减少不必要的往返运输，可以节约运输、吊装、仓储等费用。另一方面，对钢贸商来讲是进行自身库存全面优化，达到用户需要什么，库存便有什么，用户何时需要，何时就可提供。钢贸商采取快进快出的供货的营销模式，减少库存占用的资金和库存成本，实现企业效益最大化。

看点之二：从"贸易商"转型为"服务商"。通过调研，科学定位，调整服务半径。将营销市场划分三级市场：以唐山为依托，50~100公里为一级营销市场；200~300公里为二级营销市场；300公里以上为三级营销市场。唐山现有八成以上钢贸商都把自己的用户，锁定在一级营销市场，由于用户集中，距离近，可以降低运输等物流成本；同时，将原来的"库存销售"改为"合同销售"；减少环节，提高服务效率。

看点之三：多渠道进货，让利于用户。记者在采访中看到，大凡是盈利的钢贸商，都是灵活选择多渠道进货，多方采购。根据用户的需求，货比三家，一部分从钢厂进货，大部分从市场买货，选购质优价廉、用户满意放心的优质产品增强市场竞争力，扩大市场份额。迁安万通商贸有限公司把服务做足做透，连续三年钢材销售量翻番，该公司投资3000余万元，建混凝土搅拌站，扩大营销范围，方便周边城镇化建设，增加钢材销售量，取得较好效益。

看点之四：延伸产业链，转型升级。唐山有条件的钢贸企业都在努力开拓下游行业的终端用户，延伸产业链，为用户提供仓储、加工、配送等服务。唐山天时利商贸有限公司是唐钢冷轧板一级代理商，与唐钢只有一路之隔，不足百米，他们充分利用地理优势，因地制宜，将闲置场地为用户提供临时仓库，增添剪切、配送、加工等业务，增加收入，将钢材日销售量提高三成以上。

看点之五：开拓终端，多做工程。唐山一些拥有资金优势的钢贸商为当地信誉好的钢厂、矿山等企业的扩建、检修工程做终端，围绕工程项目建立钢材配套机制，垫资供货，做到货款定期定额结算。迁安佳宇商贸有限公司以抓工程项目为导向，拓展市场；提供优质产品和服务让利于用户，以优质和信誉赢得用户，先供货后付款，一月一结算的付款方式吸引用户，在服务中突出“快”和“效”两字，全天24小时全方位为用户提供产品和服务。以工程拓终端，以终端拓市场，连续三年盈利。2013年在经济不景气，需求萎靡，产能过剩的严峻市场形势下，依然取得盈利，成为迁安钢材市场商户中的佼佼者。观念不变原地转，观念一新天地宽。

（谢吉恒）

品牌维权成违规贴牌钢材的杀手锏

近日，记者走访唐山、石家庄、邯郸等地的一些民营钢厂和钢材市场，以假冒伪劣钢材为议题与民营钢企老总和钢贸商进行讨论。发现目前钢材市场的假冒行为、违规贴牌现象有四个显著特点：一是冒名贴牌钢材者是民营小钢厂假冒唐钢、首钢、邯钢、津西、宣钢等大钢厂；二是钢材假冒现象较普遍，假冒者只要在钢材贴上一个牌子就行，既有贴本地钢厂的牌子，也有贴外地钢厂的牌子，只是根据用户的需要；三是这种假冒贴牌行为是民不举官不究，谁也不愿意多管，是公开的秘密；四是这种假冒贴牌者多是发生钢坯加工企业集中扎堆的地方，各厂家心知肚明，和平共处。

一位不愿意透露姓名的钢材市场业内人士介绍，目前钢材假冒行为主要发生在生产、流通两个领域，一些不法者的惯用伎俩是贴牌假冒、偷梁换柱、掺杂使假、缺斤短两等，两大“损招”更为抢眼。

“损招”一，贴牌假冒。贴牌实是鱼龙混杂的钢材市场常见的“损招”，钢贸商私下购买小钢厂生产的劣质钢材，然后贴上首钢、宣钢、唐钢等大型钢厂的牌子卖给消费者，由于钢材上没有刻着产地、质量、品牌等标志，非专业人士很难辨出其质量的好坏。

“损招”二，“钢筋瘦身”。按国家规定钢筋的冷拉率不宜大于4%，也就是说直径10毫米的钢筋只能拉到9.6毫米，但目前钢材市场上出现的被认为拉细的“瘦身”钢筋的伸长率都超过4%，大多为6%~8%，有的甚至于达到10%，这些加工后的“瘦身”钢筋全部为不合格产品，“瘦身”钢筋流入建筑工地，其危险性是相当大的。

为什么近一个时期钢材假冒行为有所回潮呢？记者通过调查了解到，一方面是钢材市场竞争极为激烈，钢铁行业形势极其低迷，大钢企，尤其是国有钢企价格高于民营小钢企吨价50~80元，假冒有更大的利润空间，受到利益的驱使。另一方面，目前钢材市场上缺失打假机构，还没有针对钢材产品专门进行质量检查的常设机构。同时钢厂打假需要投入很大的成本改进生产线，存有很大的难度。

钢厂、钢贸商认为钢材市场这种假冒品牌现象屡见不鲜，不足为奇。这些假冒钢材一旦流入使用，将会给人们的生命财产安全、国家财产安全带来不可估量的损害，打假势在必行，刻不容缓。

在当前钢材市场假冒回潮屡发之际，受侵权的钢企应如何回击呢？记者走访了河北省唯一获得中国驰名商标单位的津西钢铁和河北省高强钢筋应用推广示范企业河北敬业钢铁集团，他们共同的做法是用品牌维权作为违规贴牌的杀手锏。

津西钢铁生产的“津西牌”H 型钢、热轧钢筋是河北省唯一获得国家“驰名商标”的产品。产品质量稳定，市场信誉好，同时也成了不法企业、经销商的假冒、仿冒的目标。

近年来，津西打击假冒产品的力度加大，制定多项有力措施，对驰名商标进行有效保护，防止受到侵害。

针对企业周边小产业多，易发生商标侵害行为的实际，津西商标管理小组建立由营销人员和特聘的经销商组成的商标使用监督网络，对企业周边的经销单位使用商标情况进行检查，发现问题及时反馈，全力制止各种侵害驰名商标的行为发生。并联合工商行政管理部门，以天津、唐山、廊坊等使用津西商标，销售伪劣产品高发地为重点整治地区，严厉打击违法违规企业，维护津西形象，对驰名商标加强保护，在规范产品标签的同时，增加腹板辊印（防伪标识），为更好地保护驰名商标和提升消费者对津西产品的辨别能力提供保障。

津西从 2012 年至今年 1 月，联合工商行政管理部门在天津、唐山、廊坊等地共查处七起假冒伪劣产品并及时处理，更好地维护消费者利益。

河北敬业集团为了遏制钢材销售商假冒敬业钢材现象出现，在《中国冶金报》加大了产品宣传力度，组成质量监督组，定期到市场巡视，与主要钢材市场、技术质量监督局、工商行政管理局等部门联系，确保为敬业集团“敬业牌”高强钢筋产品销售创造良好环境，为维护敬业品牌信誉度，新增加了二维码防伪标识，减少无端的质量争议，节约了大量售后成本，提供了可靠保证。

（谢吉恒）

石家庄不会忘记

——中国华冶集团承建石家庄太行大街快速路工程纪实

2013年11月10日，石家庄太行大街快速路胜利通车。这条路的建设饱含了中国华冶二公司数百员工的辛勤和汗水，印记了他们奋斗和艰辛的足迹。

科学组织 冬季施工连续奋战

太行大街南延北展工程按城市快速路标准设计建设，双向八车道，设计时速60公里，概算投资27.5亿元。该工程是2010年石家庄市“三年大变样”的20项重点工程之一。工程共分为五个标段，中国华冶中标了这项工程的二、五标段。其中二标段包括：路基、排水、100多米的环城水系桥两座。五标段包括：1160多米的石德大桥引桥+主桥（转体），全长7.5公里，产值3.2亿。

2010年冬天，桥梁、排水、路基全部展开。在三九严寒的日子里，展开了一场轰轰烈烈的施工热潮，排水管道施工、桩基开挖、混凝土灌桩、箱梁预制，在7.5公里的战线上，到处是一片大干场景。用不到三个月的时间完成了85%桥桩打桩灌桩工程，完成排水工程3公里多，每月的产值达3000万左右。创造了石家庄项目部的第一次施工高潮。在此期间，因资金问题，工程于2011年8月停工达17个月。2012年11月项目重新启动后，中国华冶二公司组织精干人马，重新组建了石家庄项目部，以最快的速度使项目迅速复工建设。

2012年11月复工时，正值初冬季节。受寒潮影响，项目部人员经历了河北省近年来最冷的寒冬。职工们克服严寒，主动创造条件，实行三班作业制度，项目经理董宝庆跟班作业，一方面积极推进施工，另一方面平衡复工后的索赔及材料商的欠款，力争搁置争议，化解矛盾，经过艰难努力，项目部很快全面展开了施工。2013 年 5 月，组织开展了“抢工期、保节点”百日劳动竞赛，按照进度、质量、安全、文明施工等要求细化考核指标，按期检查、从严考核，千方百计确保了施工网络节点到位。

战高温，夜以继日奋力拼搏

进入 2013 年七八月份，石家庄气温连续爆出 38 摄氏度甚至 40 摄氏度的高温，烈日炎炎似火烤，阳光照在身上，都有一种烫手的感觉。战斗在石家庄太行大街工地的中国华冶石家庄项目部全体员工顶烈日，战高温，夜以继日地拼搏奋战着……

酷暑和雨季的来临，给施工带来了更严峻的考验，一场大雨过后，路基和排水及基坑施工基本几天不能进行，使施工网络计划受到严重制约。为此，项目部增加施工力量，多点面同时展开。随着高温酷暑天气的到来，大桥施工更加艰难。炎炎烈日下，石德大桥上的温度达四五十摄氏度，工人们脚下钢筋、管架热得烫手，流下的汗滴马上便会蒸发。厚厚的工作服几乎泡在汗水中，强烈的日光使人晕厥。即使是这样，施工也一刻没有停下。中国华冶人在高温下工作的镜头被河北电视台记者记录下来，四工区工长老许对记者说：“为了石家庄人民，为了确保太行大街 8 月底通车，我们的付出是应该的……”

由于太行大街施工平交珠江大道、长江大道、黄河大道，上跨国道 G307 线、石德铁路，不能妨碍汽车、火车通行，给施工带来了极大困难。尤其是 307 国道路宽 80 多米，车流量大，环境复杂，施工中稍有不慎，就会出现各种意想不到的问题。一个焊渣掉到过往的车辆上，都会引来对车主的赔偿。为此，项目部每个路口都设交通疏导员，引导和围护路口的施工安全，克服种种难题，采取各种安全措施确保了每一道工序的安全，安全地高质量地完成所有现浇工程。为保证暑期的安全施工，连续下达安全指令，从防洪防汛、防雷、防暑等方面加强管理。为保证职工安全作业，项目部要求各工区在酷热的天气要避开中午施工，工地上增加防暑饮料，宿舍加强通风降热，切实改善广大一线人员的作业和休息环境。

石德大桥转体 创桥梁建设的奇迹

在石家庄太行大街快速路上，有一座横跨石德铁路和石津干渠的大桥，全长1066米，桥面宽33.5米，桥墩高度10.9米，主桥转体部分长100米、重15200吨，地下埋深45米，重量在全国转体桥排第三位。石德铁路为繁忙的客、货运铁路，每天约有110对列车通过。为保证桥梁施工期间减少对铁路的干扰，桥梁布置为2×60米“T构”现浇箱梁，南侧引桥布置为7×25米先简支后连续小箱梁，起点里程K15+680米，终点里程K15+975米，全长295米，全部投资7200万元。主桥箱梁大体积混凝土浇筑、三向预应力体系张拉、球铰安装、动力转体控制等施工技术含量高，支架搭设、模板安装、预压、钢筋绑扎、混凝土浇筑、张拉等，工艺烦琐，施工过程控制精度要求高，施工工艺复杂，施工难度罕见。尤其是大体积混凝土的现浇，高空现浇混凝土时，安全要求高。支架搭设最高处近30米，大大小小的钢管贝雷架，每一个现浇段最少的几千吨，多的上万吨。石津干渠2013年3月份开始搭设支架，正好赶上水库泄水，水流湍急，工人在极其危险的环境中竖起近30米高的支架，50多厘米的钢管支架排列整齐，链接漂亮，精度准确，巧夺天工。

大吨位桥梁在转体过程中，必须始终确保平稳，稍有不慎就有可能造成大桥整体垮塌。为攻克这一技术难题，项目部和分包队伍密切合作，在工地上夜以继日地工作，反复测算，精心实验，不断优化技术方案，确保了转体成功。按石家庄市政府要求，比原计划提前十四天达到了转体条件。于2013年9月14日凌晨两点十分进行转体，三点零四分转体到位，用时54分钟，比原计划提前6分钟顺利转体成功。

石家庄中冶基础设施投资公司副总经理兼太行大街道路指挥部指挥长王凯军，石家庄市政府、北京铁路局、中国华冶总经理周志军等有关单位的领导前来现场观摩指导，并对转体圆满成功表示祝贺！

中国华冶总承包的石德大桥的成功转体，得到了社会媒体的广泛关注。中国冶金建设协会网、中国铁道网、中冶集团网、中国冶金报等媒体纷纷转载了这一消息，称赞中国华冶创造了河北省最大转体桥梁建设的奇迹。

（原载于 2014 年 6 月《中国冶金》，侯宪台　梁文庸）

科学运营管理的成功探索

——津西集团化运营管理纪实

——依托特色型钢产品，钢铁主业H型钢产销量及出口量连续五年全国第一，拉森钢板桩产品打破国外垄断，热销于全国。

——装备制造板块大方重工成为国家高新技术企业，国家863课题成果CPC（连续复合）高速钢轧辊项目获国家金奖；智能停车设备撬起耗钢新产业。

——绿色钢结构建筑产业板块开局起步，延伸钢铁产业链，未来发展前景广阔。

——节能环保板块发展迅猛，居全国节能服务行业第9名。

——进军高新科技领域，发展国际领先的微电子半导体检测系统……

——在钢铁行业进入“严冬”之际，依靠科学的集团化管控模式，灵活高效运营，利润指标连续两年居全国钢铁行业前列，实现了健康可持续发展，探索出一条具有津西特色的运营管控模式。

津西集团成立于2009年，现拥有境内外控股公司30余家，总资产超过350亿元，年实现销售收入超500亿元，是集钢铁冶炼、装备制造、节能环保、金融租赁、绿色地产、高新科技、国际贸易、文化产业八大板块为一体的特大型企业集团和香港上市公司（中国东方集团控股有限公司，股票代码00581），2013年，居中国企业500强第211位，中国民营企业500强第27位，中国上市公司500强第135位。

一项项业绩、一个个数据，清晰记录了津西集团快速稳健发展的轨迹，准确反映了津西人团结拼搏、永攀高峰的精神，科学地诠释着津西集团化运营铸造的辉煌。

不断探索 打造集团化运营模式

集团化发展是企业发展的必然，顺应企业发展大势，是世界 500 强企业和国内知名企业的通用做法和共同点，是企业迅速做大做强的黄金规律和成功经验。

津西始建于 1986 年，经过多年的艰苦奋斗不断发展壮大，连续 11 年跻身中国企业 500 强。但在快速发展的同时，集团决策层敏锐地意识到，任何行业都不会总是高速发展的，必然要有一定的周期性。果然，在 2008 年以后，低增长、微利润成为了国内钢铁业不得不面对的现状，行业微利时代已经来临；发展非钢产业，形成战略支撑和新的利润增长点成为共识。

面对新形势、新挑战、新拐点，善于在逆境中谋求发展，在商海中抢占先机的董事长韩敬远冷静地分析市场形势和自身优势，借鉴成功经验，从打造"百年津西"的高度，精心谋划集团发展思路。

2009 年 12 月，津西发展史上的又一个重要里程碑，河北津西钢铁集团隆重揭牌成立。

"充分发挥专业化与协作化优势，进行规模化经营；根据市场经济规律，运用先进的科学技术和管理模式，对产品结构和经营领域进行优化组合，不断提高集团在国际国内市场上的竞争力。"津西集团化发展的战略是这样的清晰。

随着集团各大板块的多元化发展，破解"整而不合""名义上集团化实而各自为政"等集团管控模式的难题，真正发挥出集团化运营资源共享、优势互补，达到 1 + 1 > 2 的协同效应，探索出一条适合自己的集团化管控模式成为了重中之重。

津西集团的成立，不是图时髦做表面文章，不是搞空架子，而是实实在在做事，一门心思谋发展。经过对国际国内大企业集团的考察学习，经过深入的调查研究和反复论证，一个具有自身特色的战略管控型模式愈渐清晰、明朗，并在实践中不断地调整和完善。这种战略管控，主要包括管控模式、流程与组织架构、人力资源与企业文化等，成为一个相互影响、相互促进的有机整体。

一是集团统管发展规划、发展目标的制定和调研论证。董事长韩敬远介绍说，津西在集团层面，已由原来的经营管理型向经营研究型转变；在各子公司层面，已由生产管理型向经营管理型转变。集团公司战略目标为：到“十二五”末，津西将以实现销售收入超1000亿元、非钢产业销售收入占集团50%以上、挺进中国企业500强前100位为目标，发展成为多元化、多领域的特大型跨国公司。

二是统管项目调研和大项目建设。如投资100万元以上的基建、技改和设备大修项目由集团组织实施，100万元以下的项目由所属公司负责。集团管项目，主要是抓好规划、调研、论证、实施和验收五个关键环节，对项目投入实行工程、财审、专业部门“三审制”。这种管控模式，对保证工期、质量和资金效益发挥了重要作用。

三是统管各子公司及高管人员的绩效考核与任免。集团对各子公司统一下达经营计划与目标，并根据市场情况不断进行调整；对子公司全体高管人员进行集中整训，并出台高管人员经营业绩和综合表现“双百分制”的考核规定，建立激励和约束机制；定期由监事会对子公司经营层业绩和贯彻执行董事会决策情况及高管人员的德、能、绩、廉表现进行年度考核，发挥了内部监控作用。

四是统管融资投资。集团集中资金，除给子公司适当运营资金外，将资金统一起来进行管理，最大限度地发挥出了资金优势。同时，集团加强与上市公司——中国东方集团的融合、对接，充分利用海外上市公司的有利平台，构建集团独特的发展优势。2010年，在全球成功发售8.5亿美元债券，为集团化快速发展提供充足的资金保障。

五是统管财务监管和风险控制。实行内外“双审制”，内审由财务审计部负责，外审则由国际知名审计事务所负责，进行定期或专项的审计。

六是统一企业文化核心价值理念和标志，推进集团文化的融合与落地，创建“软实力、硬管理、大作为”的文化氛围。以津西艰苦奋斗、团队文化为核心，以打造“百年津西梦”为愿景，整合各子公司企业文化理念，增强了集团的向心力和凝聚力。

“抓大放小”，发展战略性的、层次高的、难度大的由集团统管，各子公司经营层专心于生产经营和管理，专心于产品的开发和技术指标创新，专心于落实经营目标责任制。管控清晰、责权明确、收放适度的战略管控型模式，使津西集团真正达到了高效运营、良性发展。2013 年，集团实现销售收入 508 亿元，利税 12 亿元，利润指标居全国钢铁行业第 12 位。

统分适当 发挥科学管控模式作用

在集团化管控模式中，津西根据行业特点、竞争环境，并没有一成不变地统一固定管控模式，而是随着外界因素的变化不断调整，统分适度，实现了统一性与自主性、规范性与灵活性的有机结合。

——准确地进行集团总部的功能定位，这是集团实施有效管控的关键问题。津西集团总部机构设置非常简单、高效，只有总裁办公室、财务审计部和项目发展部三个部室，职能明确，如集团实施战略领导，包括制定集团战略方向、业务组合、集团愿景和价值观，制定集团的运作标准和流程，培育集团核心竞争力等；资源调配与整合；绩效的考核与评估；为子公司提供服务和支持等。

总部的功能定位之后，总部与子公司间的相互关系和职责分工就明确、理顺了。

——管理层级扁平化，执行效率高。集团建立并坚持实行每月运营例会制度，月份和季度运行状况分析报告制度，层级管理与决策执行制度，外部和内部对标制度，特别是各子公司管理中的重要问题、成本、原材料价格等信息均会由经营层以短信方式发至集团决策层，并得到及时高效处理，克服了“大企业病”的发生。

——平衡和整合资源，集团的规模优势得以充分发挥。为保证集团整体利益的最大化和子公司目标的实现，集团总部主要集中在优化组合、综合平衡、提高集团综合效益上做工作，如平衡各公司间的资源需求，协调关系，处理子公司与集团之间的矛盾等，不断有效地集中人力、物力、财力开拓市场，提高集团在国内外市场的核心竞争力。

——充分发挥集团核心企业的主导作用和功能。作为核心企业的津西股份，是集团的投资中心、财务结算中心、资本经营中心、内部监控中心、文化中心和服务中心，不断完善各种功能，发挥了整体和综合优势。

——有效利用信息技术，提升集团工作效率。集团成立后，随着企业规模扩大，管理幅度增大，层级增多，容易导致管理的低效率，信息传递产生干扰，集团决策层信息失真。为提高集团管理效率，准确了解下情，集团充分利用ERP信息管理系统、电视电话会、手机短信等手段，部署工作、会商解决问题、及时传递信息，有效地规避“大企业病”的发生。

展望未来　多元发展彰显勃勃生机

董事长韩敬远曾在集团成立大会上对集团化的优势做了系统的描述和预期：津西集团的成立必将进一步壮大优势，使企业焕发出新的生机和活力；必将更好地整合资源，规避风险，推进企业持续、快速、健康发展；必将取得结构优化、技术进步、对外合作的新进展，提升企业竞争力。

五年来，津西集团从一元发展走向多元发展的实践证明了这些描述和预期是积极可行的，优势尽然凸显。

——钢铁主业愈益成熟，已成为全国最大、世界一流的型钢生产基地及全国首家“型钢标准研发基地”，“津西”文字商标被认定为“中国驰名商标”。非钢产业竞相兴起，已由“一钢独秀”到“八花争艳”的科学发展转型。

——多元化格局架构起产业间相互依存、相互支撑的发展态势。产业结构上，钢铁业与绿色地产、装备制造、金融租赁、节能环保等产业，形成了相互依存、相互促进、上下衔接、紧密配合的产业链，进一步整合、配置资源。市场角度看，在竞争日趋激烈、跌宕起伏的市场经济条件下，各子公司优势互补的集团格局，并具备众多新的经济增长点，确保了集团长期稳定运行。

未来，津西集团领导并没有陶醉，没有故步自封，而是把集团的发展眼光盯在更远大的目标、更宏伟的蓝图上：“十二五”期间，集团将实现销售收入500亿元，跨入中国企业500强前100位。

——做精做强钢铁主业，以钢板桩项目带动产品升级，壮大型钢产品优势，实现型钢产品高端化、系列化、规模化，提升企业核心竞争力。

——延伸产业链推进企业转型升级。依托全国最大型钢生产基地的优势，大力发展绿色钢结构建筑产业，由钢铁生产商向服务钢铁产业延伸；打造智能停车设备基地，发展立体车库等项目；进军高科技领域……

——充分发挥上市公司的优势。继续发挥其融资平台作用，并利用其拥有的国际化理念、信息和市场优势，挖掘、聚集各种国际资源为我所用。

……

百尺竿头，更进一步。津西集团定能在科学发展的道路上越走越宽广，定能使“百年津西”的愿景变成现实！

（张继军）

优质服务赢得用户“心”

——瀛都公司拓展国际市场的秘诀

春节前夕，英国保尔沃特工程公司（以下简称保尔沃特）的总裁一行两人，来到河北瀛都复合材料公司（以下简称瀛都公司）洽谈订购轻质耐火材料事宜。签订合同的当日，准备返程时，他们听说了这样一个消息：瀛都公司总经理王丕轩的儿子第二天将举行婚宴，遂决定晚走一天，并走进王丕轩的办公室说：“这样的大喜事儿，应该给远道而来的客人说一声呀，让我们捧捧场，表示一下我们的心意呀！”

英国客人如此热情，正是因为瀛都公司的优质产品和贴心服务赢得了他们的心，拉近了彼此的距离。

瀛都公司是连续获科技部“高新技术企业”称号的一家耐材企业。该公司不但在国内冶金等行业享有盛誉，而且在国外市场也占有着一定份额。他们生产的具有世界先进水平的隔热轻质耐火砖，以及轻质浇注料、重质浇注料、预制浇注料等产品出口 20 多个国家和地区。尤其是新近研制成功并形成批量生产能力的填补国内空白、领先世界先进水平的每立方厘米重 0.3 克、0.4 克的 SK 高新技术产品，更是受到了国外市场的青睐，登门求购的客户络绎不绝，呈现出了供不应求的局面。

瀛都公司是如何把国际市场上的生意做得风生水起的呢？日前，王丕轩在接受《中国冶金报》记者采访时指出：“这是公司实施由单纯卖产品向卖优质服务转变的结果。”

高质量产品让用户满意

2013 年，保尔沃特设计承包了欧洲某企业一座 5800 立方米的高炉热风炉。为了确保工程的优质，该公司的工程设计专家、质量监理等人员专程对世界一些知名耐材厂家进行了考察，最终选定了7家有实力的企业，把所需的5种耐材牌号的样品寄到英国实验室进行检测。经过检测对比，瀛都公司的产品脱颖而出。于是，他们决定整个高炉全部采用瀛都公司的耐材产品。

不仅是瀛都公司的优质产品赢得了保尔沃特的“芳心”，他们认真负责的精神更是赢得了客户的信任。在签订供货合同时，保尔沃特要求所需的耐火泥要按照他们的配方生产制造。结果，生产出的耐火泥却并不好用。面对这一情况，瀛都公司按照他们生产的耐火砖特性，推荐使用独家创新的“专用气性耐火泥”。保尔沃特公司接到两种样品后，通过对比试验，最终采用了瀛都配方的耐火泥。创新高品质耐材保证了设计质量，使总包工程广受好评，也为保尔沃特赢得了良好的声誉。

于是，保尔沃特再次登门瀛都公司时，便有了开头的一幕……

急用户之所急的口碑效应

今年元宵节刚过，瀛都公司来了一位陌生的客户——土耳其一家钢厂的供应部经理，前来求购精炼耐火材料。这位经理说，他是通过意大利林肯公司介绍，慕名而来的。

原来，意大利林肯公司是瀛都公司多年的老用户，他们之间的供求合作从小批量到大批量，从单一品种到多个耐材品种，发展日益广泛。不仅是瀛都公司的优质耐材拴牢了他们之间的关系，更主要的是瀛都公司想用户所想、急用户所急的作为时时感动着意大利的这位“上帝”。那是去年夏天，林肯公司发来一封电传，说是急需66吨耐酸炉用“炭砖”，希望瀛都公司一个月内把货发到……当时，瀛都公司这种产品已库存不多，如果按数量发货，就需要加班生产。面对这不在合同内的“额外”购货，瀛都公司没有推托。接到电传后，他们立即组织了员工加班生产，结果很快就把所需产品备齐，并连夜送往港口，发给了林肯公司……

受到感动的林肯公司，不但与瀛都公司的关系更加牢靠，而且还不断把一些用户介绍给瀛都公司。“急用户之所急”的优质服务，使瀛都公司不断拓展国际市场，外贸交易越做越红火。

雄厚技术力量支撑优质服务

瀛都公司在开拓国际市场中，不但把最优质的产品供应给客户，而且还满怀热忱地给客户解决了许多技术难题。王丕轩告诉记者，瀛都公司能够做到这些，除了树立起“用户就是上帝”的理念外，还与他们拥有雄厚的技术力量密不可分。

瀛都公司除自身拥有包括两名享受国务院特殊津贴的耐材专家在内的近百名技术人员外，还与中钢洛耐院等20多所科研企业和院校建立起了长期的技术协作关系，并且是建有博士后科研工作站和院士工作站的单位。他们凭着雄厚的技术力量，不但使轻质耐材、中间包耐材、散状耐材、精炼耐材等产品的质量水平在行业内领先，而且还在服务客户的过程中为他们解决了诸多的难题。

欧洲色马公司与瀛都公司建立了多年的合作关系。去年色马公司为北美一家化工厂设计一套加热炉，由于热工设备在室内，场地空间很小，业主要求炉墙表面温度低于50摄氏度，而色马公司设计的加热炉墙表面温度却达到了67摄氏度。面对这一难题，色马公司犯了愁。于是，他们专门向瀛都公司寻求帮助。瀛都公司的技术人员通过分析研究，找出了症结所在。他们采取调整所需耐材产品材质的办法，降低了所用耐材的热导率，最终设计出了炉墙温度可以控制在48.9摄氏度的优化方案。工程完毕投产后经验收，在室温25摄氏度的情况下，实测炉墙表面温度为43.6摄氏度，色马公司对瀛都公司给出了很高的评价。

正是源自于一颗时刻为用户着想的心，瀛都公司凭借着优质的产品和服务，赢得了越来越多用户的“芳心”。

（原载于2014年2月25日《中国冶金报》，记　者　谢吉恒，
通讯员　许金亭　李　萍）

热轧几字钢梁和箱型钢柱的研究与应用

——顶梁柱研发中心新探索

人物档案：李本道

1957年出生，1974年入伍，1985年获总参科技成果奖，荣立三等功一次；1988年获自动转换广告牌专利；1996年在唐山市新区轧钢厂任厂长，第一个民企开发槽钢产品获得成功并推广；2005年在唐山市鑫远轻钢制品公司任总经理；2010年在唐山市盛达钢铁公司任总经理，主持成功研发了轻型薄壁H型钢系列产品，获得市场广泛认可；2011年主持开发U型钢板桩产品并上市；2013年获Z型钢产品发明专利并上市；2014年参与了热轧几字钢发明专利、热轧平行腿槽钢对焊箱型钢柱发明专利的市场研发与应用等多项工作。

阿基米德说，给我一个支点，我将撬动地球。

一个创新型公司，必须有自己的核心竞争力，那就是不可替代，就是不可复制。它是公司的原点，成长的动力，传世的基因。

随着市场经济的洗礼，行业细分业已完成。寻找新的支点起航，发现新的基因突破，是实现创公司崛起的重中之重。

房地产行业已经并将持续成为中国经济的支柱行业，新兴的钢结构住宅建筑如雨后春笋，符合绿色环保历史潮流，正处于一发不可收之势。我们的焦点是，建筑用的梁和柱，构建全新体系。把持了这个点，就扼住了命门。

一种热轧几字钢梁和平行腿槽钢对焊箱型钢柱两个发明专利应运而生。它将带你进入这个巨大领域任你驰骋。它以产品材料总经销为原点，上游有钢材压延生产，下游有钢结构深加工，房地产设计安装等诸多项目围绕，牵一发而动全身，市场潜力巨大。

一种采用热轧平行腿槽钢对焊箱型钢柱发明专利（简介）

我们知道，方矩管一般在500毫米以下采用冷弯成型，500毫米以上只能采用钢板四角焊接成型。冷弯成型方矩形钢管因在常温条件下加工成型，管材角部与管壁存在不同程度的残余应力与硬化倾向，强度提高而延性下降，也降低了这些部位的焊接性能，而且厚度受到机组设备的限制。500毫米以上方矩管一般是采用四块钢板角焊接成型的，其主要缺陷是：（1）焊接严格；（2）工序繁杂；（3）产量较低；（4）质量不易把控；（5）成本较高。

平行腿槽钢是相对我国目前市场生产与使用的斜腿（内侧斜度8%～17%）槽钢而言的，平行腿槽钢因槽钢两腿内侧与外侧基本平行而得名，我国还没有生产和使用标准。显然现行市场流通的斜腿槽钢是不能满足箱型梁柱的性能要求的。一是斜腿不能满足方矩管四面抗拉强度均匀性的要求，给后期二次加工带来诸多不便。二是现有的规格尺寸远远不能达到大型方矩管的使用要求（我国最大的槽钢尺寸仅为400毫米×102毫米×12.5毫米）。

采用平行腿槽钢的优点及其试行标准

我们采用两个平行腿槽钢对焊成箱型梁柱的方法较好地解决了上述问题，可以说填补了该领域国际国内的产品空白。主要优点是：（1）效率高。采用热轧平行腿槽钢生产大型箱型梁柱至少减少两条焊缝，又是平缝焊接相对角焊容易操作。（2）产量大。尤其是热轧平行腿槽钢相对于冷弯和焊接产量是成倍地增长，适应车间预装和工业化运作。（3）成本低。现有技术无论是冷弯还是焊接，均需要用宽厚板做原材料，直接热轧当然降低了成品成本。（4）质量好。高层建筑结构的受力情况复杂，要求具有安全可靠性高、使用寿命长、抗震性能好等特点。对于高层建筑用钢，除了具备一般工程结构要求钢材具有高强度、高韧性、可成型性和可焊性以外，还要求具有低屈强比、高抗层状撕裂能力和耐火性能等。热轧生产工艺较好地满足了上述要求。（5）外观佳。由于平行腿槽钢对焊成型，四个角是直角，内角是R角，有利于后期装修处理。

下面简要介绍平行腿槽钢的生产方法：

（1）600毫米×300毫米以下规格采用大型轧机运用万能法组织生产。即使用板坯作原料，通过加热炉加热，采用适当的万能工艺技术，进行初轧精轧，冷却矫直，切分打包入库，投放市场。

（2）600毫米×300毫米以上规格采用二辊轧机运用孔型法组织生产。即使用板坯作原料，通过加热炉加热，采用适当的孔型工艺技术，先进行初轧精轧成W形状，再经过整形矫直为平行腿槽钢，然后切分打包入库，投放市场。

我们参照市场既有规格，提出了平行腿槽钢的通用标准和适用范围：方管和矩管的腰宽在350～1200毫米，腿宽在150～600毫米，腰、腿厚度在8～120毫米，材质符合建筑用钢要求，如为Q345C、Q390、Q460等。

平行腿槽钢对焊成箱型梁柱的生产过程及工艺要求

当前箱型梁柱的生产工法已经普及，采用平行腿槽钢对焊生产箱型梁柱，与四块钢板拼接焊成的生产过程和工艺要求是相通的。它在预制辅助件的形状、具体组装程序、焊接道次与位置上有较大改动，业内的专业人员完全可以变通适应。由于涉及多项变动，叙述复杂，下面只就原则简述如下：钢结构制造（即焊接结构生产）是从焊接生产的准备工作开始的，它包括结构的工艺性审查、工艺方案和工艺规程设计、工艺评定、编制工艺文件和质量保证文件、订购原材料和辅助材料、外购和自行设计制造装配-焊接设备和装备；从材料入库真正开始了焊接结构制造工艺过程，包括材料复验入库、备料加工、装配-焊接、焊后热处理、质量检验、成品验收；其中还穿插返修、涂饰和喷漆；最后合格产品入库的全过程。

一种热轧几字钢梁即建筑用钢-混凝土梁发明专利（简介）

几字钢，是随着市场需要和技术进步而研发的一种新型钢铁型材品种，特别是热轧几字钢，它填补了国际国内的市场空白。几字钢，它将在钢构工程领域拥有广泛的应用，如建筑钢构工程，机械设备工程，桥梁钢构工程，船舶工程等，特别是在建筑钢构领域将成为H型钢的有力竞争者。随着市场的不断开发和广泛运用，几字钢将呈现强大的生命力。

热轧几字钢的产品特征和生产方法：将一定长度的钢坯（如Q345）通过加热炉预热，加热，均热达到1200～1330摄氏度左右，依次送入轧机机组进行轧制；通过相应的孔型成型技术精轧成为W形状，经过冷床冷却，（整型矫直机）矫直，最终定型成几字钢；在轧制大中型规格时，运用旨在减小轧辊刻槽深度和宽度，预先将轧件压缩变形的创新热轧工艺思路和方法，它创造性地改变传统精轧一次定型的轧制方式，其根据产品特征，巧妙地最大限度发挥轧机设备效能，解决了目前设备按传统轧制方式不能生产大中型产品规格的难题。本生产方法有效地减小轧辊刻槽深度防止断辊，并且增加轧辊使用寿命节约成本，是一种用小装备做大产品的最佳经济方案；为使得最终产品定型为几字钢，配套另有专业设计的冷弯整型矫直（一体或分体）机，来将压缩变形了的型钢轧件定型为几字钢的方案，与传统的独立矫直机的最大区别是其根据产品特征增加了冷弯装置来承担整型校正功能。整型矫直与压缩变形是两个相反的工艺过程，但它们的变形机理是相同的，一是塑性变形二是弹性变形。“矫枉过正”是矫直操作的基本原理。总的思路是，充分发挥热轧和冷弯生产工艺的各自优势，用热轧解决冷弯解决不了的问题，用冷弯解决热轧解决不了的难题。其核心方法是，压缩变形热轧，冷弯整型矫直。

热轧几字钢在建筑领域的应用

当前，在建筑领域除了钢筋混凝土结构外，H 型钢钢构体系占据主流，一般是楼面混凝土下用 H 型钢做面支撑的单独结构。纯钢构体系由于用钢量大，结构的刚度和稳定性、整体性、防火性及耐久性均广受关注，存在很大的完善和改进空间。将几字钢引入建筑领域，研发了一种钢-混凝土箱型梁，由于箱型梁内设置了若干拉结筋，且箱梁内浇筑混凝土对几字钢的腹板和翼缘板具有约束作用，可以防止腹板和翼缘板的失稳，提高了腹板的受压屈曲承载力，同时延缓了箱型梁内混凝土微裂纹的产生和发展，从而提高了箱型梁内混凝土的抗压强度和压缩变形能力，充分发挥了钢材抗拉性能和混凝土抗压性能好的优势，钢混凝土混合成一体箱型梁后的综合性能远高于两种材料性能的简单叠加。上述钢混凝土箱型梁应用于高层建筑至少还有以下优点：（1）承载力强，延伸性能好，梁的截面积小。相对于纯钢结构梁，它有更大的抗弯刚度，相对于钢筋混凝土，它有更大的延伸性能和更高的强度；与相同性能的 H 型钢相比，用钢量要省。（2）几字钢对混凝土可以起到与箍筋相似的约束作用，能够显著提高结构的抗剪承载力。（3）施工方便快速，节省人工成本。几字钢在施工过程中可兼作梁的模板和楼面的支撑，而无需人工支模和拆模，使得施工简捷快速。（4）提高了混凝土的强度和整体性，抗震性能好。由于箱型梁内的混凝土与楼面一体同时浇筑，比 H 型钢单独仅仅在下部支撑要稳定，不会有震颤感。（5）防火性能好。火灾发生时，楼面及箱型梁内混凝土吸收散发了大量钢温，延缓了钢材的强度性能衰减，加上混凝土本身的强度，赢得了人员逃逸的宝贵时间。（6）有效地增加了建筑物内空间。由于钢混凝土箱型梁性能优化，可减小有效截面积，相对节省了楼板下的支撑占用高度，进而可提高套内空间，同时意味着高层建筑物在同等高度下可容纳更多的楼层等。

（李本道，顶梁柱研发中心）

以自主创新拓发展之路

——河北敬业钢结构发展侧记

钢结构作为一种绿色循环低碳建筑，正在悄然崛起。钢铁行业近年来产能严重过剩，钢厂盈利大幅缩水，对钢铁企业而言，转变观念，进军钢结构产业不失为实现转型发展的一条新路。

河北敬业钢结构有限公司（以下简称敬业钢结构）隶属河北敬业集团，是河北敬业集团审时度势，在钢铁行业顺利发展时就率先在河北民营钢企中积极发展钢结构产业的产物。敬业钢结构以优质产品为推手，促进企业加快发展，仅用一年多时间就崭露头角：2013 年 1 ~ 10 月的产值比去年同期递增 50% 以上，消化钢材 10 万吨，有力地促进了钢铁企业的转型升级。敬业钢结构现已是钢结构专业承包二级资质单位，成为中国建筑钢结构理事会会员单位。

敬业钢结构缘何能在短期内的转型升级中形成了钢材生产、钢结构设计、构件加工制作、构件安装和相关产业链的平稳经营呢？近日，《中国冶金报》记者采访了该公司总经理孙懿，他表示：“钢结构是建筑业的‘朝阳’，是环保产业，因而具有多方面的优越性。”

据他介绍，钢结构是一种节能环保、能循环使用的绿色产品，由于具有强度高、自重轻、抗震性好、工业化程度高、施工周期短、环境污染少和外形美观等综合优点，因而得到国家产业政策的大力支持。面对近年来钢结构产业同质化竞争激烈的形势，他们不求快、不贪大，采取了“稳步经营，逐步扩张”的战略。为实现这个目标，需要紧紧抓住三个要点。

创新转型　服务拓市

首先，敬业钢结构将“坚持科技进步，增强自主创新能力”作为转型升级的立足点。该公司依托敬业集团 1000 万吨钢铁规模的生产平台，发展钢材深加工产业，延伸产业链进行转型升级。

敬业钢结构于2009年投资13亿元建设了年深加工70万吨钢材的生产线，引进了多头多维钻床、钢管多维相贯线切割机、波纹板自动焊接机等具有世界先进水平的钢材深加工设备。企业转型过程中必须加强技术人员的培养和高层次领军人才的引进。该公司引进高级工程师、建造师等各类实用型技术人才40余人，同时，通过项目开发走出去、请进来，到国内多家大型钢结构企业参观学习先进经验，为企业的发展注入了活力。凭借一流的人才、技术和设备，敬业钢结构高起点的一期项目钢结构于2012年2月正式投产。

敬业钢结构把创新营销模式列为创新技术的重要内容之一。根据市场变化和需求，他们把营销模式从销售单一产品调整为销售与服务相结合，满足客户个性化需求并提供一站式服务，集设计、制作、安装、技术服务于一体，想客户之所想，急客户之所急，做到让客户满意就是最高的追求。对于大、小用户，敬业钢结构都做到一视同仁。

《中国冶金报》记者在采访中，听到了“变废板头为定尺板”的故事。在激烈的市场竞争情况下，敬业钢结构致力于节能降耗，打造新的利润增长点。以往，热卷板厂的废板头切割成小块交给炼钢厂回炉炼钢，轧钢才能使用，增加了工序能耗。对此，敬业钢结构与热板厂领导协商如何进行废物利用，技术人员通过反复试验，利用开平机将废板头加工成为1米、1.5米、2米的定尺板，满足了市场对这部分产品的需求。

敬业钢结构以服务赢市场，以诚信拓市场。随着为用户服务的口碑叫响了，该公司承揽工业厂房、办公写字楼、影院和加工配送项目越来越多，用户以石家庄为中心辐射到河北、山西、北京等省市。

找准定位 塑造品牌

其次，敬业钢结构遵循市场规律，找准适合自身发展的着力点。

他们针对钢结构行业的特点和自身实际情况，找准客户群定位。该公司近期的目标是，到2015年，将市场定位于大中型钢结构厂房制作安装、多层及以下钢结构建筑工程、办公楼等制作安装、中小型钢结构桥梁、中型及以下网架结构和非标设备制作等；远期的目标是，从2015年起将市场定位于高层及标志性钢结构建筑、大型体育场馆设施、大中型钢结构桥梁、大中型非标设备及压力容器等的制作安装。

目前，在满足现有客户需求的同时，该公司紧紧跟踪行业的发展方向，做好技术、人才、资源储备，随时抓住时机，满足潜在客户和潜在市场的需求，提前抢占市场。该公司从自己最熟悉、最易见效的冶金行业、轻钢结构项目做起，以做精做出自己的品牌；从易到难，逐步拓展到桥梁、住宅、空间、重型钢结构项目，现已承建数十项厂房、影院、机加工和钢材加工配送等项目。

做专做精　辐射全国

再次，敬业钢结构研究市场变化，做专做精，寻找发展的突破点。

钢结构行业属于新兴行业，大型钢结构企业在石家庄很少，敬业钢结构在本地发展存在很大的空间。一方面，根据钢结构生产运输的特点，他们在营销布局上有所突破，近期重点开发方圆200公里的本土市场，充分发挥本部制作和价格优势，建成自己的根据地；另一方面，他们抓住河北大力发展沿海经济的机遇，占领距石家庄相对位置较好的沧州开发区，借黄骅港的发展之机，发展自身立求有所突破。

敬业钢结构现已在石家庄、沧州分别设立了办事处，进行正常运营，通过优势区域的业务，发展壮大自己，提高知名度。敬业钢结构预定2015年开发出交通便捷、物流业较发达的郑州区域和信息面广与国际接轨的北京区域，并做大业务，设立分厂，通过这些点辐射全国。他们还通过加强基础管理，培养自己的人才队伍，苦练内功有所突破，完善营销模式，加强内外部的学习，吸取各家之长，开拓钢结构的广阔发展空间，以逐步实现从跟随者到挑战者，再到钢结构行业领军者的梦想。

（原载于 2013 年 11 月 30 日《中国冶金报》，记　者　谢吉恒，
通讯员　肖建国）

津西集团热轧钢板桩生产与市场前景探讨

津西集团（河北津西钢铁集团股份有限公司）已连续 5 年实现热轧 H 型钢（工字钢）国内生产量、市场占有率、对外出口量三个第一。2012 年 6 月 27 日，全国钢标准化技术委员会确立并授予津西集团为“型钢标准研发基地”。至此，津西集团名副其实地成为“国内最大、世界一流的型钢生产基地”。

津西集团立足热轧型钢产品，在着眼企业向钢结构产业进军的同时，着力突出型钢产品的升级转型。始终坚持以顾客为关注焦点，为达到持续改进的目标，下大力气引进阿赛乐米塔尔的钢板桩生产技术，结合亚洲区域工程使用规范要求，系列开发轧制具有津西特色的热轧钢板桩产品，初步取得了良好的经济效益和社会效益。

津西集团拉森钢板桩生产研发情况

津西集团已于 2004 年 3 月在香港联交所主板成功上市后，着手启动了年产 200 万吨的热轧大型 H 型钢生产线，阿赛乐 · 米塔尔参与津西股份（中国东方，HK00581）的首要前提是将热轧钢板桩轧制技术转让给津西集团。2010 年津西集团依托东北大学、北京科技大学联合成立型钢研发中心，自主成功轧制出第一条 U400 × 125 拉森钢板桩；通过两年多的研制、消化、吸收国外钢板桩轧制先进技术，通过长期的检测、试桩，于 2013 年 8 月开始投放市场，自 10 月份起开始出口新加坡、越南、马来西亚和中国香港。

津西集团拉森钢板桩优势比较

国际一流的装备奠定了坚实工艺基础

津西集团现服役的三条生产线中，一条大型生产线全线进口引进德马克·梅尔串列式万能轧机，两条中型生产线引进达涅利设备。利用四个月时间予以专业改造，将U型400毫米断面宽度钢板桩全部由中型线生产，宽度500毫米、600毫米的U型钢板桩和直线型钢板桩由大型串列轧机生产。Z型钢板桩由公司正在设备选型的“超厚、超重”生产线承制。

阿赛乐米塔尔轧制技术给予工艺支撑

津西集团为了尽快引进、消化、吸收利用国际一流的钢板桩轧制工艺技术，公司成立了新产品研发中心，依托东北大学国家型钢试验室的技术权威和北京科技大学型钢研发的技术力量，联合成立了型钢研发中心。同时，立足亚洲优势区域，与欧领特钢板桩公司合作，从终端用户需求出发，探讨满足工程订单个性化要求的钢板桩专用专供定轧钢板桩规格。

长流程严谨工艺保证了产品的性能品质

比照国内目前大多数钢板桩生产厂家，只有国企和津西具备了从炼铁到轧制成品“一火成材”的长流程工艺保障，从根本上保障了产品性能与产品可追诉性问题。

标准化工作提升了企业管理水平

自2007年公司被全国钢标准化委员会吸收为会员单位后，每年针对型钢产品国内外发展变化趋势，积极推进企业标准化工作。除了企业自身抓好贯标，取得产品走出国门的市场通行证外，又积极参与国（行）标的制修订工作。修订GB/T 20933《热轧钢板桩》标准时，在GB/T 20933—2007《热轧U型钢板桩》基础上，立足国内外行业发展要求，大量借鉴引入了自身企业生产检测数据，积极参与了修标工作，成为该国标的主要起草单位，在行业内享有了一定的话语权和品牌影响力。

优越的地理区位优势增添了产品竞争力

企业地处华北冀东腹地唐山，具备秦皇岛、唐山港、天津港近距优势，比起日韩厂家供货，至少可缩短交货期 15 ~ 20 天。同时，物流成本明显优于其他企业。

强大的营销渠道托起钢板桩快递通道

国内依托多年稳固的型钢渠道，辐射全国地级城市；国外凭借欧领特钢板桩亚洲分销网络，快速将钢板桩推向市场终端。将津西产品实物品牌与分销渠道品牌效应叠加。

津西集团拉森钢板桩投放市场前的试桩情况

津西集团早在 2010 年就试轧成功了 U400 × 100、U400 × 125、U400 × 150 钢板桩，2013 年又试轧成功 U400 × 170，经过东北大学、北京科技大学型钢实验室多次检测试验，并委托欧领特（上海）钢板桩有限公司利用长达 8 个月时间进行室外模拟工程试桩测试。围绕地质条件（试验场地土层及物理力学参数 N 值曲线）、测量项目（全宽测量、侧弯测量）、压拔桩力估算、压桩力试验结果分析、拔桩力结果分析、沉桩速度分析、反复压拔桩变形量测试、侧弯变形、翘曲变形、锁口张开度等进行系统测试，多次分析、调整检测数值并有效地指导生产轧制，取得了宝贵数据支持。

津西集团拉森钢板桩分销情况

鉴于目前国内工程建设数量与施工工法方式限制要求，考虑到国内消费习惯，确立了以“外贸为主、内贸为辅”的产品分销策略。产品投放市场近半年时间来，本着出口为主的指导思想，津西牌钢板桩已出口到新加坡、马来西亚、越南和中国香港。国内东北地区已用于沈阳物流港 1 号大道排水工程、沈阳地铁，华北太原市小店经济技术开发区九一学校教学楼基础工程（锚杆式支护 U400 × 125 十二米定尺），华东地区南京实验学校教学楼基础工程（H 型钢与钢板桩混合支护，U400 × 170）、福建平潭海峡城，华（中）南路政建设和上海通用汽车（武汉）项目配套基础工程。

国内热轧钢板桩生产状况

国内目前已形成包钢、唐钢、武钢、攀钢等国企参与热轧钢板桩研发试轧，津西集团、瑞马、紫竹民企共同批量生产热轧钢板桩的格局，从而导致进口日本住金、韩国现代钢板桩的数量锐减，大有以产抵进的来头。

国内热轧钢板桩市场前瞻

随着国内厂家热轧钢板桩陆续投产，从而打破了单一依赖进口的局面，不仅大大提高了市场交货速度，而且降低了工程成本。国产热轧钢板桩（尤其是U型桩）广泛用于永久性结构（香港地区全部是热轧钢板桩，而且85%以上均为一次性植入）、河流护岸、港湾码头、挡土墙、抗震加固工程、卸货场、船坞、闸门；同时也应用于临时性结构物断流、临时护岸、建桥围堰、大型管网铺设、沟渠开挖的挡土、挡沙墙；在抗洪抢险方面，也可将其用于我国江河湖海岸线的防洪、防塌方、防塌陷、防流沙与抢险工程。由此可见，我国热轧钢板桩市场需求巨大。在国内多个厂家批量投放市场后，势必将国产热轧钢板桩引向稳步、持续、健康、向上的发展之路。

结束语

津西集团立足“国内最大、世界一流型钢基地”建设目标，充分发挥国家“型钢标准研发基地”龙头作用，在引进、消化世界当今钢板桩先进技术工艺的前提下，致力于国产热轧钢板桩的品种研发与国家标准的制修订工作，彻底改写依赖进口的历史。在服务终端、满足个性化需求的同时，侧重引领大众化工需求，促进行业内热轧钢板桩走向产业化、成熟化。国产热轧钢板桩健康快速发展之路任重而道远。

（赵一臣　赵　洋　徐　斌　韩增虎　孙浩然）

自主创新，打造中国“龙凤山”牌高纯生铁品牌

——河北龙凤山铸业有限公司高纯生铁研制生产应用的成功实践

2013年4月，河北龙凤山铸业有限公司研制生产的高纯生铁荣获中铸协“中国铸造材料金鼎奖”，并被国家工业博物馆作为文物永久性收藏。该公司铸造用高纯生铁还获得了两项国家专利，其中一项发明专利，一项实用新型专利，填补了国家空白，成功替代进口产品。这是该公司近年来实施自主创新战略的新成果和新贡献，其中凝结了技术中心专家团队的心血和奉献。

（一）

高纯生铁是一种钛、锰、硫、磷等杂质元素含量很低，且其他微量元素含量极少的高端铸造专用生铁，产品广泛应用于风电、核电、高速列车、船舶、汽车等行业的高端铸件上。

近几年来，随着我国由铸造大国向铸造强国前进步伐的加速，国内高速列车、核电、风电、汽车、船舶、化工等行业的发展，对优质铸铁件、等温淬火球铁（ADI）件、大断面球铁件及有特殊性能要求的球铁件的需求量日益增大，但我国的铸造生铁普遍存在钛、磷含量偏高和杂质、微量元素超标的问题，符合高端铸件要求的高纯生铁的生产与供应形成了严重的瓶颈制约。国内很多高端铸造企业迫切需要国产高纯生铁，不少业内专家也纷纷发出呼吁：为高端铸造厂生产供应高纯生铁已刻不容缓！

为了改变国内不能生产高纯生铁的现状，早在2009年初，河北龙凤山铸业有限公司就根据市场形势，认为不能再生产大路货，搞同质化竞争，必须将产品向高（高质量、高技术含量、高附加值）、精（产品精细化）、尖（铸造生铁尖端产品）的路子上发展，在中

铸协专家指导下，开始用大力量、下大投资研发生产我国急需的铸造用高纯生铁。现在，已经达到年产 150 万吨的规模，成为一家专产铸造用高纯生铁和优质球墨铸铁用生铁的高新技术企业。公司通过了 ISO9001 质量管理体系、ISO14001 环境管理体系、ISO18001 职业健康安全管理体系和 ISO50001：2011 能源管理体系四体系认证。现有员工 2000 余人，各类专业技术人员 450 余人。建有省企业技术中心，技术中心有 30 多名专家和高工；在技术中心专家团队中，有工程院院士一名，享受国务院津贴的专家四名，教授级专家七名，具有较强的研发能力。2009 年公司被中国铸造协会确定为“全国优质铸造生铁生产基地”企业，2011 年被国家工信部认定为“全国铸造生铁生产企业”，现为中铸协铸造生铁分会副理事长单位；2011 年公司“铸造用高纯生铁研制及规模化生产”项目被评定为“河北省自主创新重大成果项目”；公司产品在 2012 年 2 月被河北省政府评定为“河北省名牌产品”，被国家科技部等四部委评定为“国家重点新产品”；公司 2012 年被评定为“河北省质量效益型先进企业”，2012 年 12 月被评定为“高新技术企业”；2013 年龙凤山“LFS”注册商标被评定为“河北省著名商标”。

（二）

如何选择高纯生铁的生产工艺？河北龙凤山铸业有限公司多次邀请国内高端专家进行论证，专家认为，国外加拿大等国家主要采用矿热炉还原 + 另炉氧化吹炼的方法，但在不使用特殊原料（钒钛磁铁矿）的条件下，不适合采用此工艺。河北龙凤山铸业有限公司另辟蹊径，充分发挥本地优质铁矿资源和 800 立方米高炉适合冶炼高纯生铁的装备优势，采取“精料 + 高炉精炼 + 炉外精处理”的技术路线（简称“三精工艺”），用高炉直接冶炼出高纯生铁。

河北龙凤山铸业有限公司抓住高纯生铁成分控制的关键，根据国内外有关专家的研究资料和进行用户需求调查得出的结论，对高纯生铁化学成分的要求，应包括三个方面：一是控制 C、Si、Ti、Mn、P、S 六个常规元素的含量；二是控制对高端铸件有影响的微量元素的含量及其极限值；三是控制微量元素的含量总和。在以上三个方面中，重点在于常规元素中 Ti、Mn、P、S 四个元素的含量；而最为关键的是控制 Ti、P 两元素的含量。

在2009年研制生产风电用低 Ti、低 P 生铁的基础上，2010年初在铸造专家的指导下，并根据用户需求，制定了 QB/HLFS01—2010《铸造用高纯生铁》企业标准。标准设置了 C05L、C08L、C10L、C12L 四个牌号；对 Ti、Mn、P、S 分别设定了特档和一档；规定了 Cr、V、Mo、Sn、Sb、Pb、Bi、Te、As、B 和 Al 等 11 个微量元素的极限值；规定了 Ti 和上述 11 个微量元素含量总和小于0.1%。企业标准由武安市和邯郸市质量技术监督局组织专家进行审定，于2010年4月15日发布实施。2012年2月25日，河北龙凤山铸业有限公司修订发布了《铸造用高纯生铁》标准，2月28日正式实施。2012年12月河北龙凤山铸业有限公司《铸造用高纯生铁》企业标准升级为河北省地方标准，2012年11月28日发布实施。2013年，河北龙凤山铸业有限公司参加了国家机械行业《铸造用高纯生铁》标准的制定工作。

为了进一步提升企业标准的水平，2013年12月，河北龙凤山铸业有限公司再次对《铸造用高纯生铁》企业标准进行了修订，2013版标准根据中国铸造协会组编、马敬钟主编的《铸造技术应用手册》，增加了反球化系数（K_1）值应不大于0.26和珠光体影响系数（Px）值应不大于0.63的要求规定。为全国高纯生铁研发生产标准化管理提供了依据。

（三）

河北龙凤山铸业有限公司在高纯生铁研发生产过程中，对保障技术的研究与实施进行了成功的实践。一是在精选原燃料中，特别注意了对 P 和 Ti 含量的控制，同时，对微量元素含量也制定了控制标准。二是搞好烧结预配，均匀和稳定化学成分。充分发挥烧结预配料系统的装备优势，对铁精粉和石灰采用了自动化预配工艺，实行两次配料、两次混料，以保证铁精粉品位、碱度、TiO_2 和 P_2O_5 等化学成分以及石灰 CaO 的稳定。三是增设了铁精粉润磨提纯工艺，减少有害元素含量。增加了独有的铁精粉润磨提纯工艺，既提高了铁精粉细度和球团矿强度，又提高了球团矿品位，减少了球团矿中

TiO_2、P_2O_5 等有害杂质元素的含量。四是采用低硅精炼法，搞好高炉“十大控制”。为了实现长期稳定低硅低钛冶炼，制定和实施了抓原料、过渡好、大矿批、重负荷、高风温、高风速、高顶压、大喷吹、高碱度、低硅铁等十个方面的操作方针和操作细则，抓好“十大控制”，包括：降低焦炭灰分和 TiO_2、P_2O_5 的含量，降低烧结矿中 SiO_2 和 TiO_2 的含量，降低焦比；抓好高纯生铁生产的过渡准备；合理的炉料结构控制；装料制度控制；送风制度控制；热制度控制；造渣制度控制；喷煤制度控制；实行高顶压操作；出铁量控制。五是在炉外精细化处理方面，采取了炉外增［Si］孕育、脱硫搅拌、扒渣和铸铁孕育等四项措施。需要炉外增硅时，出铁取样后，由设在炉台旁的岛津直读光谱仪迅速测出［Si］含量，由喂料机按计算好的定量进行增［Si］孕育。对流入 80t 铁水罐中的铁水，自动装置根据所需的脱［S］量，以氮气为载体进行喷 Mg 粒操作。同时对铁水进行了很好的搅拌，借以脱气、浮渣和均匀化学成分。喷 Mg 粒后，捞渣作业由捞渣机完成。浇锭时，使用高效孕育剂进行随流孕育。炉外精细化处理净化了铁水，均匀了成分和温度，生铁锭外观洁净、断口均匀呈细灰粒状。该公司 2010 年 4 月下旬至 5 月初批量生产的铸造用高纯生铁，经随机取样做金相分析，石墨组织均呈 A 型石墨形态，分布均匀，石墨细小（5 ~ 6 级）。严格的原燃料质量控制、先进的工艺和严密的过程控制保证了高纯生铁质量的稳定。

龙凤山公司研发的铸造用高纯生铁结束了我国高端铸件使用高纯生铁长期依赖进口的历史，填补了我国高端领域的一项空白。据专家介绍，目前，我国铸造业每年需要 100 万 ~ 150 万吨高纯生铁，高纯生铁实现国产化后，每年可为国内铸造厂家节约材料成本、创造效益 7 亿元左右，将为我国铸造业和装备制造业转型升级、由大变强、质量和技术水平提高奠定可靠的生铁原料基础，具有深远意义。高纯生铁基地的建成，给众多厂家创业、转型升级和发展带来深刻的启迪：国产高纯生铁的研发成功，大长国人的志气，影响深远……

（四）

2010 年以来，河北龙凤山铸业有限公司先后与中国一重、二重、东风汽车、玉柴、潍柴、山推、陕西柴油机重工、中国兵器内蒙古第一机械铸造公司、常州华德、山东新中耀、浙江亚太、河南欧迪艾、宁夏共享、西部重工、天津新伟祥、丹麦维斯塔斯、湖南湘电等50多家使用高纯生铁的企业建立了长期合作关系，公司高纯生铁本省市场占有率达到90%以上，全国市场占有率达到70%以上。众多高端铸造厂家相继使用公司产品后，普遍反映铸件质量性能得到显铸提升和稳定，铸件成品率和抗拉强度、伸长率、低温冲击值等技术质量指标显著提高，效益显著。

中国第一重型机械股份公司使用河北龙凤山铸业有限公司高纯生铁生产核电铸件。该公司在使用报告中说：“我公司从2009年开始使用河北龙凤山铸业有限公司生产的高纯生铁，质量稳定，有害元素含量低，有效地提高了我公司产品的抗拉强度、屈服强度、抗腐蚀强度等。合作两年以来，双方合作愉快，现已建立战略合作伙伴关系。”

高速列车的转向架轴箱是安装车轮与转向架构架的重要部件，它承载着车体重量，其质量的优劣直接影响着列车的安全性、稳定性与舒适性。列车运行时，转向架轴箱受力复杂，既有线路对车体的冲击与震动，又有轮轨间的阻力摩擦与车轮蛇行运动抗力，皆集中作用在转向架轴箱上。其重要性与可靠性处于列车设计的关键位置，列为高速列车的核心部件，在高速列车零部件中属A类部件。由于高速列车转向架轴箱是关系到列车行驶安全的重要部件，在性能要求上又极其苛刻，因此长期以来，全部依靠进口。常州华德机械有限公司使用该公司高纯生铁进行了超低温、高韧性球墨铸铁（-40～-50摄氏度）QT400-18AL的研究和在高速列车转向架轴箱的生产，取得了很好的效果。常州华德公司在低温韧性球墨铸铁转向架轴箱研制成功后，使用“龙凤山”牌高纯生铁生产了3000多炉次铸件，没有一炉次不合格，使该企业成为国内唯一一家具有CRH300型高速列车组转向架轴箱生产许可证的企业。他们认为，河北龙凤山铸业有限公司研制的（-40摄氏度）QT400-18AL性能的特点是：第一，具有较高的常温抗拉强度与伸长率。在有（-40摄氏度）低温冲击值的要求下，抗拉强度皆能大于400兆帕，平均值为 407 ~ 412 兆帕，最高达 410 ~ 422 兆帕，伸长率皆大于 18%，平均值达到 24.2% ~ 25.1%，最高值达到 26.6% ~ 27.2%，远大于（-20 摄氏度）QT400-18AL 对常温抗拉强度与伸长率的要求。第二，具有较高的 -40 摄氏度的低温冲击功值。在常温抗拉强度 400 兆帕下，在 -40 摄氏度时仍有较高的低温冲击功，平均值达到 15.5 ~ 15.8 焦，最高达到 16.9 ~ 17.8 焦，远大于 QT400-18AL 在 -20摄氏度时对冲击功时的要求（不小于 12 焦）。第三，低的塑性-脆性转变温度与低的冲击功值一温度曲线的应变速率，使生产的高速列车转向架轴箱在使用中更安全，显著地提高了列车行驶的安全稳定性。

北京菲美得机械有限公司 2013 年用该公司的高纯生铁分别进行了 -40 摄氏度和 -60 摄氏度低温韧性球墨铸铁的研制，结论是“采用龙凤山高纯生铁，质量十分稳定。今后批量生产将坚持定点采购”。

河南欧迪艾铸造有限公司在产品质量验证证明中说“2008 年 9 月份开始，使用龙凤山铸业有限公司生产的高纯生铁，自使用后产品合格率由原来的 96% 提升到 98% 以上，每月需求量在 300 ~ 400 吨，使 ADI 产品的质量得到了前所未有的提高，受到了国内外专家的一致认可和好评。龙凤山铸业有限公司能为生产优质铸件的生产厂家提供这样的优质生铁，是我们的骄傲和信赖”。

（五）

河北龙凤山铸业有限公司生产的高纯生铁受到了广大用户和国内外专家的一致认可和好评。这是该公司近年来实施自主创新战略取得的新成果，填补了国内空白，成功替代进口产品，对冶金铸造行业做出了新贡献。

但河北龙凤山铸业有限公司始终没有停止继续探索的步伐。河北龙凤山铸业有限公司高管层明确了今后的努力方向。一是进一步提高操作水平，确保高纯生铁质量长期稳定。他们决心深入进行研究和实验，进一步降低 Ti、Mn、P、S 杂质元素和对铸造有影响的微量元素的含量，进一步提升高纯生铁的质量水平，实现“三高”，即内在成分的高纯净度、高稳定性和外观质量的高洁净度。二是进一步缩小Si、Ti、Mn、P、S含量的上下限范围，把高纯生铁做得更精更细。能够批量生产高硅、低磷、低钛高纯生铁，满足不同用户的个性化需求。三是在巩固提高目前采用高炉直接冶炼法+氧化法工艺的基础上，进一步改造增加“炉外三脱”工艺，尽快开发并规模化生产出高端金属结构新材料——（硫、磷的总含量小于$3.5\times10^{-3}\%$）超高纯铁，满足高端铸铁件和大型高端铸钢、锻钢件日益提高的高端原料需求。四是充分发挥本公司省企业技术中心专家团队雄厚的技术实力，为用户搞好超值技术服务，为全国冶金铸造行业再做新贡献。

（白居秉　刘武成）

通往样板之路

——新宝泰钢铁节能减排对标侧记

唐山新宝泰钢铁公司始建于2002年8月，是一家集烧结、炼铁、炼钢、轧钢生产与铸造于一体的大型民营钢企，与建龙重工集团重组前，总体工艺装备落后，能源环保欠账多，技术力量薄弱，资金紧张，还曾因超标排放上了市政府环保“黑名单”，甚至发生因污染排放，遭到附近农民堵门的现象。与建龙重工集团实现战略重组还不到两年，就发生了脱胎换骨的变化，被唐山市政府评为“十一五”减排先进企业、年度工业领域对标行动先进企业。新宝泰是如何挥起大手笔，加大节能减排力度，成为民营钢企学习的样板呢？日前，记者专门走访了新宝泰一探究竟。

形成完整规划

据新宝泰总经理徐涛介绍，重组后，针对新宝泰的实际情况，建龙集团强调能源环保工作不是企业的负担，要做好节能减排系统的规划和实施，在承担社会责任的同时将为企业带来巨大的经济效益。

建龙集团对新宝泰的节能减排工作高度重视，为帮助其摆脱困境，为新宝泰做好节能环保整体规划方案。规划目标，通过系统节能减排，使吨钢成本在现有基础上下降100元，年降成本效益2亿元。经过两年努力，新宝泰成为中小钢铁企业清洁生产的样板。

据了解，新宝泰节能减排规划分为三个阶段：第一阶段（2010年5月~2011年12月），填平补齐阶段。第二阶段（2011年6月~2012年12月），系统节能阶段。通过系统优化、总结出节能型生产标准，并在低温余热领域实现突破。第三阶段（2011年8月~2013年8月完成），厂区综合治理阶段。系统梳理物流，对厂区环境、绿化、道路、厂房外观进行系统设计，综合治理，最终实现清洁化生产，使新宝泰成为“冶金行业中小钢铁企业清洁化生产”的样板。目前，该公司的节能减排工作正在按照这个发展思路、发展规划稳步推进。

建设典型项目

面对激烈市场竞争的压力，新宝泰把对标竞赛作为提高企业核心竞争力的重要手段，在“节能减排、效益争优”上狠下工夫，取得显著成果。

从2010年至今，新宝泰相继投资5.6亿元，完成七大节能技改项目，兴建了烧结机机头脱硫、电机变频节电、高效水泵节能、钢铁渣零排放、污水综合处理、余热余气等多项节能环保工程，实现“三废”的零排放。新宝泰的企业形象焕然一新，成为当地负责任的民营钢企楷模，对周围环境的污染大幅度减少，受到周围群众的青睐。

数据显示，新宝泰将钢渣加工后代替水渣用于建筑混凝土，变废为宝，年增效益5000万元；对炼铁、炼钢产生的煤气，烧结产生的烟气，炼钢、轧钢产生的蒸汽全部回收发电，年发电1.75亿千瓦时，使用电自给率达到30%，吨钢成本下降100元，每年增创效益近2亿元；通过对标竞赛，新宝泰改变过去主要以销售钢坯为主的产品结构，提高了带钢产量，带钢加工比重由原来的40%增加到70%，年增效益3000多万元。

建“花园式”工厂

自2010年以来，新宝泰将创建“效益争先、环境友好、社会和谐的花园式工厂”作为目标，对照国家产业政策和先进企业的节能减排标准，从淘汰落后产能和节能降耗入手，彻底整治厂区环境，促进了创建“花园式”工厂工作迈上新台阶。

新宝泰充分利用厂区空地，截至2011年底，相继投资两千万元改造和新建绿地十万平方米，厂区绿地率达到35%以上。如今新宝泰厂区栽种了千余株雪松、华山松、油松等名贵风景树，四季常青；千余株海棠、丁香、银杏等苗木亭亭玉立；3000余棵垂柳、龙太槐等景观树婀娜多姿……

该公司还投资860万元建设挡风防尘网两万多平方米，对厂区所有道路进行了硬化，彻底改变了过去“雨天一脚泥，晴天灰尘满天飞”的景象。厂区还专门配备了专用洒水车，灌溉、降尘、净化空气。通过种种措施的实施，曾经上过唐山市环保“黑名单”的新宝泰，在2011年6月跃身变成了该市民营钢企环境绿化、美化、净化的样板。

（原载于2012年1月10日《中国冶金报》，记　者　谢吉恒，
通讯员　黄　飞　许寅荣　张海山）

与丰润一起转型

——唐山丰润区发展现代钢铁物流业纪实

凡是近一年来去过唐山丰润的人，无不惊叹其钢铁物流业发展的迅猛，令人振奋！现场满眼尽是热火朝天的建设场面，林立的脚手架，穿梭的施工车辆。愈渐明晰的宏大物流城轮廓也不再局限于一个概念，而是被纳入河北省首批物流产业聚集区的北方现代物流城，蓄势跃升，直指一个目标，旨在打造中国北方最大的物流中心。这几年，丰润变化很大，过去人们提起丰润多是谈到钢厂，今天更多的会提起物流。以钢铁、建材和装备制造业起家的丰润，缘何大张旗鼓地发展现代物流业？又如何利用产业优势集中力量，推进物流业大发展？记者围绕上述问题，对丰润的物流业进行了采访。

调整结构发展物流

唐山作为全国17个区域物流节点城市之一，以及全国流通领域现代物流示范城市，近年来，其现代物流业得到了较快发展，对全市的经济贡献不断增加。丰润作为唐山市辖的一个区，有着独特的交通、区位和产业优势。其四通八达的海陆空立体交通网络，是联结东北、华北和西北的黄金节点，为发展物流业提供了十分便利的条件。

钢铁是丰润的传统支柱产业，钢铁、水泥等产业的比重占全区GDP的五成。全区钢铁企业经过整合重组成为两个钢铁企业集团，年产钢500万吨，依托钢铁压延基础优势，组建5个压延企业集团，在钢铁深加工上延伸。目前，全区以耗钢为重点的各类钢铁深加工企业达200余家。钢铁业的发展壮大，带来了人流、物流、资金流、信息流、交通流的高度汇聚。采用现代化营销模式发展钢铁物流业，成为提升钢铁集约化、现代化的必然趋势。那么在发展物流业上该如何创新模式呢？丰润区的决策者依托钢铁产业优势，在调整产业结构上做足了“文章”，提出“一区、两城、三基地”的发展战略，“两城”一个是全国最大动车制造城，另一个便是北方现代物流城，而“三基地”中也包括型钢基地。

在丰润，越来越多的钢铁生产企业立足传统优势产业来发展物流业，加盟到建设北方现代物流城的行列当中。记者在采访中了解到，一些依托钢材做大的民营企业在进行资本积累后，普遍遇到了转型问题，多领域发展迫在眉睫。丰润物流业的兴起，为他们提供了一条佳径。据悉，北方现代物流城建设进展顺利，其规划面积为23.8平方公里，到2013年计划完成投资100亿元，打造全国最大的型钢交易中心，北方建材装饰材料交易集散中心和地区性综合物流基地。物流城建成后，可实现货物吞吐量5000万吨，交易额2000亿元。产业链延伸到钢铁物流的“钢老板”尝到了“无烟工厂”的甜头，又促使一大批钢铁物流项目纷纷上马。

牵手合作发展物流

丰润产业的传统优势及越来越迫切的转型升级需求，吸引了众多投资者接踵而至。全国最大的钢铁物流集聚地———上海的有关政府领导及行业组织和企业，在不到半年的时间内，5次来此考察交流。今年5月下旬，上海、唐山两地经贸合作洽谈会在丰润举行，会上丰润与上海钢铁协会签订了战略合作协议。

钢铁是丰润的支柱产业，型钢产量占全国的1/3，是上海钢材流通商采购型钢的主要货源地。钢铁产业的坚实基础催生了钢铁物流业的迅速发展。上海是现代物流产业的“领军”者，在钢铁服务领域，有许多新的机制、新的理念、新的经营方法，值得丰润学习借鉴。双方将加强推进型钢物流企业的发展，整合型钢贸易资源，实现现货交易、期货交易、电子交易有机融合，发展电子信息平台，开拓物流运输平台，提高资源配置效率，在全国通过物流外包、对接、联合营销等多种渠道，实现工商业与物流业的联运发展，降低物流成本。

上海市宝山区经委领导在丰润考察后说："丰润的转型为全国传统产业聚集区的转型提供了一个成功的范例。"同时丰润转型也吸引了众多国内物流巨头的落户。江浙一马当先，目前江浙资本在丰润的投资多为钢铁物流项目，浙商控股集团投资2.6亿元与丰润区金航钢铁合建钢铁物流加工中心，浙江和平钢铁网络公司与丰润钢铁生产企业共同出资3.5亿元组建唐山和平钢铁物流项目。浙江传化集团两个国有控股的全国500强企业和唐山天明商贸公司投资8亿元建设唐山公路港物流建设项目，丰润的成功转型让外来投资者充满信心。

产业联动发展物流

丰润转型的载体——动车城、物流城、型钢基地三者都是以"钢"为纽带的。丰润动车城是我国最大的动车生产制造基地，总体规划面积35.2平方公里，分三期建设完成，2009年6月5日启动，是以唐山轨道客车有限公司350公里动车组为龙头，打造与高速动车、城轨客车、城际列车相关产业配套的科技含量高、辐射带动强、全国一流、世界知名的新型工业化城区。

装备制造业是丰润改变"一钢独大"，打造新增长极，摆脱严重依赖钢铁产业的经济转型战略之一。丰润的转型是朝"将唐山出产的钢材一半就地消化"的目标前进的。动车项目不仅有利于消化本地巨大的钢铁产能，还可以带动钢铁企业生产更多高附加值的钢材。要使钢铁与装备制造业进行无缝链接，就需要发展现代物流尤其是加工配送，即将钢材加工成用户所需的各种半成品或零部件后，通过仓储及运输物流系统，零距离提供给用户。加工增值是产生高效益的源头。据测算，深加工后高附加值的板材的价格比普通板材高出2~5倍。一张普通钢板，通过程序设计以及先进的激光数字切割等方式精细加工后，可满足不同客户的需求，利用率可由之前的60%提高至90%。

丰润的转型升级之路为发展钢铁物流供应链提供了一个样本。

（原载于2011年7月2日《中国冶金报》，记　者　谢吉恒）

后　　记

《燕赵儿女走进人民大会堂》（续篇）付梓之时，九月中旬，正是硕果丰收的季节。面对26万余字的校对文稿，不由思绪万千。眼前浮现出代表们在人民大会堂“大地之星”颁奖会上领奖时激动人心的场面，座谈会上代表们畅谈的热烈气氛，代表们在游览京都时的一抹倩影……

“大地之星”征文评选活动从1995年开始举办首届，现已成功举办21届，国家领导人参加颁奖大会，亲切接见代表并合影。

“大地之星”征文评选活动，在我国新闻界引起了较大的反响，新华社、《人民日报》、中央人民广播电台、中央电视台等报刊和广播新闻媒介相继刊播了活动的消息。

中国记协国内部原主任阮观荣，是“中国新闻奖”“范长江新闻奖”“韬奋新闻奖”三个我国新闻最高奖的发起人和主要操办者，又是“大地之星”征文评选组委会主任。“大地之星”倾注了他很多的心血。在他身上，我们看到了范长江式的勇于奋斗、开拓创新的敬业精神和邹韬奋式的认真负责、一丝不苟的工作态度。以“大地之星”征文为题材，2013年汇编而成的报告文学、通讯集约31万字的《燕赵儿女走进人民大会堂》出版发行后受到业界的认可和欢迎，令我们欣喜而快慰，应河北部分冶金企业的建议和要求，又编辑出版《燕赵儿女走进人民大会堂》（续篇），让我们十分感怀。

写后记，是一件极为高兴快乐的事，特别要提及的是，这本集子是我们近十年最下工夫和心力撰写的，自我感觉是较为满意的。

这本报告文学作品、通讯作品集共甄选入编60余篇文章。本书汇编的文章，是活跃在基层的新闻工作者和通讯员通过他们的真实感受书写出来的篇章。这些作品富有时代气息，其中不乏上乘之作。更为可喜的是许多作品都是作者在自己熟悉的生活中，深入调研、深层次挖掘的丰硕成果。这些作品紧扣时代脉搏、反映时代精神，有三个显著特点：

一是突出主题。积极反映冶金行业勇于创新、深化改革、转型升级、强化管理、提升核心竞争力、节能减排、开拓市场等方面的成果，颂扬冶金行业解放思想，更新观念，弘扬科学发展观和不断进取的精神，小中见大，平中见奇，抓住冶金行业改革的难点、热点问题进行深度报道，给人以启迪。

二是内容广泛。作品全方位、多角度讴歌英才，谱写华章。既有国有大钢企，也有民营小钢企的杰出代表。作品内容覆盖全行业，有铸造业、耐火材料、冶建企业、矿山、钢贸商、冶金设备、设计院、科研院校……每篇作品都洋溢着作者对生活的热爱，对改革的信心，对困难的藐视，对事业的追求，弘扬正能量。透过这些作品，我们可以看到经过改革开放洗礼的冶金行业的崭新面貌，看到他们的聪明才智、崇高理想和博大胸怀。作品可亲可信，有较强的宣传力度和感染力。

三是形式多样。不拘一格、丰富多彩、题材多样、角度各异、个性鲜明、形式新颖。这些报告文学、通讯、经验交流、诗歌、人物等都散发着浓郁的时代气息，增强了可读性、知识性、趣味性。

当这本集子面世的时候，我们衷心感谢踊跃参加此文集写作的十几位企业领导和通讯员们，克服“冶金行业题材不易反映”的难题，摆脱钢铁业“苦度严冬”的困境，讴歌冶金行业在改革年代涌现出的各类先进模范人物。为企业间相互借鉴改革经验提供机会，也为相关冶金企业进行自我教育提供生动教材。

这本书是许多企业领导和作者通力合作的结果，凝结着大家共同努力的智慧和汗水。感谢《中国冶金报》原总编辑，现任冶金工业出版社总编辑任静波在百忙之中抽出时间为本书作序；感谢77岁高龄的中华全国新闻工作者协会国内部兼学术部原主任、“中华大地之星”征文评选组委会主任阮观荣为本书题字，给予肯定；感谢在本书编写过程中给予支持与关心的企业领导和各界人士。

谢吉恒　侯宪台

2014年9月16日于北京